«i grandi» tea

Della stessa autrice in edizione TEA:

L'allieva
Un segreto non è per sempre
Sindrome da cuore in sospeso
Le ossa della principessa
Una lunga estate crudele

Alessia Gazzola

Una lunga estate crudele

Romanzo

TEA

Per informazioni sulle novità
del Gruppo editoriale Mauri Spagnol visita:
www.illibraio.it

TEA - Tascabili degli Editori Associati S.r.l., Milano
Gruppo editoriale Mauri Spagnol

www.tealibri.it

Il brano alle pagine 67-68 è tratto da *Felici i felici*, Yazmina Reza, Adelphi, Milano 2013.
La citazione alle pagine 24, 33, 309 è tratta da *Molto rumore per nulla*, William Shakespeare, Garzanti, Milano 1990.

Prima edizione «I Grandi» TEA maggio 2016
Seconda ristampa «I Grandi» TEA ottobre 2016

UNA LUNGA ESTATE CRUDELE

A Stefano, perché insieme scaliamo l'Himalaya

E quando tutti se ne andavano
e restavamo noi due soli
tra bicchieri vuoti e posacenere sporchi,

com'era bello sapere che eri
lì come l'acqua di uno stagno,
sola con me sull'orlo della notte,
e che duravi, eri più del tempo,

eri quella che non se ne andava
perché uno stesso cuscino
e uno stesso tepore
ci avrebbero chiamato ancora
a risvegliare il nuovo giorno,
insieme, ridendo, spettinati.

Julio Cortázar, *Dopo le feste*

[...] L'anno 1990 addì 15 del mese di luglio alle ore diciassette e quarantacinque minuti in Roma negli uffici di via San Vitale [...] il sottoscritto ufficiale di P.G., appartenente all'Ufficio in intestazione, dà atto che è presente Sebastian Balthazar Leyva, il quale, trovandosi in stato di libertà, dichiara di voler rendere spontanee dichiarazioni.
Il sunnominato, invitato a dichiarare le proprie generalità o quant'altro valga a identificarlo con l'ammonizione delle conseguenze alle quali si espone chi si rifiuta di darle o le dà false, dichiara:
Sono e mi chiamo Sebastian Balthazar Leyva; nazionalità: italiana; residenza anagrafica: via degli Avignonesi 5, Roma; stato civile: celibe; professione o occupazione: attore.
Il predetto, comparso senza la presenza di difensore e in piena libertà di autodeterminazione, dichiara di voler rendere le seguenti dichiarazioni spontanee:

Ho visto Flavio Barbieri per l'ultima volta il giorno 10 di luglio. Abbiamo lavorato alle prove dello spettacolo fino a tarda notte. Poi io ho lasciato il teatro dove, al contrario, Flavio si è trattenuto insieme ai signori a me noti come Vincenzo Sciacchi-

tano (di professione attore, utenza telefonica xxxxxxxxxxxx) e Diana Valverde (di professione attrice, utenza telefonica xxxxxxxxxxx)...
OMISSIS
[...] *Dico questo al fine di indirizzare univocamente le indagini verso quest'ultima persona in particolare. Flavio Barbieri non si è allontanato volontariamente. È successo qualcosa ed è stata lei...* [...]

Si dà atto che il verbale è stato redatto in forma riassuntiva senza riproduzione fonografica stante la indisponibilità di idonei mezzi tecnici.
Di quanto sopra è stato redatto il presente verbale in duplice copia.
Letto, confermato e sottoscritto.

Sebastian Balthazar Leyva

First I was afraid

È una meravigliosa giornata di sole.

Quell'accecante sole mediterraneo che in auto infuoca il volante, che appanna l'orizzonte e ondula l'asfalto. Un caldo atomico, da cui non ci si può difendere, e non è che il 5 di giugno.

La mattina sarebbe splendida se trascorsa al mare e in dolce compagnia – per chi ce l'ha.

E invece, sono diretta al Teatro del Bardo dell'Avon, nel Quartiere Pinciano. A un sopralluogo. E la mia compagnia è tutt'altro che dolce.

Mi chiamo Alice Allevi e sono una specializzanda in Medicina legale al quarto anno. A volte mi sento l'alieno del mio Istituto: vengo da un pianeta in cui la Medicina legale è un sogno di romantiche e un po' lugubri avventure, ma sono atterrata in un mondo fatto di giochi di potere tra periti e avvocati e di scadenze impossibili da rispettare.

Io mi aspettavo qualcosa di un po' diverso.

Forse perché quando mi sono innamorata della Medicina legale mi sono innamorata anche di *un* medico legale e credevo che sarei diventata come lui.

Ma come lui... c'è solo lui.

E nel frattempo sono cambiate molte cose, in me, in lui, fra noi.

Il predetto *lui* – che risponde, quando risponde, al nome di Claudio Conforti, in sintesi CC, come ogni sua camicia ricamata sul taschino ben sa – è alla guida della Bmw X5 su cui mi trovo.

« Cammina » dice gentilmente, dopo aver parcheggiato in un posto a chiaro rischio di multa – e nulla lo agita di più del far correre qualsivoglia tipo di rischio all'automobile, più cara al suo cuore di una fidanzata.

Superiamo le transenne, i passanti curiosi e accediamo al teatro. L'ispettore Calligaris ci corre incontro scattante come una piccola vespa. Quella tra me e lui è una collaborazione informale e anche un po' segreta che va avanti ormai da tanto tempo.

« Dottor Conforti! Dottoressa Allevi! Non potevo aspettarmi migliore accoppiata » dice, strizzandomi l'occhio. L'ispettore è irragionevolmente convinto che io e Claudio abbiamo una storia, il che non è esatto, ma lui prova sempre a fare il paraninfo di bassa lega.

Claudio si guarda attorno: un piccolo botteghino spoglio, un bar in cui servono solo un'accurata selezione di tè e, alle pareti, manifesti degli spettacoli più importanti a partire dalla lontana epoca della fondazione. Del resto questa informazione mi era già nota: qui, infatti, la mia coinquilina Cordelia Malcomess prova il *Macbeth* insieme alla sua compagnia. Il Teatro del Bardo dell'Avon è stato fondato proprio dagli amatori di Shakespeare e compagnie differenti mettono in scena, di volta in volta, solo ed esclusivamente le sue opere, in modo ortodosso.

Cordelia Malcomess non è solo la mia coinquilina. È anche la figlia del Supremo Capo dell'Istituto di Medicina legale. Ed è la sorellastra di Arthur, il mio ex, quello con la E maiuscola. Professione corrispondente di guerra per l'AFP. Segni particolari: affetto dalla smania di voler sempre andare via, che secondo me nasconde un qualche disagio di fondo. Di qui in avanti chiamato l'*Innominabile*.

« Mi segua » dice l'ispettore a Claudio, indicando una scala che conduce a un piano sotterraneo e salvandomi provvidenzialmente da una mareggiata di brutti pensieri.

Claudio sembra temporeggiare. Si avventura nella sala, aprendo la grande porta a doppio battente. Il teatro è stato costruito cercando di riprodurre quelli elisabettiani. I materiali usati sono la pietra e il legno e ha quindi un aspetto spartano e remoto. Al centro c'è il palco; tutto intorno, la platea senza posti a sedere; alle pareti i loggioni e i candelabri, esattamente com'era nel Seicento.

Claudio sembra allibito.

« Ma la gente dove si siede? » mormora, lo sguardo perso nei dettagli di un'epoca lontanissima.

Ecco una rara occasione di sfoggiare un po' di cultura raffazzonata.

« Nei teatri elisabettiani, all'epoca di Shakespeare, il pubblico stava in piedi, attorno al palco, e interagiva con gli attori. Non è come il teatro che conosci tu » dico, beandomi. « Qui cercano di ricreare fedelmente l'effetto dell'epoca. Non è uno spettacolo adatto a tutti i tipi di pubblico » aggiungo. In effetti ho assistito al *Macbeth* di Cordelia proprio qui dove siamo adesso, in piedi tra gli altri, e non è che ci fosse la ressa. È stato molto coinvolgente.

« Ma sentila! E chi ti ha indottrinato? Quella smandrappata della figlia di Malcomess, scommetto. Ci credo che poi la gente ammazza. Che modo è di proporre spettacoli questo? »

Anche in questa occasione CC dimostra che tra le sue virtù non si annovera di certo la cultura teatrale. Del resto, non entrerebbe in libreria nemmeno per ripararsi da un diluvio.

Un rumore discreto di nocche sul legno ci riporta alla realtà. È il fido Calligaris.

« Dottore, se volete seguirmi... »

Claudio torna alla realtà. « Sì, certamente. Vieni, Allevi, non farmi perdere tempo. »

* * *

Scendiamo al piano seminterrato e Calligaris ci conduce in un camerino, ma non vedo nessun cadavere.

Nel frattempo il mio telefonino emette un segnale sonoro. Claudio mi gela con lo sguardo. È un messaggio di Cordelia, vuole sapere cosa è successo nel suo teatro.

« In questo camerino è stato scovato un passaggio segreto » annuncia Calligaris, mostrando una porticina che era nascosta da un enorme armadio. « Questo mastodonte doveva essere rottamato, è tutto mangiato dai tarli. Nessuno lo aveva mai spostato. Non di recente, almeno. E se mai è stato mosso, nessuno aveva fatto menzione di questa porta, né della stanza cui dà accesso. E, naturalmente, del suo contenuto. Fino a oggi. »

Calligaris apre la porticina. Le cerniere arrugginite stridono impietose.

Sporgo il capo per sbirciare oltre, ma Claudio mi fa segno di rimanere dietro di lui.

La porta fa da ingresso a un corridoio dal soffitto basso, al punto che Claudio deve chinarsi per poterlo percorrere.

« Nella mia vita ne ho viste tante, ma questa... » commenta, tossendo per la polvere.

Il corridoio conduce a un'altra piccola porta, che è aperta su una stanza rivestita da mattoncini di pietra senza intonaco.

Un agente della Scientifica è impegnato a effettuare rilievi di eventuali impronte digitali con una polverina argentata e ci fa segno di aspettare fuori. Io fremo. Mi sento nel bel mezzo di un romanzo d'avventura. I minuti trascorrono lentamente, ma nel frattempo Calligaris riferisce altri dettagli.

« Di questa stanzetta non c'è traccia neanche sulla cartina del catasto. L'edificio risale al Seicento ed è di proprietà del Comune. Il teatro è gestito da una società che ne ricava profitti, la Ca.di.Spa. »

« È già arrivato Einardi? » taglia corto Claudio.

Sergio Einardi è l'antropologo forense che coadiuverà Claudio in questa indagine. Non è la prima volta, hanno collaborato durante le indagini su un *cold case* e tra i due non c'è molto feeling.

« Non ancora. Ah, ecco, bene, il collega della Scientifica ha appena finito. Prego, entrate. La stanza è talmente piccola che in tre stiamo stretti. »

Siamo obbligati ad abbassare la testa, Claudio avanti, io dietro di lui.

A prima vista la stanza sembra una prigione e, al di là del condizionamento mentale di sapere che lì dentro c'è un cadavere, ha in sé qualcosa di orribile.

L'ambiente è asciutto e soffocante e ha l'aria di essere incompiuto, perché per terra sono sparsi parecchi mattoncini, come se a breve qualcuno dovesse elevare un altro pezzo di parete.

E poi, in un angolo, i resti di qualcuno che, delle due l'una, o qui è morto, o qui è stato nascosto dopo la morte.

E nessuna delle due mi sembra un'evenienza allettante.

* * *

Il cadavere è seduto sul suolo polveroso. È poggiato con le spalle alla parete, la testa reclinata all'indietro, le braccia di fianco al tronco.

« Qui c'è ben poco da dire » mormora Claudio, dopo averlo guardato con attenzione. « Va sottoposto a una TAC e a prelievi istologici. In considerazione delle condizioni climatiche fredde e asciutte, è possibile che questo cadavere si sia mummificato più di vent'anni fa.»

«Scusi, ispettore» chiedo a Calligaris, appostato accanto all'ingresso, «questo stanzino era chiuso a chiave?»

«Sì, dall'esterno, ed è stato necessario forzare la serratura. Non abbiamo trovato nessuna chiave. Non ancora, almeno.»

«Claudio, cos'ha in mano il cadavere?» chiedo poi, colpita da un dettaglio che mi sembra di intravedere – non oso avvicinarmi senza il permesso dell'Essere Perfido.

«Brava, Allevi, di quando in quando, una domanda pertinente.»

Le sue dita guantate toccano quelle scheletrizzate del cadavere.

«Sembra un pezzetto di carta. Lo vedremo in Istituto» risponde, mentre Calligaris prende nota.

Claudio sfila via i guanti e mi fa dono inaspettato di un sorriso gentile.

«Buongiorno a tutti. Scusate il ritardo» dice una voce alle nostre spalle.

Ci voltiamo verso il piccolo ingresso. Calligaris sta salutando Sergio Einardi, che indossa una Lacoste verde scuro, pantaloni beige e una borsa a tracolla. Ha appena tolto gli occhiali da sole e li ha poggiati sulla testa.

Ha l'aria un po' sfibrata, forse dipende dalle occhiaie violacee.

«Einardi, temo che tu abbia fatto un viaggio a vuoto» commenta Claudio, seccamente.

Lui si guarda attorno, piuttosto incuriosito. Sfiora la parete con le dita, sembra distratto, in realtà è molto concentrato. Solo dopo aver osservato il cadavere per una quantità interminabile di secondi nel silenzio totale, come se noi non ci fossimo, guardando inspiegabilmente me risponde: « Oh, non è vero. Direi che non è proprio un viaggio a vuoto ».

* * *

Di ritorno a casa, trovo Cordelia e il Cagnino in preda a una frenetica impazienza.

L'una perché in attesa di notizie sul suo teatro. L'altro perché ha visto sporgere dalla mia borsa una di quelle ghiottonerie canine che dovrebbe servire a pulirgli le zanne, ma che in realtà fa fuori alla velocità della luce e poi gli fa pure venire lo *squaraus*.

« Dettagli, dettagli » chiede la mia coinquilina, inseguendomi fino al bagno con il Cagnino alle calcagna.

« Cordelia, sai bene che sono tenuta a rispettare il segreto profess... »

« E da quando? » mi interrompe lei, sovraeccitata. « Ma ti rendi conto che dovremo interrompere le prove, e non so per quanto tempo. Almeno che ne valga la pena! Chi è morto? Che è successo? »

« Bella domanda, Cordy. Tu sapevi che c'è una specie di cripta, nel seminterrato, cui si accede da uno dei camerini? »

Cordelia sgrana gli occhi. « Una cripta? »

« Uno stanzino nascosto, con un accesso segreto. E dentro c'era un cadavere mummificato. È abbastanza? »

« No, cavolo! E mi stanno venendo i brividi. Buono, Cagnino, ora la mamma ti porta a fare un giro. Di chi è il cadavere? »

« Non ne ho la più pallida idea! »

« E da quanto tempo è morto? » incalza Cordelia.

« Anni » ribatto con una vaghezza che non soddisfa la baby Malcomess.

La mia coinquilina infatti sbuffa sonoramente. « Che

inefficienza, *Elis*. Se questo caso l'avesse avuto mio padre, il cadavere avrebbe già nome, cognome e causa di morte. E noi non staremmo qui a consumarci di curiosità.»

Rispondo con un'occhiataccia che non sembra scalfirla.

«Va bene, se non c'è altro allora porto il Cagnino a fare un giro e già che ci sono passo in farmacia.»

«Di nuovo? Stai male? Ci vai tutti i giorni.»

«Il farmacista è adorabile, somiglia a Ben Barnes, hai presente? L'attore inglese?»

«Cavolo, Cordy, ieri ti ho vista tornare con il Carbogas. Ti sembra l'ideale per far colpo su un attore inglese che fa il farmacista a Roma?»

«Non sapevo che altro prendere» si giustifica lei, controllando lo stato delle proprie sopracciglia allo specchio e cercando una pinzetta tra le mie cose. «E comunque lo posso sempre dare al Cagnino, il Carbogas, lo sai che ha i suoi problemi in quel senso.»

«Cordy, a furia di accumulare farmaci finirai come la moglie di Fantozzi quando si era innamorata del panettiere.»

Si scioglie nel pianto quel dolce ricordo sbiadito dal tempo

Si dice meglio tardi che mai.

Ne siamo davvero sicuri? Oppure a volte è meglio mai, anziché troppo tardi?

Poggio il mio beverone di caffè sulla scrivania, mentre le mie colleghe di stanza picchiettano febbrilmente le loro dita dalle unghie smaltate sulle tastiere dei loro computer.

È proprio perché non sono concentrata sul lavoro e penso a tutt'altro che capto la voce di Claudio, proveniente dal corridoio.

Faccio capolino dalla stanza. È con Einardi.

Quel subdolo ha fissato l'autopsia del cadavere rinvenuto nel teatro senza dirmi niente.

« Claudio... » lo chiamo debolmente.

Lui si volta, le mani in tasca, le spalle disegnate dal camice, un dandy un po' tetro.

« Stiamo andando in obitorio » dice, con semplicità. Non sembra contemplare l'ipotesi di condividere il progetto con terzi. Gioco d'intraprendenza.

« Mi preparo! »

« No » afferma seccamente. Quasi con severità. « Alice, sei davvero troppo in ritardo con la consegna di quel lavoro alla Wally. » La Wally, vezzeggiativo della professoressa Valeria Boschi, braccio destro del grande capo, è quella specie di tiranno dalle fattezze anfibie che ci tiene in pugno e che ha potere di vita e di morte sulle nostre misere carriere. « È meglio che concentri le tue energie su un lavoro alla volta. Non vorrei mai che ti stancassi.»

Infamone. Dispettoso come una scimmia.

«Be', non inciderà poi molto...»

«Ho detto *no.*» Il tono di Claudio è fermo.

«Mi metto al lavoro» dico, chinando lo sguardo.

«Brava, piccola» ribatte, quasi dolcemente, come se godesse nel far vedere a Einardi che decide lui della mia vita – quella professionale, se non altro.

Sono trascorsi sì e no dieci minuti quando mi alzo dalla mia postazione animata da uno spirito di rivalsa.

«Non dovevi lavorare?» mormora Lara, collega del mio stesso anno di specializzazione. È abbastanza stizzita. Mi considera un'indisciplinata e non è escluso che abbia ragione.

«Vado in obitorio. Torno subito.»

* * *

Percorro il tragitto che separa l'Istituto dall'obitorio, un tunnel sotterraneo che per me ha cambiato aspetto da quella volta in cui ho smarrito un cadavere e che senza dubbio è stato il momento più basso di tutta la mia vita da specializzanda. È sempre più squallido, con quella resina color melma che fa da pavimento, i neon con le moschine morte appiccicate, le pareti stinte scarabocchiate qui e là.

Le porte scorrevoli dell'obitorio si aprono come un sipario grazie a un sensore elettronico che riconosce il movimento della mano: la sala settoria si schiude come una scatola contenente meraviglie.

Claudio, il più mirabile tra i medici legali (forse è un'iperbole, ma poco conta dato che lui ne è acriticamente convinto), è chino sul lettino anatomico. Accanto a lui Sergio Einardi azzarda un sorriso cordiale.

Claudio inarca un sopracciglio bruno. Non ha nemmeno sollevato lo sguardo. A volte ho la sensazione che mi riconosca dall'odore o dal rumore dei miei passi, come un felino che avverte la presenza di una gazzella.

« Lo sapevo che saresti venuta. Per tenerti lontana da me dovrei incatenarti a un pilastro. »

« Più che da te, dai delitti » commento, avvicinandomi con le mani in tasca e tanta voglia di sbirciare.

L'esame non è ancora iniziato, il cadavere è ancora vestito. Quelli che indossa in realtà non sono che resti di indumenti, ma sembrano abiti da uomo.

« Dai, Claudio. Sarebbe stato un peccato che, dopo il sopralluogo, la tua allieva si perdesse l'autopsia. »

« Peccato per chi, Einardi? Certamente non per le indagini. »

Nel frattempo Claudio ha acceso lo stereo. Gli piace ascoltare musica mentre lavora.

Cello song di Nick Drake si diffonde nella sala, mentre l'autopsia ha inizio.

Dai discorsi di Einardi e Claudio capto alcuni elementi interessanti, per esempio che i pantaloni del cadavere contenevano un portafoglio di pelle. Claudio ci ha trovato dentro una vecchia patente, di quelle di stoffa rosa, piena di marche da bollo, con la fototessera di un bel ragazzo dai capelli scuri e dagli occhi profondi.

« Se la tocchi ti taglio le mani » mi ammonisce l'Essere Perfido proprio mentre sto per infilare i guanti con l'idea di prenderla in mano ed esaminare meglio la foto.

È aperta sul tavolo, leggo il nome: Flavio Barbieri. Era nato nel 1963.

« Materiale per prelievo istologico, rapida, Allevi. Già che sei qui, almeno renditi utile. Sempre che ti sia umanamente possibile. Vieni qui. »

Obbedisco e mi avvicino.

«Guarda. Guarda attentamente. Cosa noti, sul suo viso?»

Il suo tono è diventato più gentile. Quasi affettuoso.

«Potrebbe essere una ferita lacero-contusa, alla fronte, sopra l'arcata sopraciliare di sinistra.»

«Esatto. E noi preleviamo lembi di tessuto proprio per verificarlo. Aspetta. Senti» dice, mentre sfiora la ferita e accompagna sul margine della lesione le mie dita con le sue. «Al di sotto, c'è una frattura delle ossa craniche. Allevi, chiama in Radiologia. Fatti dire se è pronto il referto della TAC.»

I miei occhi cercano la mano del cadavere.

«Claudio, e la sua mano?»

Da sotto la mascherina, intravedo sul suo bel viso una smorfia di stizza. «Quel foglietto l'ho già repertato. Così il tuo amico Calligaris avrà da lavorare.»

Per non rischiare di infastidirlo, cerco sullo stesso tavolo su cui è poggiata la patente.

Eccolo: è un pezzo di carta ingiallito e imbrattato di lordura di morte, per lo più illeggibile. Riesco solo a decifrarne uno stralcio:

Morte, a farle giustizia,
le dà fama immortale.
Così la vita morta nell'infamia
vive in sua morte e gloria l'accompagna.

E che vuol dire?

«Dottor Einardi, mi scusi, posso farle una domanda?» Claudio fa una smorfia. «Questo cadavere è di un uomo o di una donna? Gli indumenti, la patente...»

«Sergio, non assecondarla, ti prego...»

Accidentaccio. Claudio presente è una censura perpetua.

« Lascia che si esprima, è una così bella dote la curiosità! È un uomo, non ho dubbi su questo » ribatte Einardi. « Vedi, nell'uomo la pelvi è profonda e ha forma di imbuto con un angolo sottopubico ristretto; nelle femmine è bassa e svasata con un angolo sottopubico piuttosto aperto. È per partorire » conclude dolcemente. « Ma non è solo il bacino a convincermi. Le ossa sono tutte più grandi rispetto a quelle femminili. Anche la glabella è molto più accentuata. E questo, naturalmente, al di là dei suoi indumenti e quel documento che, presi isolatamente, potrebbero non significare nulla di certo. Nessuno vieta a una donna di vestirsi da uomo. »

Torno a contemplare il reperto del pezzetto di carta. Un dettaglio apparentemente da poco, eppure io sono certa che contenga un chiaro rimando a quello che è successo al proprietario di questi poveri resti. Dovrò parlarne con Calligaris, lui sì che non mi censura... E fa delle mie bizzarrie un uso molto proficuo.

Amami o odiami, entrambi sono a mio favore. Se mi ami sarò sempre nel tuo cuore, se mi odi sarò sempre nella tua mente

William Shakespeare

Sono placidamente distesa sul mio letto con un assortimento di cioccolatini, pronta a godermi un lungo episodio di *Downton Abbey*. Il sederone del cane del conte di Grantham – che fa il paio con quello del Cagnino – è appena apparso sullo schermo quando Cordelia irrompe nella mia stanza.

« Ho saputo che oggi c'è stata l'autopsia. »

« Ah, bene, eccoti. Ti dice niente questo brano? È Shakespeare? » le chiedo alzandomi dal letto per frugare nella mia borsa. Le mostro la nota in cui ho appuntato le poche parole che sono riuscita a cogliere sul foglietto in mano al cadavere.

« Non a prima vista. Potrebbe essere Shakespeare, sì, certo. Basta cercare su Google, *Elis.* »

La baby Malcomess sfodera il cellulare e cerca la frase. « Eccola! Sì, è Shakespeare, da *Molto rumore per nulla*. Atto quinto, scena terza. »

« Del resto, nel Teatro del Bardo dell'Avon, cosa potevamo trovare? » rifletto ad alta voce.

« Questa frase c'entra qualcosa con il vostro cadavere? »

« Più o meno » ribatto vagamente. « Cordy, esiste un registro di tutte le rappresentazioni andate in scena nei teatri? E in questo, in particolare? »

« Non ne ho la più pallida idea. Immagino di sì, posso informarmi » dice, poi un altro pensiero le attraversa la testa. « Che programmi hai per il weekend? Ti ricordi che... »

« Sì. Certo » la interrompo, prima che possa nominare l'*Innominabile*. « Andrò a Sacrofano dai miei. »

Per minimizzare il rischio di incontrarlo. E, dipendesse da me, per annullarlo del tutto e per sempre, quel rischio, me ne andrei in Nuova Zelanda. Vorrei dirglielo, ma preferisco evitare. Cordelia sa già che deve smetterla di tramare per favorire gli incontri tra me e il suo fratellastro. Non ne esce nulla di buono.

A volte ho la sensazione che a tenere in vita quella storia sia stata proprio lei.

Certamente non è stato *lui*.

* * *

Il sole di giugno è arrivato anche a Sacrofano.

Siamo a pranzo, tutti insieme. Ci sono anche mio fratello Marco con Alessandra e la mia nipotina Camilla.

« Mamma, prendi altre lasagne » dice mio padre rivolto a nonna Amalia, il mio faro luminoso in questo mondo oscuro.

« Non posso, cuore di mamma, devo essere pronta per la prova costume » replica la nonna, tutta seria. In effetti ha preso una microporzione che nemmeno io ai tempi delle diete più ferree.

« Nonna, ti dice niente il nome di Flavio Barbieri? È un attore di qualche tempo fa. »

Mia nonna è una che non si perde una puntata delle fiction di Raiuno – e nemmeno un numero di *Chi*, se per questo. Se Flavio Barbieri era un attore di qualche rilievo, la nonna lo sa di certo.

In realtà non sono tanto ingenua da affidarmi soltanto alle memorie di una vecchina svagata. Ho già provveduto anche a una ricerca su Google, ma su Flavio Barbieri ho trovato poche e frammentarie notizie. Nessuna, peraltro, relativa alla sua eventuale scomparsa, ammesso che il cadavere della cripta gli appartenga. Era un giovane attore di prosa che aveva partecipato a diverse rappresentazioni shakespeariane e figurato in ruoli minori anche in diversi sceneggiati televisivi italiani. Non era certamente una celebrità. Le notizie sulla sua carriera si fermano al 1990. E a questo punto è lecito pensare che nello stesso anno si sia fermata anche la sua vita.

« No, bella di nonna. Non mi pare. »

« Pensaci bene. C'era anche in quella versione di *Orgoglio e pregiudizio* che nomini sempre. »

Nonna Amalia beve un po' di vino rosso. « E chi interpretava? »

« Il signor Bingley. »

« E che mi posso ricordare... Ah! Un momento, forse ho capito chi è. Ha fatto varie *fiscion* in quegli anni. Mi ricordo che quando facevano *Orgoglio e pregiudizio* mi sono persa una puntata perché siamo venuti a prenderti all'asilo che eri svenuta perché eri convinta di aver visto un topo in bagno e invece era un pupazzo. Quindi avevi quattro anni, non di più! Questo attore è uno che poi non si è visto più. »

« Nonna, conoscendo il campo d'azione di Alice, forse non si è visto più perché è morto » commenta saggiamente mio fratello.

« Povera anima! E come è morto? Un così bel ragazzo » mormora la nonna, mentre si versa altro vino. E subito dopo la mamma prudentemente riporta la bottiglia in cucina.

« Non è sicuro che sia lui il morto. In ogni caso, lo sapete, non posso dire niente » replico con tono superiore.

« E perché allora ci lanci l'esca? Bella di nonna, non si fa. »

« Cos'altro ti ricordi di questo attore, nonnina mia? »

« Mi pare che non c'è molto da ricordare... non era famoso. Forse si drogava? Era amico di un altro attore... mannaggia alla vecchiaia che non mi aiuta! »

Inutile battere questa pista. Persino nonna Amalia ha i suoi limiti, anche una come lei che è l'ufficio decessi e terapie intensive e sa sgranare in fila i mali di tutti quanti, meglio del rosario.

* * *

« *Siaaamo i Watuuussi, siaaamo i Watuuussi...* Alice! Vieni qui a darmi una mano! »

Sto fumando una Merit affacciata al balcone di quella che era la mia stanza, ma che da cinque anni è ormai la cameretta della nonna. È lei a chiamarmi, e la trovo nella stanza dei miei genitori intenta a cambiare il pannolino a Camilla.

« Mi sono offerta di tenere la bimba così tuo fratello e la sua povera moglie hanno un momento per loro, che mi pare che ne hanno bisogno, sono tutti esauriti. »

Dolce, la mia nonnina. Sta provando a centrare il pannolino, e al momento non c'è ancora riuscita.

« Ti aiuto » le dico, mentre la nonna continua il suo intrattenimento vocale a base di *hits* di Edoardo Vianello e Camilla ridacchia mettendo in mostra due dentini.

« Ripensavo all'attore, Flavio Barbieri. »

« Ah, brava! Ti è tornato in mente qualcos'altro? »

La nonna sembra pensosa. « Io mi posso pure sbagliare, ma forse quel poveretto era orfano. Era cresciuto in un orfanotrofio. Mi ricordo che l'avevo letto su qualche rivista e che mi ero pure commossa un pochino, ma forse mi confondo con qualcun altro. »

« Nonnina, apprezzo il tuo sforzo. Tanto la polizia saprà tutto quello che c'è da sapere. Io ero solo curiosa. »

« Eh, lo so che sei curiosa, bella di nonna, perché tu sei

tale e quale a me » osserva con tenerezza, mentre si china per dare un bacino a Camilla. In un attimo, la mia nipotina inconsultamente le tira un calcio sul mento che si rivela fatale per la dentiera della nonna.

« Te l'avevo chie*ſ*to, *ſ*tamattina, di comprarmi il Kukident » mi dice infine, con tono di rimprovero.

Enfer ou ciel, qu'importe?

Charles Baudelaire

Lunedì mattina vado diretta in Istituto e trovo Sergio Einardi. Aspetta Claudio fuori dalla porta, con aria diligente.

«Vuole un caffè, dottor Einardi?»

«Sergio» sottolinea lui, con una voce matura, svelta. Ha una cicatrice sul labbro superiore, a ben guardarlo, che rende il suo sorriso più sfuggente. «Comunque, sì, grazie. Anzi, sai cosa ti dico? Il caffè della vostra macchinetta è imbevibile, sa di bruciato. Vuoi farmi compagnia al bar qui vicino?»

Perché no?, mi dico. Sfilo il camice che avevo appena indossato e recupero la mia borsa.

E mi riverso nel sole di giugno in compagnia di questo sconosciuto.

* * *

«Sembra che un tale Flavio Barbieri sia effettivamente scomparso, nel 1990» esordisce Sergio. Fa capolino uno sfumato accento toscano, nascosto sotto una *c* un po' aspirata. «Il cadavere potrebbe essere suo. Ma la polizia sta incontrando difficoltà enormi perché non si riesce a rintracciare nessun parente.»

«Ho sentito dire che era orfano...» butto lì.

«Già. Era cresciuto in un orfanotrofio. Per questo non è possibile, al momento, fare comparazioni del DNA. E i miei risultati diventano fondamentali.»

« Uau. » Allora la mia nonnina aveva ragione. Altro che rimbambita. « Che idea si è fatto finora? »

« Solo che si tratta di un uomo sulla trentina. Il che naturalmente è compatibile con l'idea che quel cadavere sia Barbieri. »

« Razza? »

« Non ho le idee chiare, per il momento. Ci sono ancora una miriade di esami da fare. » Sergio versa un'intera bustina di zucchero e mescola pigramente. « Hai molta curiosità. Ti interessa l'investigazione? »

Non sono abituata a parlare apertamente della mia... come definirla... attività parallela? Missione segreta? Dopo tutto, l'unico con cui la condivido è l'ispettore Calligaris.

« Be', non so ancora. Forse sì. »

« Se vuoi posso coinvolgerti nei miei studi. Mi fa piacere. »

« Grazie, dottor Einardi » ribatto, con il pudore di un'Orsolina.

« Sergio » ripete lui, per l'ennesima volta, con una strana e piacevole intensità. « Sei giovane, ma preferisco l'informalità. »

« D'accordo, Sergio, ti lascio il mio numero di cellulare. » E l'Orsolina è presto uscita dal convento.

* * *

È ora di far visita all'ispettore Calligaris. Mi presento in ufficio con la scusa di lasciare un regalino per i suoi gemelloni extralarge.

« Oh, la dottoressina Allevi! Ti avrei chiamata, mi hai solo preceduto. Scommetto che vuoi metterti in pari col nuovo caso. »

« Eh, ispettore. Guardi che quasi quasi ne so più di lei! »

Calligaris si produce in un sorriso tirato. « Lo dici scherzando, ma forse è proprio vero. Ci manca dall'acqua fino al sale. Innanzitutto non sappiamo ancora se il cadavere della cripta appartenga a Flavio Barbieri. Chiunque potrebbe aver messo quel portafoglio nella tasca dei suoi pantaloni. »

« Un momento, ispettore. Flavio Barbieri è scomparso davvero, o no? O, in ogni caso, ha mai denunciato la scomparsa della patente? »

« Sì, di Flavio Barbieri non si sa più nulla dal 1990, ma prima di sparire ha lasciato un biglietto nella sua stanza. C'era scritto 'Non cercatemi'. »

« E nessuno l'ha cercato? »

Calligaris mangiucchia il tappo della Bic. « Forse non abbastanza. Quando è sparito, faceva parte di una compagnia di attori che stava mettendo in scena una commedia di Shakespeare. »

« *Molto rumore per nulla*? » chiedo, ma sento che la risposta è scontata.

« Esatto. Allora è vero che ne sai almeno quanto me. »

« Le frasi trovate nel pezzo di carta dentro la sua mano sono tratte da *Molto rumore per nulla*. Ecco il pezzo per intero » dico, porgendogli il foglio che ho stampato da internet.

Da false lingue uccisa
fu Ero che qui giace;
Morte, a farle giustizia,
le dà fama immortale.
Così la vita morta nell'infamia
vive in sua morte e gloria l'accompagna.

L'ispettore legge con attenzione. Poi poggia il foglio sulla scrivania e mi dice quel che sa. « Abbiamo poche notizie su Flavio, ricavate prevalentemente dai verbali delle indagini relative alla sua scomparsa. Barbieri piantò in asso tutti, ma pochi ne furono sorpresi. Nel corso dell'ultima prova cui partecipò ebbe una discussione feroce con il regista. Pare che fosse molto alterato. Forse ubriaco. E annunciò che se ne sarebbe andato. Ma poiché aveva già minacciato molte altre volte di farlo, nessuno lì per lì gli credette.»

«Che strano. O forse era un uomo molto solo.»

«Lo era. Nessun familiare, nessuna fidanzata. Solo qualche amico, che descriveva Flavio come un tipo molto *difficile.*»

«Magari si è suicidato, nascondendosi nella cripta per non farsi mai più trovare. Forse si sentiva solo e depresso. E ha portato quel brano con sé perché rappresentava il suo dolore.»

Calligaris mi fissa un po' scettico.

«Alice. Svegliamoci, eh? Mi sembri un po' assente. Il tuo Conforti ti ha fatto un bel complimento e ti sei emozionata?»

«Veramente...»

Calligaris enumera con le dita. «Uno, la porta era chiusa da fuori. Due, sbaglio, o mi è giunta voce di una brutta frattura alla testa?» Ora mi fissa in attesa di una risposta.

«Era solo un'ipotesi. Non ci pensavo più alla frattura.»

«Nei prossimi giorni andrò a parlare con il suo coinquilino, Vincenzo Sciacchitano, e con gli altri membri della compagnia che stava per mettere in scena *Molto rumore per nulla*. Tieniti forte, uno di loro è diventato qualcuno. E a suo tempo rilasciò dichiarazioni interessanti.»

«Chi?»

«Sebastian Leyva.»

«*Ommioddio!!!*»

«Ecco, lo sapevo.»

Non riesco a contenere il giubilo. « La prego, posso venire con lei? »

« Alice... non so... davvero... »

« Ispettore, non mi dica di no. Si ricordi di quando mi mandò a tormentare la povera Clara Norbedo per l'omicidio Azais... O quando mi mandò a casa della madre di Ambra Negri della Valle... L'ho sempre accontentata, senza un lamento. È giunto il momento di ricambiare la cortesia. Non mi ricapiterà più l'opportunità di conoscere Sebastian Leyva! »

L'ispettore riflette qualche istante. « Va bene. D'accordo. Andrò domani. Alice, ti dico solo una cosa: non farmene pentire. »

Il modo ancor m'offende

Torno a casa. Ogni cosa è ancora intrisa della *sua* presenza.

L'*Innominabile* è stato qui per una breve visita alla sorella.

Non sento la sua voce da mesi, da quando me ne sono andata da una stanza d'albergo dopo aver giurato a me stessa di aver messo la parola fine a quella storia, ma continuo a dialogare con la sua assenza.

Sto meglio, nel complesso, o almeno finché non ci penso. Ma ho in me la serenità di chi sente di aver compiuto la scelta giusta, ancorché dolorosa.

Il Cagnino mi viene incontro ed è una sensazione strana sfiorare il suo manto sapendo che fino a poco tempo fa al posto delle mie mani c'erano le sue.

Continuo a dirmi che forse dovrei interrompere la convivenza con Cordelia, ma mi sembra una scelta irrazionale: a tutte le amarezze di una storia finita tristemente non aggiungerò anche un trasloco e la fine di questa coabitazione ben riuscita.

«Ah, eccoti finalmente!» Cordelia mi raggiunge nella mia stanza. «Com'è stato il tuo weekend?»

«Rilassante a sufficienza. Il tuo? Anzi, no, non dirmelo. Il tuo resoconto includerebbe *colui che non si può nominare.*»

«Prima o poi questa cosa la dovremo superare, okay?» replica lei, dandomi un bacio sulla guancia. «Sembra che alla fine del mese potremo tornare a provare, è una buona notizia» dice poi, cambiando volutamente discorso.

«Siediti. Devo darti una notizia che ti sconvolgerà.»

La baby Malcomess obbedisce diligentemente.

«Domani andrò a casa di... nientepopodimeno che... Sebastian Leyva. In persona.»

Cordelia resta in silenzio, in una specie di assenza epilettica.

«E qual è la notizia?» chiede poco dopo, forse perché si aspettava dell'altro, o forse perché non rinuncia a una delle sue uscite a effetto.

«Cordy! Mi meraviglio di te.»

«Io l'ho conosciuto. Guarda che non è tutta 'sta roba, il mio farmacista è mille volte meglio. E poi è laido, ci prova con tutte e ha un figlio piccolo. Bleah.»

«Mi hai smontata.»

«Meglio, così riduci le tue aspettative, *Elis*. Le aspettative sono sopravvalutate, meglio non averne! Un momento. Non dirmi che Leyva c'entra qualcosa con la mummia della cripta!»

«Alla lontana.»

«Sua moglie, Stella von Schirach, si sta occupando del casting per uno spettacolo teatrale. Venderei l'anima per essere presa, ho il provino la prossima settimana. Uno scandalo farebbe alzare la posta! Gesù Bambino, te ne prego, fa' che mi scelga!»

* * *

Il look del giorno risente del fatto che, uscita dall'Istituto, mi recherò in commissariato e da lì a casa di Sebastian Leyva.

Forse però, e dico *forse*, ho un po' esagerato.

Nel vedermi, Lara strabuzza gli occhi. «Senza parole, davvero. E va bene che Conforti piace a tutte, ma questa è concorrenza sleale.»

«Conforti? Non c'entra. Dopo ho un impegno.»

« Seeeee. »

Che poi indosso un pantalone dal taglio elegante e una semplice camicia. Di seta, in effetti. Un po' scollata, ma del resto è estate. E il tacco 12 è di Louboutin. Ma non è colpa mia se sono una gnoma, una nella vita avrà anche diritto a un aiutino per sentirsi più bella!

Indosso il camice per mimetizzarmi e inizio a pensare che non arriverò al pomeriggio con la tibio-tarsica indenne quando tutto il mio glamour è messo in ombra dalla regina dell'eccesso, la dottoressa Beatrice Alimondi in persona, l'anatomopatologa del secolo, dalla Calabria con furore.

È abbarbicata a Claudio come King Kong sull'Empire State Building, con quella sua abituale estroversione mista ad allegria del tutto inspiegabile, che mi risulta sempre un po' molesta.

« Sono venuta a prendere i prelievi per gli esami istologici » mi dice, tenendosi stretta a lui come se temesse di cadere. « Anche se ormai gli organi erano tutti trasformati in *gnagna.* » Laddove immagino che *gnagna* indichi il disfacimento organico della putrefazione. Beatrice è una veramente in gamba, che ha fatto una gran carriera ma che non si prende mai troppo sul serio, tutto il contrario del suo mitomane collega cui è tanto affezionata.

« Beatrice, è indispensabile che tu faccia presto. Il magistrato ha concesso solo trenta giorni per il deposito della perizia. Ci tiene. »

Per tutta risposta, lei lo fissa languida con l'aria di chi può concedersi qualunque lusso. Del resto, Beatrice è stata il primo – e forse l'unico – amore di Claudio, dunque guardo a lei con la reverenza che si riserva a chi ha scalato l'Everest.

« Anche io ci tengo a non deluderti » ribatte Beatrice, come se ci fosse in corso un dialogo tutto loro, mai interrotto.

Lui replica con un sorriso che è al contempo un po' complice e un po' imbarazzato. « Vi va un caffè? » domanda poi, coinvolgendo anche me.

« Per me no, grazie » dico sforzandomi di essere gentile. Forse perché sono gelosa di lei, non riesco a trovarla simpatica.

« Sì, io sì. Andiamo » ribatte Beatrice allegramente. E io sono dimenticata in un niente, come sempre quando c'è di mezzo *lei*. E la cosa mi fa sempre un po' male.

* * *

Sebastian Leyva abita in un superattico che dà su piazza Mazzini. Sul citofono figurano solo le sue iniziali. Il palazzo è privo di ascensore e mentre saliamo i gradini Calligaris reitera le stesse raccomandazioni che rivolgerebbe a un bambino. Ma io i suoi « Non parlare a sproposito » e « Non toccare niente in giro » quasi non li sento, perché allo sforzo imposto ai miei polpacci da quegli infiniti gradini si aggiunge l'assordante scampanellio del registratore di cassa che, nella mia mente, sta calcolando il danno economico dovessi mai rompermi un tacco delle Louboutin su queste scale.

Apre la porta un uomo, probabilmente filippino, in divisa. Calligaris si presenta in maniera compita e poco dopo siamo invitati ad accomodarci in un salone enorme, le cui pareti sono ricoperte di quadri astratti dai colori vivaci e di dimensioni monumentali, alternati a foto che ritraggono Sebastian Leyva durante scene dei suoi spettacoli o dei suoi film. C'è l'imbarazzo della scelta su dove sedersi, poiché ci sono due ambienti per la conversazione, ognuno dotato di minimo tre divani e due poltrone. Per il resto, la stanza è fitta di piante lussureggianti alternate a tavolini pieni di lumi e di libri.

Le tonalità predominanti appartengono alla scala cromatica del rosso e, forse anche per questo, il tutto ha un che di chiassoso.

Io e Calligaris sprofondiamo su uno dei divani e immobili e silenti fissiamo le pareti, come ipnotizzati.

E poi, lui entra nella stanza come entrerebbe in scena: qualcosa di melodrammatico nell'andatura, il piglio di chi è pieno di sé, la voce che non riesce a prescindere da anni di studi di dizione.

Leyva non è tanto diverso da come lo si vede nei film, di una bellezza consumata dal tempo ma che non ha perso il suo effetto. Indossa una camicia di lino bianca che valorizza l'incarnato bruno, dei jeans dall'aspetto invecchiato e un paio di mocassini di squisita manifattura.

Calligaris mi presenta come una sua assistente e il noto attore mi saluta in maniera cordiale ma priva di qualunque interesse.

« Bene, signor Leyva. Grazie per aver accettato di incontrarci. »

« Grazie a voi per essere venuti fin qui. Capisce bene che io non godo, purtroppo, di nessuna privacy e se qualcuno mi avesse visto entrare in un commissariato di polizia le conseguenze sarebbero state molto spiacevoli. »

Che cosa stranissima. Se chiudo gli occhi mi sembra di vedere una puntata di *Jolanda di Serradifalco*, la serie tv che mia nonna seguiva quando io andavo alle medie e che ha fatto di me una teledipendente e di Leyva una celebrità in Italia e all'estero. Era – ovviamente – uno sceneggiato in costume, in cui lui interpretava l'eroe esperto delle cose del mondo nonché svergognato copulatore che viveva la sua personale redenzione innamorandosi di una pura e fragile donzella. Nonna Amalia lo ricorda ancora con le lacrime agli occhi al grido di: « Cose così non ne fanno più ». Dopo aver girato questa ignominiosa serie, Leyva si era dedicato a prodotti di maggiore spessore intellettuale, tanto teatro e cinema d'autore.

Dopo lo scambio di convenevoli, Calligaris entra cautamente nel vivo della questione.

« Avrà sentito del ritrovamento di un cadavere nel Teatro del Bardo dell'Avon. »

« Se ne parla molto, sì. In che modo questa cosa mi riguarda? »

« Ci sono fondate ragioni per credere che il cadavere appartenga a Flavio Barbieri. »

Leyva sembra stordito dalla notizia. Un sorriso vittorioso e amaro si dipinge sul suo bel viso.

« Lo sapevo che non era andato via volontariamente. L'ho detto, urlato, ripetuto. Ho perfino rilasciato una deposizione volontaria. Nessuno mi ha creduto. »

« Ne sono a conoscenza » ribatte l'ispettore, estraendo da una cartellina la copia di un verbale di dichiarazioni spontanee rese da Leyva all'epoca dei fatti. « Può ripetermi quello che ricorda dell'ultima volta in cui lo ha visto? »

Sebastian sospira pesantemente. Lo strillo di un bambino sembra ritardare l'avvio del monologo. Lui volta lo sguardo verso il corridoio. Apre la bocca per iniziare a parlare, quando un nuovo strillo glielo impedisce.

« Scusatemi. Stella! » chiama imperiosamente.

È però il ragazzo filippino a rispondere al richiamo. « Signora uscita. C'è ragazza con bambino. »

« Ah. Oswald, per piacere, dille di stare più attenta con Matteo. Stavamo dicendo? » chiede poi guardandoci. Si interrompe, quasi a voler recuperare la concentrazione, due dita che massaggiano la fronte solcata da lievi rughe. « Ah, sì, mi ha chiesto dell'ultima volta in cui ho visto Flavio. Avevamo fatto un giorno intero di prove, al teatro del Bardo dell'Avon: il debutto era imminente. Era *Much ado about nothing*... ed era la nostra prima esperienza con Shakespeare.»

«Conosceva già da prima Flavio?»

«Sì. Io, lui e Vincenzo Sciacchitano avevamo studiato insieme in Accademia. Flavio aveva un pessimo carattere. Era un tipo permalosissimo. Molto insicuro. Quel pomeriggio il regista gli stava addosso e lo metteva sotto pressione... E Flavio sembrava non farcela. Poi io sono andato via... e gli altri sono rimasti a provare scene in cui il mio personaggio era assente. Quindi, Flavio è rimasto con Vincenzo e con altri della compagnia. E ho saputo soltanto dopo che aveva avuto una discussione molto violenta con il regista. Erano quasi venuti alle mani. Non l'ho mai più visto, dopo.»

«Come vi siete lasciati?»

«In che senso?» domanda Leyva, guardingo.

«Nel senso dei rapporti.»

«Buoni. Non c'era ragione che non lo fossero. Anzi, io ho sempre appoggiato Flavio nonostante le sue intemperanze. Cercavo di fargli capire che avrebbe dovuto essere più paziente.»

«Cosa può dirmi del regista?»

«Era Manlio Calvino. Anche lui aveva un temperamento molto acceso.»

«Avevano avuto altre discussioni, in precedenza?»

«Di continuo. Manlio non ne poteva più di Flavio. Diceva che non avrebbe mai più lavorato con lui» ribatte Sebastian. «Ma non credo che c'entri con la sua scomparsa, in nessun modo.»

«Be', signor Leyva, non sta a lei credere» replica un acido Calligaris.

Sebastian Leyva sembra oltraggiato, ma accoglie il rimbrotto con ipocrita comprensione. «Ah, naturalmente. Però, ispettore, sono io quello che conosceva Flavio, e il resto della compagnia... Qualche idea credo di averla e se è venuto a parlarmi è perché vorrà anche saperla... o no?»

«Allora mi dica le sue idee.»

«Confermo quanto ho già dichiarato diciassette anni fa. Anzi, adesso che il corpo di Flavio ci è stato restituito, ne sono ancora più convinto. Faccio il nome di Diana Valverde.»

Calligaris arriccia le labbra e lascia che le parole di Sebastian restino sospese in un lungo silenzio.

«Bene. Chi è? E perché?» riprende dopo.

Invece di rispondere, Sebastian Leyva chiama Oswald. «Il solito» gli dice.

Il ragazzo torna alla velocità della luce con un bicchiere colmo di un liquido arancione trasparente. Alcolico, Red Bull... non saprei dire. In ogni caso, a Leyva manca il garbo di offrirci qualcosa.

«Diana era una collega e interpretava Ero. Non la conoscevo da molto: aveva sostituito un'altra attrice che era rimasta incinta e aveva problemi a rispettare gli orari delle prove. Diana era un tipo assurdo. Si era presa una sbandata per Flavio ed era convinta di essere corrisposta, ma non era così.»

«Dunque la sua teoria è che Diana Valverde abbia ucciso Flavio perché il suo amore non era corrisposto?»

«Detta così sembra banale.»

«Il male è sempre banale» replica l'ispettore.

«Era arrivata a odiarlo. Cominciò a ossessionarlo. Sa quante volte l'abbiamo trovata appostata sotto casa di Flavio? Poi lui le parlò chiaramente e troncò ogni rapporto. Da quel momento in poi lei iniziò a covare rancore. Gli rendeva la vita impossibile. Per tutte queste ragioni credo che Diana possa essere coinvolta nella sua scomparsa. E nella sua morte, ovviamente.»

« In che modo gli rendeva la vita impossibile? Può essere più chiaro? E, soprattutto, è a conoscenza di questi dettagli perché vi ha assistito personalmente o perché le sono stati raccontati da Flavio? »

Sebastian Leyva sorseggia il suo drink come se si trovasse in un night di Miami. « È stato Flavio a parlarmene. »

« Cosa ne è stato di Diana dopo la scomparsa di Flavio? »

« Non l'ho più rivista. Lo spettacolo finì in fumo, non andammo mai in scena. Era uno spettacolo maledetto. » Il tono rabbioso con cui ha pronunciato queste ultime parole mi fa pensare che ci sia dell'altro, qualcosa che Sebastian sta omettendo, ma Calligaris non approfondisce.

« Tornando all'ultimo pomeriggio trascorso insieme, Flavio le lasciò capire di essere intenzionato a lasciare la compagnia? »

« No, nient'affatto. Lo diceva soltanto nei momenti di tensione, quando accumulava discussioni con Manlio e con gli altri della compagnia. Ma è ovvio che non lo pensava sul serio, per tanti e tanti motivi. »

« E quali sarebbero questi motivi? »

Un grido che con ogni probabilità proviene dall'ugola del figlio distoglie Leyva.

« Oswald, va' a controllare cosa succede di là. »

Forse Sebastian Leyva è troppo pigro per andarci di persona. O forse ritiene la conversazione con l'ispettore più preziosa.

« Se Flavio avesse lasciato la compagnia, avrebbe dovuto trovarsi un lavoro. Un lavoro *vero*, intendo. »

« Mi sta dicendo che Flavio non aveva alternative » osserva compunto Calligaris.

« È la dura verità » replica Leyva, dall'altezza inarrivabile di chi invece ha sfondato.

Mentre l'amico marciva in una cripta.

No more sweet music

In Istituto oggi tutti sembrano schegge impazzite. L'atmosfera è febbrile: è in preparazione un convegno che ospiterà i nomi più illustri della Medicina legale italiana. Lo specializzando viene utilizzato in ogni sua umana possibilità, un po' come il maiale di cui non si butta via niente. All'occorrenza, il giovane funge da fattorino, da autista (se è tanto fortunato da essere automunito), da pubblico che applaude a comando, da giardiniere che pulisce le foglie impolverate di una povera kentia trascurata fino a quando non torna utile il suo potenziale decorativo.

La Wally indossa una specie di tailleur marrone che la fa sembrare un bidone di Coca-Cola ma è convinta di essere elegantissima. Questo convegno la consacra come grande erede del Supremo prossimo alla pensione – stavolta davvero, dopo averlo promesso per anni – e lei si sente come la regina alla vigilia dell'incoronazione.

Claudio è pronto a rifilare la sua solita presentazione sulla morte improvvisa – da quando, tempo fa, si è occupato del caso di un vecchio scrittore che gli ha dato molto da studiare, ha preparato una lezione interessantissima. Il problema è che l'ho sentita ripetere ormai almeno venti volte.

«Allevi, tienimi il telefono, spegnilo, che ho dimenticato di togliere la suoneria» mi dice al volo, prima di salire sul palchetto e dare l'avvio al suo personale show.

E lascia il suo prezioso iPhone nelle mie mani.

Ah! Potessi nascondermi da qualche parte!

Leggere i suoi messaggi, i suoi whatsapp, le sue mail!

Madonnina, dammi la forza di resistere.

Dammi la forza... No, inutile, non resisto. Inizio a elaborare un piano. Lui è alla quarta diapositiva e se ricordo bene ce ne sono almeno altre quaranta.

Mi alzo per andare in bagno e siccome sto per compiere un'azione davvero empia e infame mi sembra che tutti mi stiano guardando.

Mi chiudo nel bagno delle donne e prendo il cellulare. Prima di premere il tasto al centro in basso rifletto a fondo. Lo ha dato a me perché si fida. È veramente un gesto molto scorretto. E ingiusto.

Ma quante volte lui lo è stato con me? Quante volte mi ha insultata senza nessuna ragione e mi ha fatto sentire una povera sfigata?

Così interpreto quello che sto per fare come un'eroica azione di rappresaglia in memoria di tutte le vittime cadute nell'impresa di conquistarlo.

Inspiro ed espiro profondamente.

Clicco.

Inserire codice. È ovvio. Come lo è il fatto che ignoro la combinazione numerica.

Tutta questa sudorazione profusa è servita solo a rovinare il top di seta che indosso sotto la giacca di lino.

Delusione!

Infilo il cellulare nella tasca e prima di tornare in sala approfitto dell'infruttuosa sosta in bagno.

Ed è proprio quando sto per sedermi che accade la sciagura.

L'iPhone di ultima generazione di CC scivola dalla mia tasca direttamente nel fondo del wc.

E io voglio morire, sul colpo.

* * *

« Non è che ti sei messa a sbirciare tra i miei messaggi? » chiede Claudio, ed è chiaro che non dice sul serio, omaggiandomi di un'attestazione di stima che non merito.

« Certo che no. » Mi sento come uno scarafaggio dopo che qualcuno ha acceso la luce in cucina.

« Anche perché saresti rimasta fregata » aggiunge, mentre riprende il telefono dalle mie mani.

E quasi se lo lascia sfuggire – cosa che indicherebbe la chiara intenzione del destino di irridermi e vanificare i miei sforzi.

« Ma che cosa ci hai fatto, si può sapere? È bollente! » dice.

Per forza, è bollente. L'ho tenuto per venti minuti buoni sotto l'asciugamani elettrico, e per tutto il tempo ho mormorato più preghiere della mia nonnina Amalia quando sgrana il rosario, implorando la rianimazione dell'apparecchio.

Qualcuno mi ha ascoltato, perché apparentemente funziona, ma non ne ho la certezza e sudo freddo.

« Una chiamata di Beatrice » mormora, dopo aver inserito il suo maledetto codice. Ecco, funziona, e non ho arrecato alcun danno al suo tesoro. « Dev'essere arrivata, si è iscritta anche lei al convegno. Andiamole incontro. »

Oh sì, Claudio. Muoio proprio dalla voglia.

* * *

Alla cena del convegno, la compagnia è assortita.

Io ho colto l'occasione per ripescare dall'armadio un tubino nero che fa molto Audrey; ho raccolto i capelli in uno chignon basso da educanda, ma con qualche ciocca sapientemente spettinata, e ho fatto fare un giro alle perle che nonna Amalia mi ha regalato per la laurea; ho ai piedi scarpe da sogno che sono costate quasi quanto un affitto. In sottofondo c'è *Un homme et une femme* dei Café Paris e quasi quasi mi credo uno di quei personaggi delle commedie romantiche sulla terrazza di un grattacielo di Manhattan per un party da urlo, fino a quando l'Essere Perfido non si avvicina al mio orecchio, e mormora con disinvoltura: «Allevi, se per qualunque ragione stasera finiamo da soli, ti lascio in una pozza di sangue».

Sento un surriscaldamento improvviso e mi ritrovo a pensare che neanche quando è così triviale riesce a sdegnarmi. E l'effetto complessivo è talmente spiazzante che non sono in grado di rispondergli qualcosa di efficace. Per fortuna Sergio Einardi si è avvicinato per salutarci, ha quella sua aria compassata di sempre, un po' distratta, molto informale.

Lui e CC iniziano a parlare del caso Barbieri, dettagli tecnici di cui l'antropologo parla con passione. Non riuscendo a trovare in Claudio un degno interlocutore, dirotta le informazioni su di me.

Sergio Einardi è animato da un entusiasmo che ne illumina lo sguardo segnato dalle occhiaie, ma furbo e acceso, la sua parlantina è incontenibile.

CC sbadiglia. «Scusatemi» dice infine, poggiando il bicchiere che teneva tra le dita su un tavolino già pieno di fazzolettini sporchi e piatti impilati. E si dilegua.

Adesso gli Hooverphonic risuonano a volume altissimo *No more sweet music* e io percepisco appena la voce di Einardi.

«Be', non voglio annoiarti» conclude, quel leggerissimo accento toscano, il tono gentile anche se un po' intristito.

«Oh, no, nessuna noia. È solo che non sento bene.»

Lui sorride con pazienza. Si guarda attorno. «Mi sa che ho sbagliato *dress code*. Come sempre» afferma, ma non sembra dispiaciuto. In effetti indossa una camicia di lino color canapa, molto spiegazzata. I capelli folti e neri, attraversati da qualche filo d'argento, sono scompigliati. È dissonante e non c'entra molto con tutto il contesto, ha ragione.

Più tardi, quando ho appena chiuso la porta di casa e nel buio della mia stanza mi sto levando le scarpe, un segnale sonoro mi avvisa dell'arrivo di un messaggio.

Acciuffo il cellulare dalla borsa, mentre il Cagnino addormentato sul mio letto emette un mugugno di disapprovazione.

Sono rimasto incantato ma non sono riuscito a dirtelo a voce.

È da un numero che non conosco. Per qualche istante credo che si tratti di un errore. Solo dopo aver infilato la canottiera mi è tutto chiaro: ho dato a Einardi il mio numero qualche giorno fa, ma ancora non possedevo il suo.

Sei nota per essere una che sa sempre come perdere le migliori occasioni

« Fammi capire, cosa gli hai risposto? » domanda la mia storica amica Silvia, al termine del mio racconto sulla sera precedente. Siamo a cena in un delizioso locale in piazza Coppelle, attorno a noi libri e fascino rétro. Tutto molto adorabile.

« Ero un po' frastornata. Mi sono limitata a scrivergli che è bello saperlo. »

« E basta? »

« Onestamente, non è cosa. Mi sto disintossicando. Ho preso troppe randellate da Arthur e da Claudio, e non ho ancora dimenticato né l'uno né l'altro. »

« Appunto, sarebbe anche tempo di cambiare. Ma tu sei nota per essere una che sa sempre come perdere le migliori occasioni. Basti pensare a quella volta in cui hai visto Ryan Gosling al Centre Pompidou a Parigi e non ti sei avvicinata. »

« All'epoca non era quello che è adesso. Non sapevo nemmeno il suo nome e l'ho riconosciuto solo perché avevo visto da poco *Le pagine della nostra vita* con mia nonna. »

« Non divaghiamo. Questo Einardi com'è? »

« Ecco... *âgé*. »

« Perché? Quanti anni ha? »

« Quaranta li ha superati di sicuro. »

« Tanto meglio. L'uomo giovane porta guai. »

« Be', non serve pensarci. Non importa. »

Silvia osserva con concupiscenza la bruschetta. « Okay. Dedichiamoci alla panza. Quella non tradisce mai. »

* * *

Le giornate di giugno sono sempre più calde. Di questo passo non so immaginare come sarà luglio e, peggio mi sento, agosto. In piedi sulla sua sedia, Lara prova ad accendere il condizionatore nella nostra stanza con una lunga bacchetta: il telecomando è andato perso da anni.

Sto compilando dei certificati di morte, uno dopo l'altro, uno più triste dell'altro.

« Che vuoi farci, Allevi. Noi ci guadagniamo da vivere in maniera un po' macabra » commenta CC, di passaggio dalla nostra stanza, tutto fulgido con il camice fresco di lavanderia. « Piuttosto, sbrigati, stanno per arrivare i becchini. »

Mia madre in fondo aveva ragione a prospettare tutta una serie di dubbi su questa specializzazione.

« Ci sono novità sul caso Barbieri? » gli chiedo.

« Non ancora. Aspetto notizie da Beatrice. E ho coinvolto anche un tossicologo: per quanto mi riguarda, anche in presenza di quella frattura alle ossa craniche non posso escludere cause di morte legate all'uso di droghe. Ci sono testimoni secondo i quali pare che Barbieri avesse certi vizietti. »

« Be', sì, pare che fosse un ragazzo difficile. »

E proprio mentre parliamo di Flavio Barbieri, ricevo una telefonata da Calligaris.

Claudio – che ha l'abitudine di sfottermi per il mio uso a suo dire sconsiderato del cellulare – inizia a recitare, con voce in falsetto: « *Mi ami? Ma quanto mi ami?* »

« Alice, questo pomeriggio ho appuntamento con Vincenzo Sciacchitano. Ricordi? L'attore che recitava con Leyva e Barbieri. È qui a Roma per uno spettacolo teatrale. Se vuoi accompagnarmi... »

« Certo, va bene alle cinque? »

« È perfetto! A dopo! »

* * *

Vincenzo Sciacchitano è molto diverso da Sebastian Leyva: decisamente più panzuto, più brioso e si prende assai meno sul serio.

Si dedica ormai solo all'insegnamento della recitazione nella sua Palermo, dove ha fondato un'Accademia insieme alla moglie, anche lei attrice. Stando alle fonti dell'ispettore, ha forgiato i migliori talenti della regione.

Ci riceve in una sorta di ufficio che è stato messo a disposizione dalla dirigenza del teatro. Ha modi di un'allegria contagiosa, la sua parlata è priva di accenti.

« Ispettore, grazie per avermi contattato. Sono contento di poter parlare di Flavio, ancora una volta. »

Calligaris è sorpreso: credo che nella sua professione gli sia capitato ben poche volte di suscitare sensazioni positive.

« Ah... bene... bene, grazie a lei » ribatte, euforico.

Sciacchitano continua a stringere la mano di Calligaris. Poi si accorge di me.

« E questa bella ragazza? Una poliziotta? »

Calligaris tossisce imbarazzato. « È una mia allieva. »

Sciacchitano mi stringe la mano così forte che l'anello che porto all'anulare mi fa un male cane. Noto che ne indossa uno anche lui, al mignolo, d'oro giallo, un po' tamarro.

« Accomodiamoci. Un caffè, per tutti? »

Calligaris declina cordialmente. Seguo il suo esempio.

« Allora, signor Sciacchitano, mi spieghi le ragioni per cui è contento di parlarmi del caso Barbieri. »

Sciacchitano assume un'aria dolcemente pensosa. Poi guarda Calligaris dritto negli occhi e, all'improvviso, si fa serio. « Se il suo migliore amico scomparisse nel nulla e venisse ritrovato dopo ventiquattro anni, *morto*, lei non lo sarebbe, ispettore? »

A un altro, Calligaris avrebbe risposto burberamente *le domande qui le faccio io*. Ma con Sciacchitano c'è feeling, me ne sono accorta subito.

«Mi dica, allora, tutto quello di cui desidera informarmi.»

«Non saprei da dove cominciare. Dall'inizio, o dalla fine?» domanda Sciacchitano, massaggiandosi con le dita la barba ispida.

«Dall'inizio, direi.»

«Bene. Ho conosciuto Flavio nel 1987. Eravamo stati scelti per uno spettacolo che oggi sarebbe definito concettuale. Una vera schifezza» aggiunge, ridacchiando. «Ma eravamo contenti. Eravamo entrambi agli inizi. Flavio era cresciuto in un istituto per orfani e si pagava le lezioni di recitazione facendo vari lavoretti. Una storia classica, direi. L'attore agli inizi che si arrabatta come può. Flavio aveva pochi amici, era scontroso, ma con me è stato diverso. Nel 1989 vivevamo già insieme: condividevamo un appartamento scomodo e puzzolente nel rione Monti. Le mie fidanzate di turno si sono occupate di rendere più vivibile quella tana, tanto che alla fine si era quasi trasformata.»

«Nel 1990 vivevate ancora insieme?»

«Sì. Quell'appartamento era la casa in cui Flavio non è mai più tornato.»

«Ha citato le sue fidanzate. Flavio, invece? Aveva una relazione?»

«Solo avventure. Non era tipo da relazioni stabili. E poi c'era lei.»

«Lei chi?»

«Diana Valverde. Diana era... *Diana*. Totalizzante. Una tiranna.»

«Si spieghi meglio.»

«L'avevo conosciuta nel 1988, durante quel lungo percorso di provini e fallimenti che tutti chiamano gavetta.

Si unì alla nostra compagnia alla fine del 1989, per sostituire un'altra attrice. Lei e Flavio legarono subito, il che, mi creda, era davvero difficile, conoscendolo. C'era una speciale affinità che li univa. Erano due esclusi, due reietti che avevano trovato riscatto nell'arte. »

« Può spiegarsi meglio? » chiede Calligaris, pieno d'interesse.

« Anche Diana aveva un passato oscuro, privo di affetti. Per quel che ne so, era scappata di casa quando era ancora una ragazzina; non aveva nemmeno finito il liceo. Veniva da un paesino del Trentino-Alto Adige, al confine con l'Austria. Quando l'ho conosciuta aveva un accento tedesco tremendo... ci vollero lunghe ed estenuanti lezioni di dizione per portarla a un buon livello. Per il resto, era bravissima. Un'interprete meravigliosa, intensa, appassionata... Avrebbe meritato la gloria. La più brava della compagnia, senza dubbio alcuno. »

« Dopo la scomparsa di Flavio, l'ha più vista? Che ne è stato di lei? »

Vincenzo Sciacchitano emette un lungo e aspro sospiro. « È stata messa alla gogna. Sebastian Leyva non ha fatto mistero dei suoi sospetti... cioè che Diana fosse implicata nella sparizione di Flavio. Le ha fatto terra bruciata attorno. Anche se mai nulla è stato dimostrato, nel nostro ambiente lei ha pagato come se le prove fossero schiaccianti. Quando poi, invece, a puntare il dito contro di lei fu solo e soltanto Sebastian. »

« La sua opinione al riguardo? » domanda Calligaris, affrettandosi a prendere appunti.

« Diana aveva un carattere molto forte e negli ultimi tempi era davvero pressante nei confronti di Flavio. Credo che la sua amicizia non le bastasse più. Lui mi aveva confidato di esserci andato a letto e di considerarlo un errore. »

« Flavio le ha mai parlato di comportamenti ossessivi da parte di Diana? »

« Mai. Anzi, non faceva che difenderla, ma spesso Diana era un po' opprimente, anche ai miei occhi. Flavio mi diceva che gli dispiaceva, che avrebbe voluto ricambiare tutta quella passione di Diana... Ma proprio non ci riusciva. »

« Ha idea di dove si trovi, adesso? »

« No. Ha tagliato i rapporti con tutti. Si è sentita tradita anche da chi di fatto non l'aveva accusata di nulla. Sapevo che era tornata al suo paese e che aveva lasciato la recitazione. Ignoro il resto. »

Calligaris rosicchia il tappo della Bic, riflessivo. Rilegge i suoi appunti mentre Vincenzo Sciacchitano intreccia le dita. Ha l'aria paciosa di qualcuno cui daresti fiducia.

« Mi parli dell'ultimo giorno in cui ha visto Flavio. »

« Giorno memorabile. Aveva avuto una lite furibonda con Manlio, il nostro regista. Aveva minacciato di andarsene, ma sapevamo tutti che non l'avrebbe fatto. Flavio era un Benedetto superbo. »

« In che senso? » chiede Calligaris, molto perplesso.

« Benedetto, il personaggio di *Molto rumore per nulla.* » Scambia il silenzio di Calligaris per ignoranza. « La commedia di Shakespeare che stavamo mettendo in scena » specifica dunque, con una certa impazienza. « Flavio interpretava Benedetto: è il personaggio più forte dell'intera commedia; Sebastian faceva Claudio, che mi è sempre parso un personaggio molto meschino. » E c'è qualcosa, nel suo tono, che lascia intendere un'aggiunta sottintesa, del tipo *personaggio adatto a lui*. Calligaris inarca un sopracciglio e lo fissa. Poi torna a scrivere. « Io interpretavo Don Juan, l'anima nera della storia. Diana era la dolce Ero. E poi c'era Iris, naturalmente. Lei era Beatrice. »

Inizio a pensare che dovrò leggere questa commedia. Forse potrebbe aiutarmi a capire qualcosa di più. Calligaris si fa lasciare il nominativo anche di questa Iris e poi sembra non avere altre domande, almeno per il momento.

Salutiamo Sciacchitano, che prima di lasciarci andar via ci fa omaggio dei biglietti per lo spettacolo che i suoi studenti metteranno in scena, a Palermo. Credo proprio che non potrò partecipare, ma mi sembra ugualmente un gesto gentile.

Ci ritroviamo nella tiepida sera di giugno, davanti alla Punto di Calligaris.

«Ceni da noi? Clementina impasta la focaccia, stasera.»

Nello stesso istante ricevo un altro messaggio di Sergio Einardi. Di quelli che un po' confondono. E l'invito a casa Calligaris mi sembra improvvisamente un porto sicuro.

You know I'm here waiting for you

Mentre sono nella mia stanza in Istituto, intenta a finire una relazione di autopsia insieme a Lara – che oggi è particolarmente pedante sulle tonalità di colori con cui descrivere ecchimosi e ipostasi, nemmeno fosse un'allieva d'arte con i suoi rosso carminio e verde fango – ricevo una chiamata dalla Wally.

« Che succede? » chiede la mia collega, al termine della telefonata.

« Qualcosa di terribile. Sono convocata dal Supremo e dalla Wally. »

« Coraggio. Non può essere peggio di quella volta che... » inizia a dire, ma io la interrompo, stanca di essere sempre lo zimbello di qualcuno che ha qualche episodio ignominioso da rivangare sul mio conto. « Torno subito! »

Percorro il corridoio in un lampo, bussando timidamente alla stanza del Supremo.

Tra gli altri, uno dei grandi problemi dell'aver amato tanto profondamente suo figlio, l'*Innominabile*, è che adesso ho serie, invincibili difficoltà anche solo a guardarlo in viso. Sta per andare in pensione, il che è una grande perdita in senso assoluto, ma per me in minima parte è anche un sollievo.

Il Supremo è seduto alla scrivania. Al suo cospetto, la Wally e una ragazzina.

« Dottoressa Allevi, buongiorno. » Se non altro il direttore, il Supremo Paul Malcomess, è sempre gentile. La Wally, specularmente, ha sul volto una specie di ghigno ferale. « Le presento la signorina Erica Lastella. »

La ragazzina ha l'aria composta, un'espressione molto matura e un fisichino secco e minuto. Mi porge la mano tutta compita e io la stringo mormorando un « Piacere » colmo di curiosità inespressa.

La Wally si lancia in una presentazione da orticaria. « Erica ha appena inoltrato domanda di internato. È una studentessa molto motivata ed è tra le migliori del suo anno. Ma del resto, dati i genitori... » Apprendo così che l'ottima Erica è la figlia della migliore amica della Wally, sua collega ai tempi dell'università e attualmente primario in carica del reparto di Endocrinologia.

« Dimentichi che è appena tornata da una *fellowship* a Berlino » soggiunge il Supremo, sempre felice di poter inserire termini anglofoni nelle sue frasi. « Inoltre Erica ha appena vinto una borsa di studio per un progetto di ricerca a Baltimora. »

Bene, la odio già.

Aggiungono altri brevi, stomachevoli dettagli prima che la magica Erica sia congedata o, meglio, momentaneamente parcheggiata nell'anticamera della stanza del Supremo.

A questo punto si pongono due quesiti.

Uno: che ci fa qui un elemento del genere?

Due: perché hanno chiamato proprio me a contemplarne la grandezza?

« Dottoressa Allevi, abbiamo pensato... » esordisce il Supremo, ma la Wally lo interrompe e lo corregge freddamente.

« *Hai* pensato. »

« Be', sì, *ho* pensato e ho deciso, finché posso ancora farlo, di affidarle Erica. »

« A me? » trasecolo.

« Ho avuto esattamente la stessa reazione » commenta serafica la Wally.

« La ragione è chiara » interviene il Supremo. « La Lastella è una prima della classe. Non ha bisogno di una guida che sappia tutto. » Questa spiegazione ha qualcosa di vagamente offensivo nei miei confronti, ma sono proprio curiosa di sentire dove andrà a parare. « In tal senso abbinarla a Lara sarebbe stato un errore. Non ho dubbi che Erica Lastella apprenderà in breve tempo tutto lo scibile sulla disciplina. C'è bisogno però di qualcuno che le faccia vedere qualcosa di... *diverso*. Qualcosa che non può trovare sui libri. Ed ecco perché ho scelto lei, dottoressa. Per farle vedere la passione. »

Ah, be', posta così è una bella cosa. Forse. Credo.

La Wally esprime tutto il suo ribrezzo con un'espressione perplessa.

« Direttore, preparazione e passione dovrebbero andare di pari passo » commenta con l'aria di chi parla di qualcun altro, ma è evidente che lei considera se stessa la somma vivente di entrambi i requisiti.

« Ci accontentiamo di quel che abbiamo » ribatte il Supremo, facendo spallucce.

« Su, dottoressa, vada a dedicarsi al suo nuovo giocattolo » dice quindi la Wally, che incassa suo malgrado la decisione del Capo.

Così, io mi ritrovo nell'anticamera, alle prese con la *mia* studentessa.

È un'esperienza del tutto nuova e non so se davvero sono pronta, tanto più che lei vanta un curriculum tanto pretenzioso.

Erica Lastella è seduta su una panchetta e sfoglia con sincero interesse il Puccini, una delle bibbie della Medicina legale, al punto che nemmeno si accorge del mio arrivo.

È davvero graziosa, anche se emana una sorta di allergene, qualcosa di istintivamente irritante.

«Vuoi seguirmi nella mia stanza? Stenderemo un programma delle cose da fare» le dico con tono serio e professionale. Lei annuisce.

Ha i capelli più lisci e fini che abbia mai visto, gli occhi volti all'insù in un'espressione arguta e molto spazio tra i denti.

Nella mia stanza, Lara è vittima delle vessazioni di Claudio, che le sta ingorgando il cervello di rimproveri sulla sua inefficienza.

«Claudio, Lara, scusate, vi presento Erica Lastella» annuncio.

Claudio non la guarda nemmeno. Lara mugugna un «Piacere» che sottende tutt'altro.

Alzo un po' il tono di voce. Dopotutto questa creatura, volente o nolente, è la mia protetta.

«Erica è la nostra nuova interna. Ha un curriculum molto interessante. È stata a Berlino e ha appena vinto una borsa di studio a Baltimora» esordisco, e mi rendo conto che sto ripetendo come un pappagallino la presentazione della Wally. Nel sentir pronunciare «Baltimora», Claudio finalmente la guarda. Lì lui ha trascorso un anno intero, alla Johns Hopkins University.

«Ma che brava bambina» le dice con tono soave.

Erica arrossisce. Porge la manina e sorride dolcemente, come farebbe qualunque ragazzina al cospetto di un uomo così bello.

«Chi sei?» le chiede lui, continuando a fissarla.

«*F*ono Erica La*ſ*tella.»

Oh, sollievo!

Allora anche la bambolina prodigio ha un piccolo difetto, ancorché quasi impercettibile. Una zeppola, certamente corretta da opportuna logopedia, ma che si palesa quando lei meno se l'aspetta.

« E così, ti hanno affidato alla nostra dottoressa Allevi. Buon per te! » afferma lui, ed è davvero difficile capire se stia scherzando o no, ma riceve degna risposta.

« Sono sicura che per me sarà perfetta » risponde la mia allieva, recuperando il comando sulla propria fonetica, un piglio niente male che mi suggerisce che ne vedrò delle belle.

* * *

Mentre sto tentando di riordinare il mio armadio, il suono del citofono mi distoglie dall'atroce dilemma se conservare o meno abiti un po' vecchiotti cui però sono molto affezionata. È Alessandra, mia cognata, senza preavviso.

Ha gli occhi gonfi e rossi, e Camilla nel marsupio gioca con la sua collana di perle, mettendole in bocca e spalmandole di bava. Mia cognata non se ne cura; ciò prelude alla tragedia.

« Che succede? »

Alessandra scoppia a piangere. « Oh, Alice! Che fortuna che sei in casa! Non sapevo dove andare. »

Prendo la mia nipotina dal marsupio e inizio a coccolarla. È così morbida e profumata.

« Sono talmente avvilita! Non ho più una vita. E tuo fratello non mi capisce. Anche per farmi la doccia devo chiamare qualcuno che mi aiuti con la bimba. »

Raccolgo il suo sfogo mentre Camilla gioca con la trousse che ha scovato dentro la mia borsa. Mia cognata è davvero a pezzi e non credo che il mio poetico e bizzarro fratello sia nelle condizioni di supportarla adeguatamente. Alessandra ha bisogno di tempo per sé. Di una seduta dall'estetista e una cena con Marco tête-à-tête. In uno slancio di eroismo, mi offro volontaria.

«Alessandra, cogli l'attimo. Tengo io Camilla, tutto il pomeriggio, tutta la sera... Fino a quando vuoi tu.»

Mia cognata sembra scettica.

«Alice, non è così semplice.»

Lo immagino, ma insisto. «Che sarà mai! In America lo fanno le adolescenti!»

Alessandra supera la ritrosia con imprevista semplicità. Mi lascia una borsa carica come una valigia, mi spiega come preparare il latte in polvere, mi lascia pannolini e crema per il cambio, giocattoli vari e, senza che io riesca ancora a rendermi conto delle consegne, è già fuori da casa mia, dritto verso la libertà.

Camilla mi fissa come se volesse chiedermi *e ora?*

Dopo un'ora e venti minuti, sono pentita perfino di ciascuno dei miei più banali e veniali peccati.

«Perché fa così?» domanda Cordelia, i capelli intrecciati come un diadema, l'aria perplessa e anche un po' scocciata di fronte alle lamentele della mia piccolina.

«Sta mettendo i dentini.» È così che risponde mia cognata quando anch'io glielo chiedo.

«Perché non le dai il rhum? Mia madre dice che con me funzionava.» Ah. Ora si capiscono tante cose.

Sento il mio cellulare trillare. Cordelia me lo porta mentre io tengo in braccio Camilla.

È un messaggio di Claudio.

Vuoi venire con me?

Sento come una vertigine improvvisa, un rullo di tamburi nel cuore, e per un momento, un momento solo, in cui cuore e ragione prendono strade diverse, mi viene in mente IL pensiero sciagurato, quello che altre volte mi ha messo nei guai.

Mio malgrado, nonostante tutto, io con te andrei ovunque. Quello che provo per te e che soffoco da tutti questi anni ha totalmente deviato la mia vita sentimentale.

Poi mi dico che, più probabilmente, CC ha sbagliato destinatario. Nella miriade di femmine che tiene in caldo, ogni tanto gli scappa il messaggio destinato a qualcun'altra. È già successo una volta, due anni fa, e anche se lui ha negato fino alla morte, io sapevo di aver ragione.

Replico in maniera eloquente.

???

La sua risposta arriva quasi subito.

È un sì?

« Scusami, Cordy, terresti Camilla solo un momento? » Senza crearle danni irreparabili, vorrei aggiungere.

Lei è ben contenta di accettare. Io richiamo Claudio, che risponde a bassa voce.

« Sei sicuro di aver inviato il messaggio giusto alla persona giusta? »

« Scommetto che ti sei dimenticata di stasera » ribatte, con tono pieno di sarcasmo.

« Stasera? »

« L'autopsia, Allevi. »

« Ma la sala settoria è chiusa. E non ho dimenticato niente che mi risulti. »

« Ah, scusa. Pensavo che lo sapessi, ma forse ho fatto confusione. L'autopsia di quel tale che è morto ieri nell'incidente sul raccordo la faccio nella sala settoria annessa al cimitero. È vetusta ma agibile. Casa tua mi viene di strada, hai dieci minuti per prepararti. »

Madonnina, come faccio con Camilla?

« Claudio, io... »

« Hai paura del cimitero di sera? »

« No, è che sto facendo da baby sitter alla mia nipotina e... Aspetta, aspetta, forse ce la faccio. »

Alessandra ha appena suonato alla porta.

Sembra un po' più tranquilla, anche se credo che non abbia fatto proprio nulla di quello che sperava.

Mi ringrazia e si riprende la sua bimba, dice che le è mancata troppo, che tutto sommato va bene così. Un quarto d'ora dopo sono già sulla X5 di Claudio, in direzione cimitero.

* * *

« Ti era sembrato un messaggio scritto per provocare? » mi chiede, le mani salde sul volante.

« Con te non so mai cosa aspettarmi. O meglio, so già e so bene che devo diffidare, sempre. »

« Parli di me come se fossi il Diavolo in persona. »

« Non so perché, ma il più delle volte le nostre conversazioni degenerano » osservo.

« Forse perché le cose tra noi non sono chiare » ribatte con tono serio, senza guardarmi. Ma prima che io possa ribattere, mi precede. « Siamo arrivati. Alice, non intendo far nottata. »

« Perché lo dici a me? » chiedo, mentre apro la portiera dell'auto.

« Non so perché » dice facendomi palesemente il verso, « ma quando ci sei tu le autopsie si allungano. »

« Forse perché sono un tipo preciso, accurato e curioso. »

« E modesto » conclude lui, chiudendo l'auto col telecomando e inserendo l'allarme.

Attraversare il cimitero di notte è un'esperienza che mi mancava.

È in leggera salita, e con tutti i lumini accesi sembra un

albero di Natale in orizzontale. Attraversiamo i viali alberati, ai margini delle file di lapidi corrose dalle intemperie.

La luna splende in cielo e l'aria è frizzante, al punto che rimpiango di non aver portato con me un coprispalle. O magari questi brividi esprimono suggestione e nient'altro.

« Te la stai facendo sotto, Allevi? » chiede Claudio, estraendo dalla tasca il cellulare. « Merda. Da un po' non funziona più bene. Devo portarlo al centro assistenza. »

Avvampo. Credo che il trattamento di bellezza che gli ho riservato quel fatidico dì non gli abbia certo giovato.

« Mi senti, Alice? »

« Scusami, ero distratta. »

Che vita di merda. Non bastavano cadaveri a tutto spiano. Si sentiva la necessità di estendere l'attività al cimitero. Scapperei a gambe levate se solo non fossi con CC, pronto a ricordarmi la vicenda negli anni a venire.

E poi, in un attimo, mi prende la mano.

« Fifona » mormora quasi teneramente.

Con le sue dita sfiora appena le mie, come una carezza fatta per tranquillizzare, mentre la sua stretta è salda, quasi voglia assicurarmi che non mi lascerà qui, da sola, e mi ritrovo a pensare che spesso sono i luoghi più ostili, nei momenti più imprevisti, a regalarci quello che proprio non ci aspettiamo.

I will learn to say goodbye to yesterday

Sento bussare alla porta della mia stanza. Cordelia fa capolino, il Cagnino le corre incontro festante.

« Hai impegni per il pomeriggio? »

Le mostro il DVD di *Molto rumore per nulla*, quello con Emma Thompson e Kenneth Branagh, l'ho trovato su eBay e mi è appena arrivato.

« Beeeeeeello! Hai già iniziato a vederlo? »

« Non ancora, mi accingevo a farlo. »

« Okay, ho una superidea. Adesso mi accompagni al casting, quello di Stella von Schirach. E poi compriamo la pizza per te e ci godiamo il film, io tu e il Cagnino. »

La proposta non mi dispiace affatto: sono proprio curiosa di vedere Stella von Schirach, la moglie di Sebastian Leyva, ereditiera con un passato da attrice e ora produttrice teatrale.

Prendiamo l'autobus fino a Trastevere e raggiungiamo un piccolo teatro in piazza di Santa Apollonia, dove si svolgeranno le selezioni.

Cordelia è eccitatissima. Ha preparato un pezzo tratto da *Il dio del massacro* di Yasmina Reza.

Seduta al centro della platea, sulla poltroncina di velluto rosso, colei che immagino sia Stella. Al suo fianco, solo uomini che prendono appunti e le parlano all'orecchio, a bassa voce.

Stella ha i capelli di un rigoglioso rosso scuro, gli occhi nocciola e il viso pieno di lentiggini. Porta al polso un grosso orologio da uomo di Michael Kors. Ha l'aria semplice, ma al contempo ricercata e appartiene a quella tipologia di donne che piacciono molto di più alle altre donne, anziché agli uomini.

« Il prossimo » chiama a voce alta.

Cordelia avanza timidamente dalle quinte. Io la osservo e mi auguro per lei che sappia cambiare pelle.

Chiude gli occhi e sospira profondamente. Inizia a recitare, ma il miracolo è che sembra proprio che non stia recitando.

Stella von Schirach sembra molto colpita.

« Ho sempre immaginato Annette d'età un po' più matura. Ma a parte questo... è perfetto. Era un pezzo brevissimo, tuttavia. Ha preparato qualcos'altro? »

« Ho scelto questo perché allestirete una pièce di Yasmina Reza e desideravo mostrarle che sono capace di sostenerla. »

« Per dimostrarmelo c'è bisogno di qualcosa di più » ribatte Stella, senza tuttavia risultare antipatica. « Ecco, venga. Prenda il libro e ne legga un pezzo, un pezzo a sua scelta, d'istinto, come le viene. » È come se desiderasse ottenere il massimo da Cordelia, il che le fa onore, dato che molto più spesso mi sembra che il resto del mondo cerchi di trarre il peggio da ognuno di noi.

Un assistente di Stella porge a Cordelia il libro *Felici i felici* di Yasmina Reza.

Lei lo sfoglia e inizia a leggere, con la sua voce piena di colori. Non so nemmeno se sia un pezzo adatto a una donna, ma mi sembra universale. Mi restano impresse delle parole che vorrei tanto rileggesse.

In un libro di Gilbert Cesbron, mi pare, una donna chiedeva al confessore, bisogna cedere alla tristezza, oppure combattere e reprimerla? Il confessore aveva risposto, trattenere i singhiozzi non serve a niente. La tristezza ci resta dentro da qualche parte.

L'espressione sul volto di Stella von Schirach adesso è imperscrutabile, sembra molto concentrata. Cordelia continua a leggere fino a quando un collaboratore di Stella non la interrompe, un po' bruscamente: « Credo sia abbastanza ».

Cordelia abbassa il libro. Le cattive maniere la sconvolgono, per questo vive in uno stato di perenne turbamento.

« Stella, tu che ne pensi? »

« Sì, va bene. Arrivederci, signorina Malcomess. »

Cordelia annuisce, tornando nei suoi panni, quelli di un essere fragile che sembra aver bisogno di protezione costante. Restituisce il volume e mi raggiunge; insieme usciamo dal teatro e facciamo due passi a Trastevere.

Sulla baby Malcomess è piombata una cappa di melanconia e negativismo.

« Non mi prenderà mai. »

« Peggio per lei. Ti prenderà qualcun altro » commento, con tono leggero.

Cordelia nemmeno mi ascolta. « Non credo. Okay. Non voglio pensarci. Prendiamoci un gelato, ho fame. »

Per chiunque altro al mondo sembrerebbe un buon segno, ma Cordelia mangia solo se è depressa. Al contrario, se è di buonumore, vive d'aria, acqua e un cubetto di formaggio quando sente che sta per morire. Molto tempo fa promisi a suo fratello che avrei vegliato su di lei, ma a volte mi sembra un compito al di sopra delle mie possibilità.

* * *

« Lei mi è sembrata una persona proprio carina » dico a Cordelia più tardi, mentre la mia depressa ex cognata giace sul divano. A distoglierla dai brutti pensieri riuscirebbe solo l'improvviso arrivo di Brad Pitt alla nostra porta.

«Certamente lo è. È una delle persone più perbene che puoi trovare nel nostro ambiente. Ma, poveretta, anche la più cornuta. Si dice che ormai lei e Leyva siano separati in casa, nonostante il figlio sia ancora piccolo, e lui abbia un'amante, un'attricetta appena uscita da un reality.»

«Che razza di idiota.»

«Dai, schiaccia play» chiede con impazienza.

Un'avanzata effetto rallenty di uomini a cavallo appare sullo schermo, al suono di una musica allegra. Accoccolata al Cagnino, Cordelia sembra via via distrarsi. Del resto, il film è talmente piacevole che è facile sentirsi meglio.

Giunge la fine in un niente. Cordelia si è addormentata, sembra una bimba. È stato utile, oltre che dilettevole, vedere questo film.

La storia è semplice: Don Pedro, principe di Aragona, giunge a Messina con il fratello bastardo Don Juan e, tra gli altri, i due giovani soldati Benedetto e Claudio. Li accoglie Leonato, governatore di Messina, con la figlia Ero e la nipote Beatrice. Claudio ed Ero si innamorano profondamente. Benedetto e Beatrice covano invece un risentimento di lunga data basato su schermaglie verbali, ma sotto sotto si amano, nella migliore tradizione del *chi disprezza compra*. Tutto sembra idilliaco fino a quando il perfido Don Juan decide di mettere zizzania. Lascia credere a Claudio e a Don Pedro che Ero sia una ragazza di facili costumi; il fidanzato – molto meschinamente – aspetta di incontrarla all'altare per svergognarla davanti a tutti. La povera Ero sviene e tutti la credono morta. Ma poi, naturalmente, verrà dimostrato che l'accusa era ingiusta e Claudio accetterà di sposare una cugina di Ero, identica a lei. Che poi, in realtà, è proprio lei. Nel frattempo Beatrice aveva convinto Benedetto a sfidare a duello l'amico per dimostrarle il suo amore. Insomma, forse la storia non è così semplice... Un gran casino.

Adesso comunque riesco a immaginare i ruoli di ciascun attore all'interno della compagnia. E, poiché la commedia si è trasformata in tragedia, mi domando se non esista una qualche corrispondenza con la realtà.

Non sprecare lacrime nuove per vecchi dolori

Euripide

Dalla porta dell'Istituto, con passo lesto, vedo entrare il dottor Presti.

È il perito che coadiuva abitualmente Claudio nei casi in cui il magistrato abbia disposto anche un'indagine tossicologica. In genere ha un'aria un po' indifferente e annoiata: si limita a consegnare risultati per lo più negativi, o positivi solo nel caso dei tossicomani.

Stavolta ha l'aria euforica e raggiunge la stanza di Claudio veloce come un furetto.

Fingo di passare nei pressi per puro caso.

« Sei sempre nei paraggi quando qualcosa riguarda un cadavere di tuo interesse » commenta la creatura sulfurea a voce alta, seduto alla scrivania. « Vieni » fa cenno con la mano, e naturalmente non me lo faccio ripetere due volte.

Claudio sta leggendo le conclusioni della relazione che Presti gli ha appena consegnato.

Gli occhi del tossicologo brillano di compiacimento.

« Questa è veramente una botta di culo di quelle rare » ammette CC.

« Hai chiuso il caso » aggiunge Presti.

« E poiché non era semplice, tanto meglio. »

« Mi devi un favore » ha l'ardire di osservare il tossicologo.

Claudio, che ritiene di non dovere niente a nessuno, men che meno a un povero tossicologo con la forfora, inarca un sopracciglio e lo guarda in un modo che potrebbe pietrificare. « A te? Semmai all'assassino, che ha scelto di uccidere con il cianuro. »

« Flavio Barbieri è stato avvelenato col cianuro? » mi ritrovo a esclamare.

« Sì, e adesso, grazie alla tua dolce vocina, lo sanno anche quelli del piano di sopra. »

D'istinto mi copro la bocca con la mano.

« Scusami. »

« Tieni, leggi la consulenza dell'esimio dottor Presti. »

Il tossicologo non riesce a non condividere l'entusiasmo. « Erano anni che non mi imbattevo in un caso simile. Il cianuro non è più di moda. »

« A proposito. Dove lo si trova? Cioè, immagino che non si possa andare in drogheria e chiedere: 'Scusi, ha del cianuro?' »

« Non esistono vie legali per acquistare cianuro. L'utilizzo è prevalentemente industriale. Un altro ambito di applicazione è quello galvanico: per realizzare rivestimenti sottili di metalli pregiati o per placcare componenti elettroniche. È usato anche dagli artigiani, per lucidare il rame. Insomma, con le giuste conoscenze e le forti motivazioni, si finisce col trovarlo. »

Mi ricordo ancora abbastanza bene alcune nozioni di tossicologia che ho studiato per l'esame di passaggio dal terzo al quarto anno. Il cianuro è un liquido incolore, di odore penetrante. Ci insegnano che è uguale a quello delle mandorle amare. Bastano poche gocce per uccidere e si muore in fretta, drammaticamente e con violenza.

Presti saluta Claudio, non prima di avergli lasciato la fattura della propria salatissima parcella.

Ci lascia da soli nella sua stanza e mentre Claudio scrive qualcosa al computer io ne approfitto per osservare il suo profilo: sulle tempie inizia a spuntare qualche filo argentato, il naso è affilato eppure mascolino, gli occhi da lince, la muscolatura sempre tesa, come se fosse perennemente pronto a scattare. Nonostante siano trascorsi anni da quell'innamoramento da shojo manga che presi per lui e che mi ha portata in quest'Istituto e nonostante abbia appreso a mie spese quanto possa far male anche solo pensare a lui – peggio ancora, pensare di poter imbastire con lui un rapporto di reciproco affetto –, sotto tanti aspetti non è cambiato niente. E quell'effetto tutto suo di assoluto, magnetico condizionamento che ha su di me e, troppo spesso, sulle mie scelte, è del tutto invariato.

« Perché mi stai fissando? » chiede, cogliendomi alla sprovvista, ma senza distogliere lo sguardo dal monitor.

« Ero sovrappensiero. »

« Ah. Pensavo stessi guardando me, in preda al pentimento per avermi rifiutato non una volta, ma molte di più. »

« Avrò avuto le mie buone ragioni. »

Finalmente distoglie lo sguardo dal monitor e mi guarda con ravvivato interesse.

Sta per dire qualcosa quando la Wally fa irruzione nella stanza per questioni di lavoro a me ignote, facendomi capire che preferirebbe che li lasciassi da soli.

Più tardi, quando è sera e, a casa, sto studiando tutto lo scibile sull'avvelenamento da cianuro, ricevo una chiamata da Claudio.

Sto già elaborando mentalmente una scorta di buone scuse per sottrarmi a qualche sopralluogo senza scontrarmi con il suo biasimo quando lui mi sorprende annunciando che no, non c'è nessun sopralluogo.

« Semplicemente mi trovavo dalle parti di casa tua. Se vuoi ceniamo insieme. »

Si sente solo e cerca compagnia. Tutto qui.

Sono sola anch'io: Cordelia è a Milano per un laboratorio di recitazione con Stella von Schirach, che ancora non l'ha presa ufficialmente, ma che l'ha coinvolta in un ciclo di seminari definendoli indispensabili.

Inizio a provare un tumulto strano, un richiamo primordiale verso l'oscurità. Quanto sia richiamo verso di lui e quanto invece rimedio omeopatico per non sentire la nostalgia dell'*Innominabile*, non è dato sapere.

«Qui da me? Sushi o pizza a domicilio?»

Lui resta piuttosto sorpreso dalla proposta. E dopo averla fatta, lo sono anch'io. In pratica, sono già pentita. Ma poi mi dico *keep calm*, non accadrà niente che io non voglia. Anche se è proprio la confusione su quel che voglio a spaventarmi.

«Okay, ma per favore, il pesce crudo mi fa schifo.»

* * *

Ho giusto il tempo di mettere una maglia pulita e di spruzzare il deodorante, che lui è già arrivato. Ha portato dei fiori, ma poi ci tiene a minimizzare il gesto. «Ho dato l'elemosina a un pakistano che girava qui sotto.»

All'inizio abbiamo parlato di cianuro, il che non è molto romantico.

Poi abbiamo mangiato pizza al taglio e bevuto birra Traquair come se non ci fosse un domani, proprio come avrei fatto con un amico di vecchia data. A un tratto, la serata è diventata una delle più strane della mia vita. Il punto è che più lui si comporta in maniera neutrale, senza le sue abituali allusioni lascive, più io vorrei che, al contrario, lo facesse. Che non mi levasse il terreno sotto i piedi smettendo di dirmi qualcosa che mi fa vibrare, che mi fa sentire viva.

In altri termini, è qui a casa mia, abbiamo trascorso una sera piacevolissima, siamo liberi – almeno che io sappia – e c'è un letto a due passi. Insomma, perché non ci prova più? Cos'è cambiato?

Non lo attraggo più? Puzzo? O, peggio di un cataclisma, si è innamorato di qualcun'altra? O è tornato con Beatroce?

« Guardiamo un film? » propone poi, mentre io sono assorbita da tutti questi pensieri che lo vedono protagonista. Annuisco, mortalmente delusa.

E poi, mentre siamo a un terzo di un thriller noiosissimo, mi sfiora il gomito.

Ci siamo.

Mi sento una botte carica di ormoni. Il gomito sarà anche una zona erogena assai singolare, ma da qualche parte si dovrà pur iniziare.

E invece è stato un caso, gli sono proprio indifferente.

Al termine del film, assonnato e con la cravatta allentata, accenna ad andare via. La botte è ancora carica, e sarà perché nessuno mi stringe tra le braccia da tanto tempo, ma vorrei che Claudio sbloccasse la situazione, adesso, subito, con un gesto di trucibalda virilità.

Tra le sue doti, tuttavia, non annovera quella di saper leggere nel pensiero, e così pone fine alla serata con un innocente bacio sulla fronte, impartendomi una nuova, grande e preziosa lezione da aggiungere come corollario alla mia personale Legge di Murphy.

Dopo anni e anni di tira e molla, di indecisioni e turbamenti, nel momento esatto in cui sarai pronta a una notte di torbido sesso senza complicazioni per il puro gusto di farlo, lui non ti guarderà nemmeno.

È una cosa che nessuno mi ha mai detto prima

« Bene. A questo punto abbiamo chiari alcuni punti fondamentali sul caso Barbieri. Causa della morte: avvelenamento da cianuro. »

L'ispettore Calligaris parla a voce alta, aiutandosi con degli appunti su un foglio bianco.

« La dinamica potrebbe essere semplice da ricostruire: assume il veleno e sbatte il capo quando sta perdendo i sensi. E poi qualcuno lo mette comodamente seduto, come lo abbiamo trovato. Con quel biglietto in mano. »

« Possibili colpevoli? »

« Sebastian Leyva » butto lì, quasi distrattamente.

Lui inarca un sopracciglio. « Interessante. Perché proprio lui? »

« Perché si è premurato di rilasciare dichiarazioni spontanee tutte tese a concentrare le indagini su un'altra persona e perché, a quanto pare, Flavio Barbieri era un attore più bravo e Leyva avrebbe potuto esserne geloso. »

Calligaris appare titubante. « Invidia, dunque. Ma che vantaggio avrebbe tratto Leyva dalla sua morte? I due non erano in reale competizione. Flavio Barbieri aveva molte più difficoltà di Leyva a ottenere un ruolo. Leyva è molto sicuro di sé e del proprio talento, non credo che potesse mai vivere Flavio come una minaccia per la sua carriera. Tuttavia, non si sa mai, non si può escludere questa ipotesi. Poi? »

« Vincenzo Sciacchitano, per ragioni analoghe. Ma a pelle mi sembra meno probabile. »

Calligaris continua a prendere nota. « Poi? »

« Diana Valverde, per amore non corrisposto e per vendetta. A proposito, ispettore, l'ha rintracciata? »

« Non ancora. Diana Valverde era certamente un nome d'arte, ma Sciacchitano non ha idea di quale fosse il suo vero nome, e nemmeno Manlio Calvino, il regista, con cui ho parlato di recente. Sto risalendo ai suoi dati anagrafici attraverso registri di pagamento, ma mi scontro con una certa lentezza burocratica. E poi, come sempre, la fortuna non è dalla mia parte. C'è stato un allagamento nell'archivio del commissariato, una quindicina di anni fa. Il fascicolo relativo alla scomparsa di Flavio Barbieri è stato compromesso, molti verbali sono andati distrutti, tra cui, probabilmente, anche quello su Diana. Per questo ho informazioni lacunose. In ogni caso, dovrei avere notizie entro breve tempo. Poi? »

« Ispettore, Barbieri era un uomo solitario, non mi risulta di altri che avrebbero potuto o voluto ucciderlo. »

« Quello che dici è parzialmente corretto. Resterai però sorpresa di sapere che Manlio Calvino mi ha parlato di un'altra persona. »

« Ah! E chi sarebbe? »

« Secondo Calvino, Flavio aveva una relazione con una zingara. »

Sgrano gli occhi. « Una zingara? E Sciacchitano che dice al riguardo? »

« Dice che non ne sapeva niente, e io gli credo. Calvino mi ha detto che era una notizia praticamente segreta. Lui l'aveva scoperto perché li aveva visti. E si era permesso di dissuadere Flavio dal frequentare certa gente. »

« Un momento, ispettore. Leyva e Sciacchitano ci hanno detto che i rapporti tra Flavio e il regista erano pessimi. Nella lista perciò potrebbe aggiungere anche Manlio Calvino.

Motivazione: non sopporta più il pessimo carattere di Barbieri e lo uccide in un momento d'ira. »

« Col cianuro? C'è premeditazione, piuttosto. »

« Giusto. »

« E poi Calvino non avrebbe rischiato di bloccare lo spettacolo con questa storia. Comunque, teniamo in conto anche lui. »

« Scusi, ispettore, ma continua a non quadrarmi che Calvino abbia dato dei consigli di vita a Flavio. »

Calligaris si gratta una tempia e fa un cenno di assenso.

« Ma i rapporti tra loro erano un po' diversi da quelli che ci ha descritto Leyva. Avevano continue discussioni, è vero, ma, secondo Vincenzo Sciacchitano, Flavio Barbieri stimava Manlio, e la stima era reciproca. »

« Ugualmente, a me sembra strano. »

« Perché? Immagina che Manlio, casualmente, incontri uno degli attori della sua compagnia con gente poco raccomandabile. O, almeno, che a lui sembra poco raccomandabile, poi non è detto che lo fosse davvero, Flavio probabilmente non la vedeva così. È uno dei suoi attori migliori, forse proprio il migliore, ed è un ragazzo fragile e un po' sbandato. Solo, orfano, senza nessuna apparente o nota figura di riferimento. Manlio Calvino, nonostante tutte le volte in cui lo fa andare su tutte le furie, sente comunque l'istinto di aiutarlo. »

« E cosa si sa della zingara? »

« Assolutamente niente. Gli unici che potrebbero saperne qualcosa sono Sciacchitano e Leyva, ma entrambi negano. E Diana, anche, potrebbe saperne qualcosa, ma finché non l'avrò trovata... »

« Be', l'entrata in gioco della zingara smuove un po' le acque. Se Flavio si era innamorato di lei, il movente di Diana ne uscirebbe rafforzato. »

« Non solo, con lei entra nella rosa dei sospettati un'altra persona, e un insieme di ulteriori elementi da valutare. »

Colgo perfettamente il suo ragionamento: « Certo, oltre alla zingara, altre persone connesse a lei. Non so, un amante rifiutato dalla zingara, tanto per dire... oppure suo padre, perché non approvava quella relazione... Insomma, si aprono infiniti scenari. Anche se... come poteva un esterno sapere della cripta sotto il teatro? »

L'ispettore annuisce con forza, aggiungendo: « È un bel grattacapo, a meno di ipotizzare che Flavio avesse portato lì questa persona. In ogni caso, dove la trovo io questa zingara, adesso? Non so nemmeno da dove iniziare ».

« Ispettore, ci avrà già pensato ma... ha sentito qualcuno dell'istituto in cui è cresciuto Flavio? Mi viene in mente che forse questa zingara era stata affidata allo stesso istituto, anche solo temporaneamente. »

Calligaris si dà una botta sulla fronte.

« Tu. Sei un genio. »

What makes you think I'm enjoyin' being led to the flood

L'esultanza del trionfo diffonde in casa odore di gioia.

Cordelia è appena rientrata con una bottiglia di champagne che intende scolarsi fino all'ultima goccia. « La parte è mia! »

Non la vedevo così festante da quando ebbe un piccolo ruolo in un film di Ozpetek, che però poi fu tagliato. Per la sera, ha invitato a casa un sacco di gente, promettenti leve della recitazione e anche qualcuno della compagnia del nuovo spettacolo di cui farà parte, compresa Stella von Schirach, che ha appena suonato al campanello.

Si presenta con un abito color rubino, pumps in tinta e una clutch in plexi rossa, e ha l'aria gioviale e allegra.

L'affabilità di questa donna – da quel che mi ha raccontato Cordelia, una nobile di origini bavaresi, bella e sofisticata, nonché moglie di un uomo celebre e pieno di fascino –, che si comporta con l'atteggiamento semplice e sincero di una persona qualunque, è quasi imbarazzante.

Coccola il Cagnino senza schifarsi per le sue slinguazzate, anche lui in estasi e conquistato dal suo charme.

Si trattiene poco, in realtà. Forse poco meno di un'ora. Dice di dover raggiungere il marito per un altro impegno, ma precisa che non voleva perdersi i festeggiamenti per la sua talentuosa nuova scoperta. Gli occhi di Cordelia brillano di gioia vera e pulita.

Poco prima di andar via, Stella mi chiede del bagno.

Entro subito dopo che lei è andata via. E naturalmente,

nonostante la coincidenza cronologica, quello che ho appena trovato potrebbe appartenere a qualunque altro invitato.

* * *

Sergio Einardi è appena entrato in Istituto. Indossa una spaventosa camicia grigia con disegni rossi che non gli dona affatto, ed è un peccato perché è un uomo dotato di un discreto fascino, solo un po' nascosto.

« Buongiorno, Alice » esordisce con un sorriso gentile. « Ho portato il profilo definitivo del cadavere del teatro. »

« Ah, bene! E ci sono state sorprese? »

« Non direi. Credo che corrisponda in tutto e per tutto a quello di Flavio Barbieri. » Mi consola. Non è auspicabile aver svolto tutto questo lavoro sul passato di Flavio per poi scoprire che il cadavere appartiene a tutt'altro individuo. « Il dottor Conforti è qui? »

« È andato in Procura, ma tornerà tra poco » spiego controllando l'ora. In effetti è fuori già da un po'.

« Purtroppo sono di fretta » afferma di rimando lui, un po' costernato.

« Se vuoi, puoi lasciare il malloppo a me. Lo consegnerò io. »

« Ah, così contrarrei un piccolo debito di riconoscenza con te, e la cosa non mi dispiace, perché dovrò sdebitarmi. »

Quest'uomo mi confonde, e non poco. Il suo atteggiamento, il suo fraseggio, sono quelli di uomini d'altri tempi. E l'effetto complessivo non mi dispiace.

« D'accordo » ribatto, un po' intimidita.

Lui sembra compiaciuto. « D'accordo » ripete con il sorriso vivace di una persona raffreddata che, dopo giorni di ageusia, improvvisamente ricomincia a gustare i sapori.

* * *

È stata una fortuna, in fin dei conti, che Einardi abbia deciso di non aspettare CC.

Sono quasi le tre e ancora non si è visto. Gli altri specializzandi sono già andati via. Gli ho telefonato per sapere a che punto fosse, e sono certa di aver riconosciuto in sottofondo la voce di Beatrice. Ha detto che stava per arrivare. Questo accadeva due ore fa.

Ho appena preso in mano il cellulare per chiedergli dove posso lasciare il fascicolo di Sergio per poter andar via anch'io, quando sento aprire la porta dell'Istituto.

« Claudio » lo chiamo.

Lui non risponde, ma si presenta direttamente alla porta della mia stanza. Ormai sono sola.

« Ah, sei tu. »

« Certo! Ho dovuto aspettarti » dico con tono acido, porgendogli il materiale che avevo in consegna. Lui legge le prime righe.

« La perizia di Einardi, il tuo nuovo amico. Non mi serve, in ogni caso. È stato un eccesso di zelo da parte sua fornirmene una copia. Lui deve dar conto della propria attività solo al giudice. E avrebbe potuto mettermi a parte dei suoi ovvi risultati anche solo telefonicamente. Ha il mio numero, del resto. Oppure mandandomi una mail. È evidente che cercava un pretesto per venire qui » dice, sollevando gli occhi dal foglio per guardarmi. « Chissà perché. » La sua voce ha colori ambigui.

« Non mi piace questo tono » affermo, mentre riordino le mie cose, pronta a tornarmene a casa. Mi sento nervosa, ferita, impotente. E anche un po' gelosa, perché mentre ero qui ad aspettare come un polipo, a saltare il pranzo, lui era chissà dove con Beatrice.

« Non ti piace, eh? »

« No » ripeto.

E in un attimo, senza che mi renda conto che lo sta facendo davvero, che non sono io a immaginarmelo in una delle mie più succose fantasie, afferra il mio volto tra le sue mani.

Mi regala un bacio che è valso la pena attendere così a lungo, ma io mi ritraggo. Lui affonda la mano abbronzata sotto la mia camicia e io sento che, se non mi fermo subito, non sarò in grado di farlo dopo. Lui avverte la ritrosia ed è ben determinato a spuntarla.

« So che vuoi farlo. Fa' ciò che senti. Ogni istinto che reprimiamo ci logora. » Le parole si susseguono morbidamente.

« E se arriva qualcuno? »

« Non arriva nessuno » ribatte. Ma si allontana un attimo e, per un gioco di luci, il bagliore delle prime ore del pomeriggio filtra dalla finestra e illumina il suo viso mentre chiude a chiave la porta.

Non ci posso credere. È successo solo un'altra volta tra noi, ma mi sono sempre giustificata davanti a me stessa dicendomi che ero mezza ubriaca. Adesso sta per succedere in Istituto. Nella mia stanza. In un momento di lucidità mi chiedo se potrò mai guardare queste pareti con gli stessi occhi.

« Quanto ti vorrei... in un letto... per un'ora » mormora, languidamente, e non riesco a sopprimere la delusione. *Come, solo un'ora?* E subito dopo, ho già una caterva di altri pensieri.

È solo sesso. Non è pericoloso, non può farmi male. Sto solo vivendo il momento.

Ma poi, dopo, quando lui guarda l'ora e dice di essere di fretta, di frettissima, e di dover scappare, sento il mio povero cuore raggelarsi.

« Non andare. »

La voce è implorante alle mie stesse orecchie, quasi struggente. Io non saprei resistermi. Ma lui ci riesce, e si sottrae. Gentilmente, ma si sottrae.

« Ti chiamo dopo, promesso » dice mentre si abbottona la patta dei pantaloni. Ma nemmeno mi interessa che mi chiami davvero, dopo. Perché mi accorgo che questo è forse il momento più basso, in assoluto, di un'intera vita trascorsa pensando che prima o poi avrei trovato anch'io la persona giusta per me.

Home is where I want to be
But I guess I'm already there

Ecco.

È successo.

L'unica consolazione in questa circostanza luttuosa è che sono sul treno per Sacrofano.

La villetta della mia famiglia è l'unico posto al mondo in cui posso usare la parola «pace». Tutto sommato è come andare in una spa – soprattutto ora che i miei hanno rimodernato il bagno. E poi c'è nonna Amalia, che ne sa una più del diavolo.

In cucina, prima di sederci a tavola, la nonna mi parla dei suoi progetti immediati. «Vorrei andare a trovare le mie cugine in Maremma, ma hanno dieci anni più di me e ogni volta ne hanno una: ora no perché mi devo rifare l'anca, ora no perché devo fare la cataratta... Però, ecco, vorrei tanto fare una gita fuori porta.»

«Puoi sempre venire a trovarmi a Roma.»

«Non è un'idea malvagia. Potrei anche andare a prendere un gelato con il cavalier Albertini. Grande galantuomo. Da quando ha avuto l'annullamento del matrimonio dalla Sacra *Ruota*, quarant'anni fa, mi ha sempre corteggiata. Ma tu che c'hai bella di nonna? Ti vedo sciupata. Pure più alta mi sembri.»

«Nonna, sono alta sempre 161 centimetri.»

«Sei sempre triste... ti vedo scontenta.»

«Nonnina, diciamo che i miei corteggiatori non sono

galantuomini come il cavalier Albertini » le spiego con amarezza.

« È un problema di generazione. E poi tu hai gusti strani. Quello straniero biondo che era un *milleunanotte*... quel dottore bello ma antipatico che ti tratta come... » Nonna Amalia lascia la frase incompiuta, ma ha reso perfettamente l'idea.

Sto per risponderle, ma lei cambia argomento. « Ci sono progressi sul caso di quell'attore? »

« Sì, nonna. È morto avvelenato. »

Lei si illumina. « Avvelenato come? »

« Col cianuro. »

« Come in un romanzo di Agatha Christie! Che morte affascinante! A proposito di romanzi, te lo sei ricordato di comprarmi *Passione d'Oriente* in edicola? »

* * *

In realtà, per amor di correttezza, Claudio ha mantenuto la promessa e ha chiamato. Era dolce, persino. Parlargli dopo aver condiviso tanta intimità, e stavolta in maniera lucida e consapevole... È stato come sentire la sua voce per la prima volta.

Oggi che è lunedì, prima di entrare in Istituto mi fermo al bar. C'è un invitante assortimento di krapfen e mi torna alla memoria che è uno dei dolci preferiti di CC. Senza pensarci troppo, gliene compro uno all'albicocca. Lo lascio sulla sua scrivania. Lui è di spalle su una scaletta, sta prendendo un libro su uno scaffale della libreria.

« Ciao » mi dice, e c'è un calore particolare nel modo in cui lo pronuncia.

Scende i gradini e si avvicina alla sua scrivania.

« Cosa mi hai portato? » chiede rovistando nel pacchettino. Sembra quasi imbarazzato, il che lo rende del tutto inedito per me.

Mi ringrazia, tutto festoso. Poi aggiunge: « Mi dispiace tantissimo di essermene andato in quel modo ». Lascia in sospeso la frase, come aspettandosi che sia io a concluderla dicendo quello che non è in grado di dire o che vorrebbe sentirsi dire, ossia *sì, sei stato proprio indecente, ma non preoccuparti.*

« Non è stato bello, in effetti » affermo a voce bassissima.

« Scusa » insiste, scarmigliandomi la frangetta, un gesto che odio sin da quando ero bambina e lo faceva mia madre. « Ti ricordi che stasera c'è quella cena a casa del Supremo? » chiede poi.

Presa come sono stata dalle recenti evoluzioni, me ne sono scordata. È una cena organizzata da Ludovica – la terza o quarta moglie del Grande Capo, non ricordo mai – in onore di un professore inglese amico di Malcomess senior dai primi anni dell'università, che è qui per un congresso. In un attacco di misericordia, sono stati invitati anche gli specializzandi. « Certo, certo » mi affretto a rispondere.

« Passo a prenderti alle sette e trenta, okay? »

« Non occorre, arrivo in metro. » CC sta per aggiungere qualcosa quando Erica si affaccia alla porta della stanza.

« Alice... quando vuoi » esordisce, vaga.

« Ti raggiungo subito » le dico, e non appena si allontana mi aspetto che Claudio concluda quello che stava per dirmi.

« Niente di importante » ribatte, dopo che gli chiedo cosa volesse dirmi. « Vai dalla La*ff*ella, ti aspetta » conclude, secco, e dentro di me alberga quel tipo di tristezza che si prova quando tutti i nostri sforzi non ci conducono che al fallimento.

* * *

Il Supremo e Ludovica vivono in un appartamento alla moda accanto alla sede del *Messaggero* e la grande insegna blu sembra irrompere in casa direttamente dalle vetrate. Non è la mia prima volta qui, c'ero già stata con l'*Innominabile.*

Ho indossato un abito di Thakoon con la scollatura a V, lungo fino a sotto il ginocchio, con una cintura bianca in vita, del cui costo è meglio tacere. Dall'occhiata ferale che mi infligge Ludovica, intuisco che l'abito riscuote l'effetto sperato e soprattutto è perfettamente adatto a una serata di beneducate frivolezze.

Il Supremo è sempre *very chic* ed è un grande anfitrione. Cordelia dice che sta prendendo gusto ai party, Ludovica lo ha contagiato, e ogni occasione è buona per darne uno.

Nel suo studio, sulla sua scrivania, trovo una foto della festa per i sessantacinque anni appena compiuti. Naturalmente è presente anche l'*Innominabile*, e confesso che è amaro osservare questa foto che lo ritrae in una vita che non condivide più con me, di cui non so più nulla. Lascio la stanza piena di nostalgia per tutto ciò che poteva essere e non è stato.

Nel salone, il consesso di professori ordinari ignora allegramente la casta degli specializzandi, che si avventa sul buffet senza peraltro trovare particolare compiacimento: come nella miglior tradizione delle feste di un certo livello, il cibo è poco e immangiabile.

Io ho appena riempito un piattino di porcellana Herend con canapè e finger food e ho preso posto su un divano di fresca imbottitura, tappezzato di velluto di seta a righe color crema e muschio. Accanto a me prende posto CC.

« Carino il vestito » mormora, con una specie di aria neutrale. Ho il sospetto che abbia studiato questo incipit. Avrebbe potuto esordire con *stai benissimo* o altra balla equipollente ma invece, scientemente, sceglie di elogiare l'abito e non chi lo indossa.

« Grazie » ribatto, molto seccamente.

Scende il silenzio, interrotto da una mia imprecazione perché un cucchiaino di qualcosa che sa di parmigiana ammuffita è caduto sul divano del Supremo.

Provo a pulire con il fazzoletto di lino, ma la macchia si allarga.

Claudio è sempre ottimista. « Stavolta ti boccia veramente. »

Non posso nemmeno godere della fortuna che nessuno calcola di striscio gli specializzandi, in quanto la vicinanza all'Essere Perfido implica un livello superiore di considerazione in virtù del quale la Wally si avvicina insieme alla padrona di casa. Per coprire il disastro mi siedo impavida sulla macchia.

Poco dopo, mi dico che dovrei trovare il coraggio di confessare la mia colpa. Che sarà mai.

Ma poi mi passa per la mente la scena immaginaria di Ludovica che dice all'*Innominabile*: « Vedi quella macchia? L'ha fatta la tua ex ». È ovvio che non succederà mai, non in questi termini almeno, ma come deterrente è più che sufficiente.

Per tornare a casa prendo un taxi. Claudio non si è offerto di riaccompagnarmi a casa e, detto in tutta franchezza, preferisco così.

Son coeur est un luth suspendu; sitôt qu'on le touche il résonne

De Béranger

«Ximena Vergeles» annuncia l'ispettore, tutto arzillo, agitando con la mano una fotografia formato 15×20.

È come sventolare una bistecca davanti a un dobermann, e lo sa.

«Chi è, ispettore?»

«Guardala bene» aggiunge, porgendomi l'immagine. È sgranata, probabilmente è il risultato della scansione di una foto molto piccola. Tuttavia i lineamenti non lasciano molti dubbi. L'incarnato bruno, i tratti duri, le labbra carnose in un atteggiamento un po' infantile. Bella, bella da perdere la testa, di una bellezza vigorosa.

«È la zingara» dico, e Calligaris annuisce con aria tronfia.

«Come l'ha rintracciata?»

«Grazie alla tua idea. Ho fatto un giro nell'Istituto delle Piccole Sorelle del Divino Amore, in cui Flavio è cresciuto, e ne ho ricavato informazioni davvero molto interessanti. Per esempio, tanto per cominciare, ho saputo che Flavio è stato lasciato lì da una ragazza che si era presentata con false generalità. La madre superiora, suor Maria, ha ottant'anni ma è ancora lucidissima. Ricorda ancora quella ragazza che era appena diciottenne e che è scappata subito dopo essersi ripresa dal parto. Il piccolo Flavio non si è mai integrato bene nell'istituto, era litigioso come più o meno abbiamo imparato a immaginarlo. Poi però è arrivata Ximena. Figlia di rom, sottratta ai genitori che la mandavano a mendicare e la picchiavano. È rimasta in istituto per un anno, quando di anni ne aveva quindici. Secondo suor Maria, tra i due c'era senz'altro del tenero. Tornerò dalla superiora domani: mi ha promesso di spulciare negli archivi per fornirmi tutte le informazioni utili. Ne ho un gran bisogno: a quanto pare la Vergeles è figlia di apolidi (il padre è dell'ex Jugoslavia, la madre di origine spagnola) e, come tale, è apolide anche lei – o meglio, lo era quando fu ospite dell'Istituto delle Piccole Sorelle del Divino Amore. Non è mai stata registrata all'anagrafe di Roma. Intanto ho recuperato questa foto, e sto aspettando Manlio Calvino per mostrargliela. Vuoi fermarti qui?»

«Certo» confermo mentre bevo un tè preso alla macchinetta che sa di detersivo per piatti.

Manlio Calvino si presenta in ritardo di mezz'ora e con una profusione di scuse si siede al cospetto dell'ispettore. Ha gli occhiali da sole neri e una camicia bianca sintetica. L'ispettore mi ha raccontato che la sua carriera da regista si è arenata alla fine degli anni Novanta e che poi si è dato alla regia nel folclore locale. Sarà per questo, e per via di un certo lugubre pallore, che ha un po' l'aria da perdente.

Calligaris, con modi spicci, gli chiede di osservare attentamente l'immagine.

«È passato troppo tempo, mi dispiace» afferma seccamente Calvino, restituendo la fotografia all'ispettore.

«È una ragazza molto bella, non passa inosservata» fa presente Calligaris.

«Mi chiede davvero troppo, ispettore.»

Calligaris rinuncia. «Allora, mi dispiace di averle fatto perdere tempo.»

Manlio sembra pronto a lasciare l'ufficio, ma a me viene in mente qualcosa che ancora non è emerso con chiarezza.

«Signor Calvino... quel pomeriggio delle prove, quello in

cui ci fu una grossa lite tra voi... Flavio Barbieri andò via? O vi riappacificaste subito?»

«Non è esatto dire che ci riappacificammo. Ci calmammo. E no, Flavio non se ne andò. Minacciò di farlo, ma non se ne andò.»

«E poi? A che ora finirono le prove? Chi se ne andò per ultimo?»

Manlio sembra un po' confuso.

«Questo non lo so. Io me ne andai per primo, intorno alle ventidue. I ragazzi rimasero in teatro a provare.»

«Tutti?»

«Dipende da chi intende per tutti, signorina!» esclama il regista, sarcastico. «Flavio, Vincenzo, Diana, Sebastian e Iris. Loro. Loro erano sempre insieme. Per saperne di più dovrete chiedere a loro.»

Sembra che non ci sia altro da dire. Calvino saluta cordialmente e va via, lasciandoci soli.

Calligaris aspetta che la porta sia chiusa prima di dirmi: «Alice... queste informazioni le avevamo già dalle testimonianze raccolte ai tempi delle prime indagini».

«Be' volevo sincerarmene di persona... *repetita iuvant*, non si dice così?»

«Su questo hai ragione» conviene l'ispettore, scartando una caramella Menta Più.

«Ispettore, chi è Iris? È la seconda volta che la sento nominare. L'ha già incontrata?»

Calligaris sgrana la fronte ampia, arricciando il naso per sistemare gli occhialini da miope. «Iris Guascelli. Un'attrice della compagnia, ovviamente. Non l'ho ancora incontrata, e forse non la incontrerò mai. Ha lasciato la recitazione e ha sposato un multimilionario con cui vive a Shanghai. Al momento, comunque, la sua testimonianza non sembrerebbe indispensabile.»

«E di Diana, ancora nessuna notizia?»

«Ah, sì. Una. Ho il suo vero cognome, finalmente. Diana Voigt. Sai, Alice, qual è la cosa più strana? Diana era stata interrogata, ma proprio il verbale della sua udienza dev'essere andato perso. Ho recuperato il suo nome da altri carteggi.»

«E dov'è finita adesso Diana Voigt o Valverde?»

«Purtroppo su quel fronte ancora nessuna novità. Ci vediamo domani per la visita a suor Maria?»

«Naturalmente» replico, raccattando le mie cose.

«Solo un momento, Alice, ti prego. Ti raccomando suor Maria. È una persona anziana, molto morigerata e altrettanto stizzosa. Ti prego di usare ogni possibile accortezza, ci potrebbe tornare molto utile.»

* * *

Suor Maria ci accoglie in un chiostro soleggiato, tra consorelle che potano le siepi e altre che raccolgono le foglie dal fondo di una fontana. Indossa l'abito estivo, ugualmente mi chiedo come faccia a non grondare sudore. Ha l'aria di una cui non sfugge nulla.

«Reverenda madre, le presento la mia allieva, Alice Allevi.»

Al che ho qualche perplessità. Devo abbozzare un inchino? Stringerle la mano? Come si saluta una badessa?

«Buongiorno, cara» esordisce la suora. Ha un tono imperioso, e nei primi cinque minuti che trascorriamo insieme ha già cazziato due novizie. Una così come maestra elementare mi avrebbe traumatizzata per tutta la vita.

Dal cestino di una consorella preleva una rosa color pastello e me la porge in maniera decisa.

« Oh, grazie! » esclamo, annusando il fiore. « Grazie, davvero, ha un profumo meraviglioso. »

La monaca mi fissa cupamente da un'altezza che non supera il metro e cinquanta.

« Non devi ringraziare me, cara, bensì l'Onnipotente: chi mette in dubbio la sua esistenza dovrebbe dedicarsi alla coltivazione delle rose. » Calligaris tossicchia. « Tenga, giovanotto. Una anche per lei, da donare a sua moglie. Andiamo nel mio ufficio, ho preparato tutto il materiale di cui ha bisogno. »

Seguiamo la reverenda madre, che cammina con l'incedere claudicante di chi si è sciroppata un ictus e però si è ripresa alla grande.

Dalla tasca dell'abito estrae la chiave con cui apre la porta, che emette un cigolio infernale. Si siede alla scrivania su cui ha preparato dei carteggi.

« Ecco, ispettore. Questi sono alcuni provvedimenti di affido di Flavio, risalgono a quando era bambino. Nessuno andò bene, ce lo riportavano indietro come un pacco indesiderato. Forse, il fatto che fosse anche malato non aiutava. »

« Malato? » chiedo, sorpresa.

« Flavio era affetto da una forma lieve di emofilia. Non aveva bisogno di cure particolari, ma doveva fare attenzione perché quando cadeva perdeva molto sangue. Questa invece è la documentazione relativa a Ximena. »

« Reverenda madre, perché Ximena lasciò l'istituto? » domanda Calligaris, sfogliando il materiale che lei gli ha appena fornito.

« Ah, non me lo chieda! Questioni burocratiche, immagino. A un certo punto, la portarono via. Fu un gran peccato, dovete credermi. Era una ragazza sveglia, dolce e intelligente. Non vorrei peccare di presunzione » aggiunge alzando gli occhi al cielo, « ma ha tratto grande beneficio dalla permanenza qui con noi. Il nostro istituto ha cambiato la vita di tanti ragazzi, sa? »

« Immagino dunque che non abbia idea di cosa ne sia stato di lei » mormora l'ispettore, piuttosto rassegnato. Al contrario, suor Maria ci sorprende.

« Non è esatto. Ximena è tornata a trovarmi, qualche anno fa. »

« Quando? » incalza Calligaris, eccitato.

« Oh, ispettore, mi lusinga aspettandosi da me una così buona memoria! Non saprei proprio dire quando. Nel 2005? 2006? »

« Ricorda cosa le disse? »

Suor Maria respira profondamente. « Più o meno. Mi disse che stava cercando un lavoro e mi chiedeva aiuto per questo. Aveva lasciato da tempo il campo nomadi, aveva un fidanzato italiano e sperava di sposarsi. Gliel'ho detto che Ximena era una ragazza con la testa sulle spalle. Se vuole sapere come la penso, Flavio non andava bene per lei. E lei invece ne era talmente innamorata! Quale profondo mistero ci ha regalato l'Onnipotente, l'amore! »

« Ximena sapeva della scomparsa di Flavio? Ne avete parlato? »

« Sì. Mi disse che aveva sempre sentito in cuor suo che Flavio avrebbe fatto una brutta fine. Era triste, certo, ma forse aveva assorbito il colpo. Si era mostrata molto distaccata, come dire. »

« Reverenda madre, riesce a ricordare qual è stata l'ultima volta in cui lei ha visto Flavio Barbieri? »

« Una volta presa la sua strada, Flavio non è mai più tornato qui » afferma seccamente, con un tono che cela amarezza.

« Si è data una spiegazione al riguardo? » chiede Calligaris.

« Non era affezionato a noi, ispettore. È talmente semplice! Se fosse stato vero il contrario, si sarebbe fatto vivo. L'ho visto l'ultima volta quando è andato via. Dall'oggi al domani. Ci disse che andava a vivere nel rione Monti, con un altro attore. Preparò le sue poche cose, salutò i bambini, noi sorelle, e partì. Non potei far altro che benedirlo. C'è gente il cui cuore è come uno strumento musicale. Bisogna toccarlo, per farlo suonare.»

Vorrei annotare questa perla della reverenda madre, ma Calligaris mi distrae. «Ximena le ha parlato del suo fidanzato? Le ha dato qualche dettaglio per poterlo rintracciare?»

«Mi aveva detto qualcosa, sì... che aveva un negozio di fiori vicino al cimitero del Verano. Non so dirvi altro.»

«Madre, lei ci ha già aiutati moltissimo» ribatte l'ispettore, con un tono pieno di prosaica riconoscenza.

«Ne sono lieta!» ribatte la monaca, con entusiasmo. «Tornate a trovarci, quando volete! Qui abbiamo anche un asilo... Lo dico per la sua allieva, che è in età da marito, così un domani se ne ricorderà.»

«Gentilissima» ribatto con un sorriso tirato.

Quando un fatto interiore non viene reso cosciente, si produce fuori come destino

Carl Gustav Jung

È pomeriggio. L'appartamento è invaso da un'aria torrida; il Cagnino boccheggia spaparanzato sul pavimento. In tv danno un film con Sebastian Leyva e io lo sto guardando con accidia.

Mi alzo pigramente dal divano per rispondere al cellulare che squilla, l'ho lasciato nella mia stanza.

È Sergio Einardi.

« C'è ancora un debito in sospeso, tra noi » esordisce. « Posso invitarti a cena stasera per rimediare? »

Evidentemente non è che un pretesto, ma questi suoi modi così galanti e forse un po' desueti sono talmente nuovi per me che me li godo un po'. E poi fa caldo, sono annoiata, e sono stanca di essere maltrattata dagli uomini su cui poggio gli occhi.

« Sì, grazie! » replico come se mi avesse offerto una partenza immediata per le Maldive.

« Oh, eccellente! Allora se mi spieghi dove abiti, passo a prenderti. »

* * *

Mi porta alla Veranda dell'Hotel Columbus.

C'è un'atmosfera rarefatta eppure accogliente e con i dipinti restaurati sulle volte del soffitto e alle pareti è tutto un tripudio di putti e Rinascimento. Scegliamo di mangiare all'aperto, e finalmente una brezza leggera e rinfrescante mi salva dall'afa che stavo patendo nel mio appartamento.

Sergio è in tenuta informale, come sempre, ma almeno non porta una di quelle orride camicie spiegazzate. Ha le maniche arrotolate e noto un piccolo tatuaggio sulla superficie interna dell'avambraccio sinistro.

« Cosa significa? » gli chiedo, indicandolo.

« È la data di nascita in numeri romani di mia figlia Martina. »

Ho un momento di sbandamento. Costui è ammogliato con prole?

« Hai una figlia? » ripeto, come inebetita.

Lui annuisce. « Adesso ha quindici anni. E se ti stai chiedendo se sono sposato, la risposta è no. Martina è arrivata all'improvviso e per caso da una ragazza che all'epoca conoscevo appena. » Poi apre la carta dei vini e chiede uno chardonnay.

« Vive con te? »

« No. Vive con Daniela, la madre, a Firenze. Io prendo la quaglia. Tu? » chiede poi, sollevando lo sguardo dal menu.

Scelgo un primo e spero che sia abbondante, dato che ho pranzato con una brioscina.

Il resto della cena si rivela esaltante. Sergio è una persona brillante e piacevole; e poi è profondamente colto, ma è lontano da quell'odiosa affettazione indottrinata che mi mette a disagio.

« E così mi accennavi che le indagini sulla morte di Flavio Barbieri stanno procedendo » mi dice, riprendendo un mio riferimento di poco fa.

« A piccoli passi » confermo. « Direi che gli inquirenti sono ancora lontani dal colpevole. »

« Conforti mi ha detto che è morto per avvelenamento da cianuro. »

« Così sembrerebbe. I tessuti erano pieni di veleno, a detta del tossicologo. »

« Hai letto la mia perizia? »

« Sì. » In realtà l'ho letta quel tremendo giorno in cui sono accadute cose irripetibili, ma ero talmente nervosa che mi è rimasto impresso ben poco.

Poi Sergio mi chiarisce alcuni punti sulla sua professione. È professore associato nel Dipartimento di Storia, Culture e Religioni e insegna discipline etno-antropologiche. L'attività forense lo ha sempre attratto e ha frequentato dei master negli USA, dove ha vissuto per qualche anno.

Un cameriere si avvicina proponendo il dessert. Scegliamo dei profiteroles accompagnati da un vino dolce. Mi chiede qualcosa in più su di me, ma c'è talmente poco da dire che non so cosa rispondere. Se ho degli hobby? Lo shopping si può considerare tale? Fare le coccole al Cagnino? È in questo momento che mi accorgo di una verità sostanziale. L'investigazione è il mio hobby! Tutto il mio tempo libero – o quasi – lo trascorro con Calligaris. Forse è la prima volta in cui lo ammetto, e guarda caso ne sto parlando nuovamente con Sergio. Dev'esserci una ragione. È come se con chiunque altro – a eccezione di Calligaris – dar voce a questa passione mi sembrasse un'idea inconsulta. Come se, di base, non mi sentissi mai presa sul serio.

Dopo il dessert, Sergio paga il conto e cingendomi le spalle con un gesto discreto mi accompagna fuori dal locale. Abbiamo scelto di raggiungere il ristorante a piedi da casa mia ed è una passeggiata molto lunga ma altrettanto rilassante. Peccato che i tacchi me la rendano un po' dolorosa, ma ci sono abituata.

Giunti sotto casa, mi sembra che Sergio stia temporeggiando. Da un'auto in sosta proviene musica a tutto volume, *Please ask for help* dei Telekinesis.

Temo che si aspetti un invito a salire da me.

« Bene, allora... ciao » dice infine, come se rinunciasse all'idea.

« Ti ringrazio. È stata davvero una serata magnifica » mi sento di dire.

Lui sorride. Si avvicina come se volesse baciarmi e io non so se ritrarmi o no. Lui coglie la riluttanza e abbassa lo sguardo, mentre dice: « Si chiama *mamihlapinatapei* ». Pronuncia questa parola complicatissima con destrezza.

« Cosa? »

« Fa parte del vocabolario di un linguaggio indigeno della Terra del Fuoco. È il gioco di sguardi di due persone che si piacciono e vorrebbero fare il primo passo, ma hanno paura. »

Rispondo con un sorriso pieno di imbarazzo.

« Non è il momento giusto » prosegue lui. « Ma io so aspettare. Buonanotte, Alice » conclude, con un bacio sulla guancia che sa di buono e di pulito.

La tua amicizia mi è cara e desiderabile

« Tanto per ricapitolare, non sono sicura di aver capito bene. Sei andata a letto con Claudio. Dici di amare ancora Arthur. Però esci con Sergio Einardi. Situazione chiarissima. »

Il dono della sintesi che è tipico di Silvia mi pone davanti alla brutalità dei fatti.

Siamo a casa sua e mangiamo macarons comprati da Ladurée.

« Non ho detto che amo ancora Arthur. Dico solo che non riesco a dimenticarlo. È diverso. Quanto a Claudio, non ho avuto diritto al lusso di un 'letto'. »

« Be', questo perché tu vuoi sottilizzare, ma la mia visione non sembra discostarsi molto dalla realtà. » Confesso di essere un po' turbata. Ma non ho il tempo di pensarci perché Silvia ha da aggiungere dell'altro. « Non che la faccenda non sia comprensibile. Da quanto racconti questo Sergio Einardi sembra un vero gentleman. »

« Lo è davvero. Per la prima volta in tutta la mia vita, ieri mi hanno recapitato dei fiori a casa, da parte sua. Un mazzo di glicini. Mi ha spiegato che nel linguaggio dei fiori significa: 'la tua amicizia mi è cara e desiderabile'. »

« Sì, l'amicizia » commenta Silvia con sarcasmo.

« Sono abituata talmente male che mi è sembrato un gesto troppo gentile. Al punto quasi da mettermi a disagio » osservo.

« È un po' stomachevole, a dirla tutta. »

« Credo che sia molto più stomachevole il comportamento di Claudio, per esempio. Dopo quello che è successo è più o meno sparito» ribatto avvelenata.

«Proprio sparito nel nulla?»

«No, ma solo perché lo vedo tutte le mattine in Istituto. Peraltro, le cose con lui si sono messe in maniera tale per cui la neutralità del tono che si usa per parlare di lavoro mi sconvolge. Ogni tanto chiama. Chiede vagamente: 'Che fai?' E finisce lì.»

«Ci sarà una ragione.»

«Sì, che è veramente pessimo.»

Mi capita di pensare che vorrei affrontarlo. Chiedergli spiegazioni, andare a fondo. Poi mi dico che sarebbe inutile. Mi convinco sempre più che determinati atteggiamenti, se provenienti da certi specifici individui, non necessitino di alcuna chiosa.

«Basta pasticcini, faremo indigestione» afferma la mia amica, levandomeli dalle mani in modo brusco. «Un altro Martini?»

«No. Domani devo alzarmi prestissimo. Vado» dico, prendendo la borsa che avevo abbandonato sul suo divano.

«Okay. Alice... solo un'ultima raccomandazione. Attenta a non complicare le cose. Se vuoi dare una possibilità a Sergio Einardi, io sono con te. Ma non farlo se il tuo cuore non è perfettamente libero.»

* * *

È l'alba e io sono già sveglia, un'orda di pensieri mi ha invaso la mente impedendomi di dormire tranquilla. Dalle cinque guardo per inerzia repliche di *The good wife*, fino a quando non è ora di prepararmi per incontrare Calligaris e raggiungere il negozio di fiori di proprietà di un tale Antonio Gagliano. Secondo le ricerche dell'ispettore, è l'unico fioraio attivo da più di dieci anni nella zona indicata da suor Maria. Potrebbe essere lui il fidanzato di Ximena Vergeles.

Raggiungiamo il cimitero del Verano percorrendo strade vuote, in una luce tiepida, con un lieve mal di testa da insonnia.

Antonio Gagliano ha appena alzato la saracinesca della sua bottega. È un uomo sulla cinquantina, robusto, le mani sporche e callose.

« Siete qui per le ghirlande del funerale della signora Carlini? » esordisce, un po' cupo. « Siete in anticipo! »

« No, no » si affretta a precisare l'ispettore. « Siamo qui solo per rivolgerle alcune domande » spiega dopo essersi presentato.

Gagliano sembra accusare il colpo. Tiene lo sguardo basso e appende sulla porta l'insegna CHIUSO.

« Sarò rapido, signor Gagliano, non si preoccupi. Sono qui per Ximena Vergeles. »

L'uomo aggrotta la fronte, perplesso. « Ximena? Che le è successo? »

« La conosce? »

« Certo! Stavo per sposarla! » esclama, con una voce che spazia dal sollievo al rammarico in una scala di tonalità non ben distinguibile.

« Significa che non l'ha sposata, alla fine? » domanda Calligaris, con fare preciso.

Gagliano scuote il capo. « Se n'è andata tre anni fa, ormai. Le è successo qualcosa, ispettore? Non mi tenga sulle spine. »

Sembra sinceramente allarmato.

« In realtà, speravo che lei sapesse indicarmi come trovarla. O meglio, speravo di trovarla qui, con lei. »

Il fioraio sorride con amarezza. « Eh. Lo spererei anch'io, ispettore. È una brava ragazza, Ximena. »

« Perché è andata via? »

Gagliano fa spallucce. « A un certo punto mi ha detto che non mi amava più. Che le devo dire? »

« Non siete più in contatto? »

« Ho ancora il suo numero di telefono. Ogni tanto la chiamo. Raramente, intendiamoci » ci tiene a precisare. « Posso darvelo, se non lo avete. »

La notizia è ottima perché, stando a quanto mi ha spiegato l'ispettore, non risulta alcuna utenza telefonica a nome di Ximena.

Il fioraio estrae dalla tasca del pantalone un vecchio Ericsson e recupera il numero di telefono, che trascrive sul retro del proprio biglietto da visita.

« Ispettore... non si è cacciata in qualche guaio, vero? »

« Perché sembra così spaventato che possa esserle accaduto qualcosa? » domanda Calligaris, e la considero una mossa da vera carogna, perché questo poveretto non merita proprio di essere stuzzicato come un topino da laboratorio.

« Ispettore, mi scusi, ma se la polizia viene a cercarla qui da me... non mi devo preoccupare? »

« No, signor Gagliano. In realtà Ximena dovrebbe soltanto fornirci delle risposte su Flavio Barbieri. Le dice niente questo nome? »

Gagliano sembra riflettere qualche istante, immerso nell'inebriante profumo dei suoi fiori.

« Flavio Barbieri... sì, sarà mica lo stesso Flavio di cui mi ha parlato molto, molto tempo fa? »

« Ricorda cosa le ha detto? »

« Che erano cresciuti insieme, in un orfanotrofio. Erano come fratelli. Poi lui era sparito nel nulla e lei ne soffriva. »

« Ritiene che tra loro ci fosse stato qualcosa di più di un semplice affetto fraterno? »

Gagliano si asciuga il sudore dalla fronte con il dorso della mano, con un gesto che sembra abituale. « Lei non mi ha mai detto niente di diverso. »

« E sulla scomparsa di Flavio... È al corrente di che idea si fosse fatta Ximena? »

Il fioraio scuote il capo, sconsolato. « Non so aiutarvi. »

« Dandoci il suo numero, ci ha già aiutati molto » afferma magnanimo l'ispettore, una pacca sulla spalla e un irritante fare cordiale da parroco di campagna.

« Quanto dura 'per sempre'? »
« A volte, solo un secondo. »

Alice nel Paese delle Meraviglie, Lewis Carroll

Cordelia è decisamente sovraeccitata. Ha ricevuto l'invito per un party esclusivo di Stella von Schirach e per di più porterà con sé il farmacista che somiglia a Ben Barnes.

Nella nave della carriera di Cordelia, Stella ha assunto il ruolo di timoniere. Le ha detto che è il miglior talento che le sia passato per le mani negli ultimi tempi e che vede per lei grandi cose, e così l'ha conquistata definitivamente. Riconoscendo in lei la sua mentore, Cordelia fa tutto quello che Stella le suggerisce, in maniera più o meno discreta. Sta spendendo un patrimonio in seminari, laboratori, lezioni private di dizione. Guarda caso, il docente è Giulio Conte Scalise, che le fonti più accreditate indicano quale amante di Stella. Cordelia ricusa ogni illazione, ritenendola meschina e proveniente solo da gente invidiosa.

Se è per questo, nega con ostinazione che Stella assuma cocaina. Ma lo specchietto sporco di polverina bianca dimenticato accanto al lavandino io l'ho visto con i miei occhi.

Su consiglio di Stella, Cordelia ha anche accorciato i propri magnifici capelli: non aggiustava la lunghezza da quando aveva sedici anni e non aveva mai voluto farlo prima. Ah, e ora beve solo tè verde, a litri.

Questa influenza mi preoccupa. A parte il fatto che è un po' noioso sentirla infilare Stella in ogni tipo di conversazione, so bene quanto Cordelia sia fragile.

Magari però sto esagerando. Forse Stella è una persona simpatica e pulita. Probabilmente sono state più esatte le prime impressioni che ho avuto di lei. È che il mondo è diventato un luogo talmente orribile che ormai mi aspetto brutture anche dai film della Disney, figurarsi da Stella von Schirach.

Mi chiedo cosa pensi l'*Innominabile* di tutto questo. Cosa ne sappia, quanto ne sappia. Se sa, certamente approva Stella: non esiste parere che Cordelia tenga in maggiore considerazione, e se l'*Innominabile* le esternasse delle perplessità, lei non resterebbe certo indifferente.

Fatto sta che sono qui, da sola, in quest'appartamento che riproduce in piccolo il fatale bollore dell'effetto serra, intenta a espugnare di tutti i semini neri una gigantesca fetta di anguria con cui ho intenzione di cenare.

La chiamata di Claudio mi sorprende nel pieno di questa edificante attività.

« Possiamo parlare? » esordisce, col tono di chi ha subito un torto. Il che è bizzarro, se non paradossale.

« Sto cenando » rispondo, gelida, mentre il Cagnino ha recuperato da terra un maledetto semino nero con cui si sta soffocando.

« Sei sola? » chiede.

« Sì. Perché? »

« Ho sentito qualcuno tossire. » Sembra un pretesto.

« Era il mio cagnolino. Cosa volevi dirmi? »

« Posso venire a casa tua? »

Madonnina. Che faccio?

A parte che sono in *déshabillé*, che è il minore dei problemi, non sono sicura che sia giusto rivederlo su sua richiesta. Forse, però, ha qualcosa di interessante da dirmi. Se non lo ascolto, non lo saprò mai. Tra l'altro, non gli ho mai detto di aver scoperto, tramite suor Maria, che Flavio era emofiliaco.

« Tra mezz'ora, va bene » ribatto seria. Ma in realtà sono tutta un fuoco.

* * *

È puntuale. Ha lo sguardo torvo e pretenzioso e vorrei tanto dirgli che è il modo sbagliato per iniziare qualunque tipo di conversazione.

« Un condizionatore, no? »

« Si è guastato » rispondo, le braccia conserte, in piedi di fronte a lui. « Prima di tutto, volevo dirti che Flavio Barbieri era emofiliaco. »

Lui resta un po' interdetto. « Ah. E come lo sai? »

« È una lunga storia. »

« Verificherò. Certo che c'è da impazzire! Un dato del genere avremmo dovuto saperlo molto prima, anche ai fini dell'identificazione del cadavere. Se non ci fosse stata di mezzo la storia del cianuro, avremmo potuto pensare che l'emofilia avesse ricoperto un ruolo nella sua morte... ma così non è. È un dato in più, ma non so quanto sia utile. »

« Allora? Cosa volevi dirmi? » chiedo, un po' impaziente. Mi è già passata la voglia di parlare di Flavio.

« Hai da bere? »

Gli porto un bicchiere di tè verde freddo, l'unica bevanda che riesco a trovare in frigo, a parte l'acqua. Lo fissa con diffidenza.

« Non intendevo esattamente questo ma... grazie. »

« Prego. »

« Per dirti quello che vorrei, mi servirebbe dell'alcol. »

« Provaci senza. »

« Merda, Alice. Con questo atteggiamento mi rendi tutto più difficile. »

Me ne rallegro. Che capisca cosa vuol dire stare dall'altra

parte, nel regno degli sfigati in amore, un'immensa e arida landa popolata da una civiltà che ogni giorno sacrifica il proprio orgoglio per un sms.

Claudio si avvicina. È a pochi centimetri da me e mi sfiora le mani.

«Alice, se ti ho ferita, in qualunque modo, credimi... mi dispiace. Mi dispiace da morire. Ho sbagliato.»

Sono confusa. Non mi aspettavo un comportamento così umile. Le sue parole producono l'effetto di una sorta di condono immediato e quando chiarisce in cosa ritiene che consistano i suoi errori sono ormai liquefatta in quell'essenza di devozione che sono sempre stata nei suoi confronti.

«Ho sbagliato perché non sono stato chiaro. Perché ti ho messo nelle condizioni di non sapere cosa aspettarti da me.»

«Non si può obbligare nessuno a sentire qualcosa che semplicemente non sente» gli dico, e mi accorgo di provare una sconfinata amarezza.

«Di cosa parli, Alice?»

«Di amore. Di cosa altrimenti?»

Claudio ha un moto di sarcasmo. «Amore» ripete, senza nessuna convinzione. «Alice... mia piccola Alice... parli tanto di amore. Ma cos'è il vero amore?»

Mi sfiora le guance e lambisce dolcemente le labbra in un istante che dura un'eternità, in uno spiazzante silenzio.

«Dimostrerei di amarti di più se ti sposassi e ti facessi sfornare due figli in tre anni? E ogni domenica ti portassi al centro commerciale? E poi litigheremmo per il mutuo, le bollette? E staremmo insieme una volta al mese, se va bene? Alice... abbandona quelle idee che ti hanno inculcato tua madre, tua nonna e le favole, e ascolta me. Non dimostrerei di amarti di più preservando quello che provo adesso?»

E di nuovo mi bacia, ed è selvaggiamente seducente, e io non capisco più niente fino a quando quello che ha appena detto non rimbomba nella mia testa più forte del sangue che pulsa per il desiderio che provo.

« Claudio... Quello che dici è talmente triste. »

« Guardati attorno e capirai che ho ragione » mormora, la voce roca, mentre continua a cercare di intrufolare la mano sotto la mia gonna.

« No... basta. » Lo allontano bruscamente. « Dimmi pure che sono stupida. Che ho torto. Preferisco sbagliare e continuare a credere che l'amore sia condivisione di tutto. Nel bene e nel male, e per sempre. Preferisco illudermi, piuttosto che arrendermi e iniziare a pensarla come te. »

Claudio si allontana, incupito, stranamente non ha una risposta pronta.

« Penso che dovremmo smetterla di complicare le cose, se è così chiaro che abbiamo visioni tanto diverse » proseguo, sentendomi improvvisamente coraggiosa.

Lui pare titubante. Dice: « Capisco », ma sembra che in realtà non capisca affatto. « Tu hai le tue convinzioni. Io non posso pretendere di cambiarle. Ma io so che non permetterò mai che quello che provo per te si stanchi e diventi noia. Preferisco invecchiare desiderandoti come adesso. »

Mi accarezza il capo lasciando che le dita scivolino tra i miei capelli. Va via senza aggiungere altro, ma io ho la sensazione che la resa dei conti tra noi sia ancora lontana.

Albero della speranza mantieniti saldo

Calligaris mi ha comunicato di essere riuscito a rintracciare Ximena Vergeles. Lo considera un ottimo risultato e non vede l'ora di metterlo a frutto.

L'inconveniente è che Ximena è andata a vivere ad Avezzano. L'ispettore ha un appuntamento con lei questo pomeriggio e io non intendo perdermelo, ma sono inchiodata qui in Istituto, in attesa che un morto compia le fatidiche venti ore per procedere con la visita necroscopica e consegnarlo infine al cassamortaro.

Erica Lastella è placidamente seduta su una sedia accanto alla mia, in attesa di una mansione da svolgere.

Tutto sommato, potrebbe anche aspettare lei... è perfettamente capace. Immagino che la Wally o Claudio avrebbero da ridire, ma in questo momento potrei affidarle senza timori persino la vita del Cagnino.

«Erica... hai impegni fino alle tre?»

«No, sono a disposizione.»

«Te la senti di fare una visita necroscopica?»

«Ma... da *f*ola?» domanda, tutta rossa in viso, la zeppola che sfugge al suo controllo.

«Sì, da sola. È un incarico di grande responsabilità ma sono assolutamente sicura che tu ne sia all'altezza.»

Ha gli occhi sgranati come quelli di un personaggio manga. «Oh, Alice! Grazie per la tua fiducia! Cercherò di non deluderti.»

«Allora... io vado. Brava. Grazie!» ribatto, tutta compiaciuta. È sorprendente quanto la vita si semplifichi quando ti trovi un discepolo scopino. « Ah, dimenticavo » riprendo quando sono ormai vicina alla porta, con gli occhiali da sole già in posizione. « Se mai il dottor Conforti o la professoressa Boschi dovessero farti domande, chiamami. »

* * *

Per un pelo non ho mancato l'appuntamento con Calligaris.

L'ho trovato a bordo della sua Punto con l'aria condizionata a palla, intento a fumarsi una Pall Mall dietro l'altra.

« Forza, Alice, in marcia. Siamo già in ritardo. »

Parte sgommando, come suo solito. Arriviamo ad Avezzano in un'ora circa e raggiungiamo un caseggiato di periferia con il navigatore. Sul citofono è indicato un cognome diverso da Vergeles, ma evidentemente Ximena aveva già avvisato l'ispettore, che preme il pulsante senza esitazione.

« Mi ha spiegato che convive con un tale di qui. »

Saliamo all'ultimo piano su un ascensore lurido. Lei apre la porta e ci fa entrare rapidamente, guardandosi attorno con circospezione.

Ha un occhio pesto e l'aria dimessa, ma la casa in cui vive brilla come uno specchio. Qualcosa mi suggerisce che non dev'essere stata molto fortunata, forse avrebbe fatto meglio a rimanere con il buon Gagliano.

Ci offre un caffè, che accettiamo.

I capelli scuri e folti sono raccolti in una specie di crocchia che cela a malapena la loro natura selvaggia. Le iridi sono grandi e scure, le labbra belle ma atteggiate in una smorfia triste. La bellissima, esotica gitana della foto si è trasformata in una cinquantenne dall'aspetto molto comune, ancorché giovanile.

Non è vero che il tempo è galantuomo. Più spesso, è un dio crudele.

Ci sediamo in cucina, attorno al tavolo su cui è poggiata una tovaglia di plastica dai colori sgargianti.

« Come le ho anticipato, signora Vergeles, ho bisogno di parlare con lei di Flavio Barbieri. »

Ximena abbozza un sorriso gentile, sciupato dal tempo. « È stato ritrovato, finalmente, dopo venticinque anni » commenta. La sua voce è profonda e un po' roca.

« Signora Vergeles, qual era la natura dei rapporti tra voi? »

« Ispettore, bisogna partire da lontano... altrimenti non riuscirà a capire » obietta la donna. Gesticola quando parla, e i numerosi bracciali che indossa tintinnano in una gradevole melodia. « Sono arrivata all'Istituto delle Piccole Sorelle del Divino Amore quando avevo quindici anni. Nel campo in cui vivevo avevano tentato di violentarmi – e non era la prima volta – e così ero scappata. Si occupò di me un'assistente sociale che mi portò dalle suore. Lì ho conosciuto Flavio, che aveva qualche anno più di me e sognava di fare l'attore. Eravamo derelitti, e si può dire che lo siamo ancora. Flavio è morto e io ho realizzato meno della metà di tutti i miei sogni e vivo in questa gabbia di cemento armato. Direi che non ci è andata bene. »

« Signora Vergeles, lei fa sempre in tempo a cambiare » si sente in dovere di aggiungere dolcemente l'ispettore.

Ximena lo ignora e prosegue il suo racconto. « Flavio era un bel ragazzo. Le avete viste le foto? Voi lo avrete trovato morto, e non lo potrete sapere mai... Era bello specie quando rideva, ma questo succedeva di rado. Io me ne sono innamorata subito. Trascorrevamo molto tempo insieme e io sognavo che tutto potesse cambiare. Che l'avrei sposato, che sarei diventata come tutti gli altri, che avrei avuto una carta d'identità – pensi, che lusso! – e poi dei bambini belli come lui.» Fa un sorriso pieno di malinconia, poi riprende. «Dopo un anno, l'assistente sociale che mi aveva salvato morì per un tumore. Io mi sentii abbandonata. Nessuno più si occupava di me e ben presto la direttrice dell'istituto mi fece capire che senza un provvedimento del giudice tutelare non avrei potuto restare ancora per molto tempo. E infatti, così è stato. Mi aspettavo che Flavio potesse aiutarmi, ma vedete... Flavio non era in condizioni di aiutare neanche se stesso. Figurarsi una zingarella che era sempre più un peso per lui. Non volevo tornare al campo. Tutto, tranne quello. Non so nemmeno io come, ma pochi mesi dopo aver lasciato l'istituto sono finita a girare film... pornografici. Rendevano bene, io avevo bisogno di soldi per l'affitto e per restare lontana dal campo.»

Non riesco a trattenermi. «Ma davvero le suore non avrebbero potuto aiutarla?» le chiedo. Ximena sposta le iridi grandi e penetranti su di me.

«E come? Come fai a tenere nel tuo istituto una persona senza documenti, in incognito? Dopo la morte di quella povera signora mi sono scontrata contro un muro di lentezza e indifferenza. La mia pratica era finita nelle mani di gente cui non interessava niente di migliorare la mia condizione. Non volevo mettere nei guai suor Maria. Aveva pochi letti e ogni giorno arrivavano auto piene di diseredati. Sentivo che avrei potuto trovare la mia strada. Credevo che la pornografia, dopotutto, non fosse la cosa peggiore che potesse capitarmi. Era solo un modo per affrontare l'emergenza. Poi tutto sarebbe cambiato.»

«Ed è cambiato?» le chiedo, pendendo dalle sue labbra.

«Dopo qualche anno di quella vita ne avevo abbastanza. Avevo accumulato denaro a sufficienza ed ero libera di prendermi del tempo per trovare qualcosa di diverso. Ma fu allora che mi ammalai di epatite. Ero in pessime condizioni e tornai nell'unico posto che per me avesse mai assomigliato a una casa. Tornai da suor Maria.»

La reverenda madre non ci ha detto niente al riguardo. Probabilmente per tutelare la riservatezza di Ximena. Del resto, la sua malattia, peraltro così lontana nel tempo, non avrebbe aggiunto molto alle nostre indagini e quella vecchia quercia doveva immaginarlo.

«Mi sono ripresa grazie alle cure di suor Maria. Nel frattempo, Flavio se n'era già andato via, stava cercando di sfondare come attore. Suor Maria aveva perso le sue tracce, ma io volevo trovarlo. Speravo che l'affetto di un tempo potesse rinascere. Non l'avevo mai dimenticato e anche se lui non mi aveva mai ricambiata, speravo che ci fosse spazio per me nella sua vita. Seppi che recitava in teatro, in uno spettacolo molto brutto. Lo aspettai per tutta la sera. Rivederlo... fu bellissimo. Una delle emozioni più grandi della mia vita. Da quel momento in poi, non ci siamo più persi.»

Calligaris finisce di prendere nota. È molto concentrato.

A questo punto, se Ximena non aveva più contatti con i campi nomadi, mi chiedo con quale brutta gente possa averla incontrata Manlio Calvino. E poi, stando al racconto di Ximena, com'è che Vincenzo Sciacchitano non sapeva niente di lei?

«In che senso, non vi siete più persi?» le chiedo perciò. «Vi incontravate spesso?»

«Oh, non molto spesso. Flavio lavorava molto. Recitava e contemporaneamente lavorava in un ristorante.»

«Lei conosceva gli amici di Flavio?»

«No. Nessuno di loro, ammesso che si potessero definire 'amici'. Sì, c'era il suo coinquilino, Vincenzo. L'ho visto solo una volta. Flavio preferiva che nessuno dei suoi conoscenti mi vedesse, specie dopo che una volta incontrammo un tipaccio molto invadente e ambiguo. Mi fissò con uno sguardo così ingordo che non sono mai riuscita a dimenticarlo. Anche Flavio lo notò, e definì quel tipo un 'pezzo di merda'. So anche che ebbero una discussione. Mi disse che la sua vita era già abbastanza complicata e non voleva renderla più difficile. »

« Ricorda il nome di quella persona? »

« Era il regista dell'ultimo spettacolo di Flavio. Non ricordo il suo nome. »

« Crede che Flavio potesse nutrire avversione verso quell'uomo? O magari che potesse essere geloso per come lui l'aveva guardata? »

Ximena si affretta a rispondere. « Un momento. Forse... si sta creando confusione. Forse io non sono stata chiara » afferma, le sopracciglia nere corrugate in un'espressione preoccupata.

« Che vuol dire? » incalza Calligaris.

« Voi pensate che io e Flavio stessimo insieme? »

Calligaris e io ci fissiamo per un momento. « Certo che sì! » ribattiamo all'unisono.

Sul bel volto di Ximena si dipinge un arcobaleno di emozioni, la sua espressione dapprima è molto tenera, ma poi il suo tono diventa ironico. « Ispettore... questo era impossibile. Non perché non lo volessi io, intendiamoci. Lo avevo amato molto, da ragazzina, ma che lui non potesse ricambiarmi mi fu chiaro sin da subito. » Ximena abbassa gli occhi, come se nutrisse una sorta di pudore nel raccontarci tutta la verità.

Tace ancora qualche istante, prima di dire, lapidaria: « Flavio era omosessuale ».

Se Calligaris è sconvolto quanto me, il suo volto non lo dà a vedere. Eppure nella stanza è piombato un silenzio irreale.

«Non lo sapevate, allora» commenta Ximena, dopo un lungo sospiro.

Calligaris scuote il capo. «Lei è stata la prima a fornirci questa informazione.»

«E vedrà che resterò anche l'unica» commenta, con un velo di sarcasmo. «Non credo proprio che tra gli amici di Flavio qualcuno lo sapesse.»

«Mi perdoni, signora Vergeles. È stato lui a fargliene parola? O è una sua supposizione?»

«No, no! Che supposizione! Ispettore, ho imparato a mie spese che nella vita è meglio non supporre un bel niente. Fu Flavio a dirmelo, quando ancora vivevamo in istituto. Ma, conoscendolo, credo che non lo abbia detto a nessun altro, se ne vergognava profondamente.»

«Quindi, lei non sa dirci se Flavio aveva... per così dire, un compagno?»

«No, nessun compagno. Anzi, lui cercava di andare con le donne per contrastare la sua tendenza. Ma queste sono cose che non si contrastano. Però, certamente lui era molto innamorato, prima di sparire.»

«E di chi?»

«Di un uomo, ovvio.»

«Pensi, c'è chi ci ha detto che Flavio era innamorato di lei.»

« Balle! Io gli sono sempre stata indifferente. Ero come una sorella minore per lui. Aveva una specie di storia con una tizia, ma ho sempre creduto che fosse una copertura. Io non l'ho mai conosciuta, lui se ne guardava bene dal presentarmela: pare che fosse gelosissima! Era un'attrice, si chiamava Diana. Poveretta, chissà se ha mai capito che avrebbe dovuto essere gelosa di tutt'altra persona! »

« Signora Vergeles... perché non ha mai reso queste informazioni alla polizia, all'epoca della scomparsa di Flavio? Sarebbero potute tornare utili » osserva Calligaris, l'aria puntigliosa di una professoressa di matematica in pensione.

« Io con la polizia non sono mai andata d'accordo. E poi, crede davvero che sarebbe servito a qualcosa? Flavio ha lasciato un biglietto... così dissero tutti. *Non cercatemi*. Vuole sapere cosa ho pensato, venticinque anni fa? Che Flavio sarebbe finito suicida, un giorno. Quando è scomparso ero triste, e molto. Ma certamente non ero sorpresa. »

« Gravi indizi, però, portano a credere che Flavio sia stato assassinato. Lei ha idee, al riguardo? »

« Flavio non andava d'accordo con nessuno. Tanto varrebbe scandagliare il mondo intero. »

« Sa dirci qualcos'altro su Diana? » insiste Calligaris.

« Poco, ispettore. Flavio le era affezionato, ma niente di più. Le ho già detto che l'oggetto del suo amore era un altro. »

« Ah, per l'appunto, signora Vergeles. Chi era? »

Sul suo volto appare una smorfia triste. « Qualcuno che non lo avrebbe mai corrisposto. Al di là della sessualità, perché prima di tutto era innamorato di se stesso. »

Noooooooooooo! Ho capito!

« Sebastian Leyva » mormora oziosamente Calligaris.

Ximena annuisce intristita. « Flavio lo amava disperatamente. »

« Ritiene che Leyva lo sapesse? »

« Non credo. »

Proprio in quel momento il mio telefono comincia a vibrare nella tasca dei miei pantaloni color cachi. È Erica. Maledizione, proprio sul più bello!

Mi scuso e mi apparto nel corridoio.

« Alice! »

Sembra terrorizzata. « Che è successo? »

« Il morto non è morto! »

« Come, non è morto? » esclamo. Dalla cucina, l'ispettore mi lancia un'occhiataccia. Madonnina! « Erica, spiegami cos'è successo. »

« Mi sono in*ſ*ospettita perché è caldo, non ha ipo*ſ*ta*ſ*i, non è rigido. Ho pre*ſ*o l'elettrocardiografo e c'è ancora battito. »

« Arrivo prima che posso. Nel frattempo chiama Claudio. Dovrebbe essere ancora in Istituto. »

« Okay. »

Torno nella cucina di Ximena Vergeles in uno stato d'ansia fotonico.

« Ispettore... io avrei urgenza di rientrare in Istituto. »

« Ma come? » Ximena mi fissa come se fossi un'extraterrestre.

« Sì, Alice, solo un momento. »

« Ispettore, è proprio urgente » dico, come se la mia intera vita dipendesse da questo. Come faccio a spiegargli che stavolta mi bocciano sul serio? Dovrò appellarmi alla bontà d'animo di Claudio, e non è proprio il momento adatto per affidarsi a qualunque cosa possa dipendere da lui.

Calligaris sospira rumorosamente. « E va bene, Alice. Andiamo. Signora Vergeles, non escludo che dovrò tornare a farle visita, nei prossimi tempi. »

Ximena ha l'aria di chi non ha niente da nascondere. « Sono a disposizione. »

Lui annuisce, un po' brusco. Mi precede a testa bassa mentre raggiungiamo la porta d'ingresso. Lasciamo l'appartamento e io sono talmente di fretta da non aspettare nemmeno l'ascensore, preferisco scendere le scale a piedi. Calligaris mi segue, suo malgrado.

La Punto è un forno crematorio, il volante è arroventato. L'ispettore si attarda cercando di avviare l'aria condizionata.

« Ispettore, la prego... finisco male stavolta... partiamo! »

« Non posso toccare il volante, mi verranno le papule alle mani! »

« Ha ragione, mi scusi » ribatto, mogia ma sempre impaziente.

« E va bene » conclude eroicamente Calligaris, poggiando i preziosi palmi sul volante e ostentando una smorfia di dolore. « Andiamo. »

* * *

« L'elettrocardiogramma era pieno di artefatti. Sta iniziando a irrigidirsi adesso. Era obeso, a questo si deve il fatto che i segni della morte si instaurino con maggiore lentezza. Il morto è mortissimo » annuncia Claudio, comodamente seduto sulla sua poltroncina. L'espressione è serafica, ma il tono è di chi non riesce a trattenere una risata.

Fisso Erica Lastella con rancore. L'infame secchiona per poco non mi ha mandato in necrosi il miocardio.

« Alice, mi di*ſ*piace da morire! » si lagna, verde come un cetriolo sott'olio. Sono tentata di inveire, ma poi ricordo tempi neanche troppo lontani, anzi, ancora attuali, in cui al suo posto c'ero io. Io, martirizzata per fesserie. Non voglio trasformarmi nella Wally della situazione.

Claudio prende la parola. «Erica, non è colpa tua, naturalmente. Torna a casa, è tardi. Ci vediamo domani. Tra l'altro, ricordami che devo darti delle dritte per Baltimora.»

Erica lo guarda estasiata. «*F*ì! Certo, grazie, Claudio!»

Guarda caso, in sua presenza le viene sempre la zeppola. Possibile che lui la faccia agitare quanto un morto non morto?

«Alice, scusami ancora» mormora, tutta imbarazzata.

«Non preoccuparti, veramente. Imparerai sbagliando, è normale» le dico con tono rassicurante, ma dentro di me covo profondo malanimo.

«Te lo dice un'esperta in materia» aggiunge Claudio, strizzandole un occhio.

Erica, risollevata d'umore, saluta con la manina e lascia la stanza.

«Non capisco davvero come abbia potuto sbagliare. L'ho addestrata personalmente» commento.

«Appunto» ribatte lui, rileggendo la scheda che Erica ha compilato. Poi guarda l'orologio.

«Si può sapere dov'eri andata a finire? Farò finta di niente, ma non avresti potuto lasciare il tuo lavoro a un'interna.» Senti senti. Come se lui, con me, non lo avesse mai fatto.

«Non era mai successo prima e non succederà più. Era una situazione d'emergenza.»

«Avresti potuto chiedere direttamente a me. Ti avrei aiutata.» Lo dice con calore e purezza. Ne sono un po' sorpresa.

«Lo terrò presente per la prossima volta» replico, con tono incerto. «Be', se è tutto, allora vado» concludo, un po' sfasata.

Qual è quella parola impronunciabile che mi ha insegnato Sergio Einardi? Mami... *mamihlapinatapei.*

Guardarsi reciprocamente negli occhi sperando che l'altra persona faccia qualcosa che entrambi desiderano ardentemente, ma che nessuno dei due vuol fare per primo.

Mi chiedo se gli farebbe piacere sapere che riassume alla perfezione non uno, bensì mille momenti vissuti con Claudio, non ultimo questo preciso istante, interminabile, in cui sento distintamente che c'è qualcosa di più, qualcosa di diverso che ci anima e che ci porterà da qualche parte.

Peccato che io non abbia ancora capito *dove*.

Amore e amicizia si escludono a vicenda

Giugno cede il passo a luglio. La gente attorno a me parla di vacanze e io sono ancora senza progetti. Finirò per trascorrere le ferie sul divano di casa dei miei a Sacrofano, a raccogliere fiori del male. Aspetto sotto casa l'auto bollente di Calligaris e mi accorgo che per uno strano fenomeno fa più caldo dentro che fuori.

La destinazione è l'attico di Sebastian Leyva, in piazza Mazzini.

Sono stata indecisa sino all'ultimo se accompagnare o no l'ispettore. In parte temo di incontrare Stella von Schirach, e che possa riconoscermi, creandosi così un conflitto di interessi. Cordelia mi ha liberato dall'empasse rivelandomi casualmente che Stella è in Baviera con il figlioletto e la madre, a far visita a una lontana cugina che abita nella zona di Füssen.

Sebastian è quindi da solo e io non corro il rischio di incontri scomodi.

Ad aprire la porta è nuovamente Oswald, con la stessa aria compassata della volta scorsa.

Sebastian Leyva è seduto al piano e sta suonando *Forbidden Colours* di Ryuichi Sakamoto. Seduta in poltrona, intenta ad ascoltarlo, c'è una ragazza dai capelli lunghi e bruni, piena di tatuaggi sulle braccia e dalle mani a chiazze rosse, come se fosse affetta da una specie di eczema.

Non appena ci vede, quasi si sentisse scoperto, Leyva interrompe il suo spettacolo privato.

« La prego, continui. Era bellissimo » gli dico, con sincera ammirazione. Credo fondatamente che Leyva suoni molto meglio di come recita.

Calligaris arrossisce per me. Sebastian sorride e lo fa con quella stessa espressione oscura e trascinante che lo ha reso celebre.

« La magia è persa » spiega, facendo spallucce.

Si alza dal sedile e stringe la mano all'ispettore. Anche la ragazza tatuata segue il suo esempio. Leyva ce la presenta come una collaboratrice alla pari che vive con la sua famiglia e che si occupa del piccolo Matteo. Lui la congeda rapidamente, come se tra loro esistesse una certa confidenza – non mi sorprenderebbe se le avesse anche dato una ripassata orizzontale durante una delle tante assenze di Stella.

« Va' di là, Nicky » le dice, senza nemmeno guardarla.

Sul piano campeggia un portafotografie d'argento con una foto in bianco e nero della padrona di casa, che probabilmente risale a una decina d'anni fa. Non è una bella sensazione essere qui, in casa di Stella: malgrado le ragioni siano lecite, adesso che la conosco personalmente mi sento come se agissi alle sue spalle.

Oswald porta dei bicchieri pieni di tè freddo. Io ero così assorta da non essermi neanche accorta che Leyva gli aveva chiesto di farlo.

« Ispettore, sento sempre di doverla ringraziare per lo sforzo di venire qui da me, risparmiandomi il commissariato. »

Calligaris fa un gesto noncurante con la mano. « In cambio dovrò chiederle un autografo per la mia signora. Non mi ha raccomandato altro! »

Leyva risponde con un sorriso tirato. « Certamente. »

« Signor Leyva, la ragione per cui le ho chiesto di incontrarla è semplice. Ho ottenuto delle informazioni da fonti attendibili... Informazioni particolari. »

« Prego, mi dica. »

« Riguardano gli orientamenti sessuali di Flavio » accenna Calligaris, a modo suo con cautela.

« Ah » ribatte seccamente l'attore, con gli occhi bassi.

« Cosa può dirmi? »

« Vuole sapere da me se Flavio era gay? »

« Esattamente. »

« Sì. Era gay. Crede che questo abbia a che vedere con la sua morte? »

« Non posso escluderlo, naturalmente. Flavio aveva un compagno? »

« No. »

« Fu lui a rivelarglielo? »

« Be'... è una cosa molto complicata da spiegare. E molto intima. »

« Signor Leyva, non abbia pudori. È importante. »

Sebastian si concede del tempo prima di rispondere. « Non avevo mai sospettato che Flavio fosse gay. Cioè, non ci avevo mai nemmeno pensato. Sembrava attratto dalle donne... anche per tutta quella storia con Diana... Me l'ha detto qualche tempo prima della sua scomparsa. »

« Quanto tempo prima? » lo interrompe bruscamente Calligaris. « Cerchi di essere preciso. »

« Qualche settimana? Qualche giorno? Ispettore, un po' di tolleranza, sono pur sempre trascorsi venticinque anni. »

« Prosegua, cosa stava dicendo? » riprende Calligaris, imperterrito.

« Stavo dicendo che Flavio mi ha parlato delle sue inclinazioni poco prima della sua scomparsa. Qualche giorno prima, d'accordo? »

« E perché lei non ce l'ha riferito? »

« Per come stavano le cose, non vedevo alcuna relazione con la sua scomparsa. »

« Lei questo non poteva saperlo. E se Flavio si fosse suicidato per via della sua omosessualità? Vergogna, disperazione, sconforto? » insinua l'ispettore. Leyva china lo sguardo e tace. Calligaris prosegue. « Oppure, chi può escludere che la morte di Flavio non sia legata agli ambienti omosessuali? »

Sebastian incassa e propone un altro punto di vista. « Ispettore, continuo a ripeterle che il modo in cui lui me lo ha rivelato è una questione molto delicata e personale. Flavio non mi ha detto, semplicemente, di essere omosessuale. Flavio mi ha detto di essere innamorato di me, che è cosa ben diversa. »

Calligaris è imperturbabile quando gli chiede: « Lei ricambiava i suoi sentimenti? »

« Buon Dio, no! » esclama di rimando Leyva, con un fervore che mi suggerisce quanto avrebbe considerato inopportuna e indesiderabile un'evenienza del genere.

« Dopo questa rivelazione, i rapporti tra di voi sono mutati? »

« Raffreddati, sì. Ed è anche questa la ragione per cui Flavio voleva lasciare la compagnia, oltre ai dissidi con Manlio. Ma questo cosa c'entra con la sua morte? »

« Ha mai svelato a qualcuno il segreto di Flavio? » chiede Calligaris, dritto per la sua strada.

Sebastian aggrotta la fronte e ha l'aria irritata. « Direi di no, ispettore. Se così fosse, sarebbe emerso molto tempo prima, non crede? Non ne ho mai fatto parola con nessuno. Venticinque anni fa non esistevano né il liberalismo né la tolleranza verso i gay che esistono oggi, ammesso che esistano. Nell'ottica di un suo ritorno, non volevo mettere in giro voci che potessero danneggiarlo. »

« Crede che Diana lo sapesse? »

« E io come potrei dirlo? » In effetti, la domanda sembra valicare le conoscenze e l'immaginazione di Sebastian.

« Un'ultima cosa. Era a conoscenza dei rapporti tra Flavio e una zingara di nome Ximena? »

« Flavio aveva un'amica rom, sì, questo lo so. L'avevo vista per caso. Lui la teneva nascosta e del resto Flavio era un mistero per chiunque, uno che non portava mai nulla alla luce del sole. » Leyva fa una breve pausa, poi conclude: « Ispettore, credo che con quest'ultima informazione io abbia davvero detto tutto ».

« Tanto meglio » replica Calligaris, mettendosi in piedi e avvicinandosi al portoncino.

« Dimentica l'autografo per sua moglie » gli ricorda Leyva, in uno strano slancio di cortesia.

« Che sbadato » esclama Calligaris, come se però non gliene importasse molto.

Leyva ci lascia aspettare nel vasto salone e fa ritorno dopo qualche minuto, portando con sé una foto in cui sembra più giovane.

« A chi la dedico? » domanda con i modi di chi è avvezzo a certe richieste.

« A Clementina » risponde Calligaris, un po' imbarazzato.

« Signor Leyva... potrebbe farne anche un altro, dedicato ad Amalia? » domando d'impulso. « È mia nonna » aggiungo, e già mi sento fremere al pensiero della sconfinata gioia che darò alla mia arzilla nonnina.

Quale stella cade senza che nessuno la guardi?

William Faulkner

« Ispettore... crede che l'omosessualità di Flavio abbia a che vedere con la sua morte? » gli domando mentre ripongo cautamente la foto autografata all'interno di una cartelletta nella mia borsa da lavoro.

« Alice, finora esiste un'unica verità: che non siamo in possesso di molte risposte. Se almeno riuscissi a rintracciare Diana Valverde, o Voigt, o come diavolo si chiama! Ah, dimenticavo. Domani alle dodici ho una chiamata via Skype con *madame* Iris Guascelli. »

« Ispettore, lei vuole farmi espellere dalla scuola di specializzazione, vero? Come faccio a venire alle dodici? »

« Ho pensato che per te fosse meglio, visto che domani è sabato. E credimi, non è stato facile. La signora è piena di impegni e a Shanghai ci sono sette ore di fuso. Mia cara, questo è quanto. »

« Cercherò di esserci » dico, prima di prendere la metro per tornare a casa.

E come se la giornata non fosse stata abbastanza densa, quando mi sono già spogliata e struccata, e sono sul mio letto con un romanzo della Bartlett, ricevo una chiamata da Sergio Einardi.

« A letto presto, di venerdì, in una così bella sera d'estate? Ho un'alternativa migliore. Sei già stata alla mostra di Frida Kahlo? »

« No » confesso, vergognandomi un po' della mia ignoranza.

« Oggi è aperta fino a tardi. Passo a prenderti e non accetto risposte negative! »

Emergo dal letto con indolenza e apro le ante dell'armadio stracarico di roba da riordinare per scegliere la mise più adeguata; alla fine, opto per un abito color verde smeraldo.

Prendiamo un aperitivo in un localino in via Nazionale, poi a piedi percorriamo in salita via della Consulta e vicolo Mazzarino, e arriviamo alle Scuderie del Quirinale.

La fila per accedere alla mostra è impegnativa, nonostante sia già tardi. Alla fine siamo gli ultimi a entrare. Dopotutto, non è un male: la ressa si smaltisce prima e possiamo goderci meglio la mostra.

Senza essere pedante, Sergio mi parla della sua passione per Frida e Diego Rivera e mi confida di aver comprato, tanto tempo fa, un disegno autografo di Frida.

« Dovrò fartelo vedere... ma questo implica che tu venga a trovarmi a casa » allude, con tono sospeso tra il seduttivo e il riservato.

Per conto mio glisso. Non sono pronta a sbilanciarmi.

Anzi, non faccio che rivivere quel torbido pomeriggio in Istituto con Claudio, in maniera quasi ossessiva, e fatico moltissimo a negare che nonostante tutto gradirei un bis. E come se non bastasse, l'*Innominabile* è ancora troppo spesso tra i miei pensieri. Per uno strano e assurdo mistero di questa mia zucca invereconda, una parte intima di me vorrebbe averlo qui, davanti a queste opere.

Al termine della mostra passeggiamo ancora per le vie di Roma, caotiche anche di sera, piene di turisti e di allegria.

Prendiamo un gelato ed è tutto talmente rilassato e gradevole che nasce spontaneo chiedermi: Cosa c'è di sbagliato in me? Perché non riesco a essere felice in una serata come questa? Perché non riesco ad apprezzare un uomo così gioviale e perbene come Sergio, che mi sta corteggiando come nessuno ha mai fatto prima?

Mi riaccompagna a casa e prende commiato con un delicato bacio sulla fronte.

« Posso chiamarti ancora? » domanda leggiadro.

Annuisco e lo saluto con un sorriso affettuoso, ma reconditamente mi domando se sia giusto alimentare questa deliziosa corte se ancora provo qualcosa, mio malgrado, per quei due.

* * *

Alle dodici in punto, dal suo pc Toshiba del 2007, l'ispettore Calligaris si connette a Skype e videochiama il contatto di Iris Guascelli.

Per essere presente e puntuale ho dovuto chiedere un permesso alla Wally, che però per fortuna aveva qualcosa di meglio da fare che darmi il tormento, e mi ha autorizzata a uscire prima come se non gliene importasse nulla.

La connessione non è ottimale e l'eco è fastidiosa, ma l'immagine di Iris riesce ugualmente a manifestarsi nel suo splendore di donna comune a molte cinquantenni di oggi, che ne dimostrano venti di meno e sembrano sempre fresche di visagista e di messa in piega. Più che un'ex attrice sembra una parlamentare. Anche perché è diplomatica e da quella sua bocca sapientemente implementata nelle dimensioni non esce una parola sgradevole nei riguardi dei vecchi amici.

« Flavio... un ragazzo difficile, molto passionale... di una sensibilità fuori dal comune e dalle capacità decisamente al di sopra della media. »

« Vincenzo... un simpaticone, l'anima della compagnia... quanto mi piacerebbe rivederlo! »

« Manlio... un regista capace, un uomo serio e di grande professionalità che non ha avuto la fortuna che avrebbe meritato. »

« Sebastian... be', Sebastian *è* Sebastian. Cosa c'è da aggiungere? »

Ma la conversazione non contiene solo un frullato di buonismo, per fortuna. Riserva anche informazioni interessanti su Diana, finalmente. Iniziavo a dubitare della sua reale esistenza.

« Diana... la carissima, dolce Diana... così bisognosa di attenzioni e di affetto. »

« Quali erano i rapporti tra Diana e Flavio? »

« Erano indivisibili. »

« Crede che Diana avrebbe potuto far del male a Flavio? »

« Se allude alle voci che giravano subito dopo la sua scomparsa... furono voci messe in giro da Sebastian, ma, ispettore... Dopo la scomparsa di Flavio, Sebastian era sotto shock. »

« Già, più di chiunque altro. Secondo lei, perché? »

« Perché negli ultimi tempi i rapporti tra loro si erano raffreddati. Sebastian lo trattava con distacco, lo aveva allontanato. »

« Ne conosce la ragione? »

Iris avvampa. « Ispettore Calligaris, è inutile che le nasconda la verità. All'epoca, io e Sebastian avevamo una storia... roba da ragazzi... ma Sebastian mi parlò di certi atteggiamenti di Flavio che lo avevano messo in imbarazzo. »

« Crede che Diana ne fosse al corrente? Per essere precisi, crede che Diana si aspettasse qualcosa di più da Flavio? »

« Certamente sì. Diana era pazza d'amore per Flavio. Ma io ritengo non sapesse che lui si era innamorato di Sebastian. A meno che Flavio non gliel'avesse detto personalmente... Per conto suo Sebastian non aveva tradito Flavio.

L'aveva detto solo a me, e io ho mantenuto il suo segreto, fino a oggi.»

«E cosa ne è stato di Diana?»

«La povera Diana ha lasciato il teatro subito dopo la scomparsa di Flavio. Mi disse che non voleva continuare una carriera che non poteva condividere con lui. Che ragazza romantica. Al giorno d'oggi, chi lo farebbe? Diana era bravissima, lei non recitava un personaggio, lei *diventava* quel personaggio. A volte faceva quasi paura, quel suo immedesimarsi totalmente...»

«Crede che nella sua scelta abbiano influito le accuse di Sebastian?»

«Direi di no... non vedo come!»

«Quando l'ha vista per l'ultima volta?»

«Due o tre mesi dopo la scomparsa di Flavio. Mi disse che si sarebbe trasferita a Marsiglia.» Calligaris annota il nome della città francese.

«Perché proprio Marsiglia?»

«Credo di ricordare che avesse una zia lì... o qualcosa di simile... So che non voleva tornare a Brunico, dove era nata e cresciuta. Mi sembra che la zia di Marsiglia fosse la sorella del padre.»

«E mentre era a Marsiglia, l'ha più sentita?»

«Sì... qualche tempo dopo... mi ha mandato una cartolina... era così tenera! Un cucciolo indifeso. Guardi, ispettore, Flavio piuttosto potrei averlo ucciso io, ma Diana no di certo!» afferma, prima di esplodere in una risata fragorosa, quella di chi si sente al di sopra di ogni sospetto.

È un'uscita che mi lascia perplessa e che Calligaris non gradisce. «Attenta, signora! Potrei inserirla nella rosa dei sospettati!» Il suo tono è scherzoso, eppure a me si sarebbe gelato il sangue se mi avessero rivolto le stesse parole.

«Oh, ispettore, che burlone! È assolutamente ovvio che

io non c'entro nulla.» Il tono di Iris si è fatto gelido e Calligaris incassa suo malgrado.

«E dopo quella cartolina?»

«Dopo... credo di averla sentita qualche volta per telefono. Mi chiedeva della mia carriera, era sempre così gioviale» conclude riprendendo la scia del buonismo sfrenato.

«E com'è che avete smesso di sentirvi?»

«È colpa mia, sono stata discontinua. I contatti si sono diradati fino a che, a un certo punto, non l'ho sentita più.»

«Le ha detto cosa faceva a Marsiglia?»

«Aveva trovato lavoro presso la bottega di un antiquario. Non so dirle altro, ahimè!»

Poco dopo, l'ispettore pone fine alla conversazione.

«... 'sta zoccola» mormora a computer spento, prendendo gli ultimi appunti.

Tanto livore stride con l'usuale temperamento mite di Calligaris.

«Ispettore, sarà anche una donna un po' melliflua, però ci ha dato una pista per rintracciare Diana Voigt. Non mi sembra cosa da poco.»

«Mi ha innervosito. Con questi attori, non si sa mai quando dicono la verità e quando stanno recitando!»

It's only forever, not long at all

Dopo un interminabile lunedì di luglio trascorso tra cadaveri e becchini, mi resta un motivo per vivere: oggi a casa hanno aggiustato il condizionatore. Mi chiedo come mai i telegiornali non facciano ancora quei proclami tipo « Questa è l'estate più calda degli ultimi vent'anni » – anche perché certamente lo è.

Trovo la porta chiusa senza mandate. Stranamente, il Cagnino non mi accoglie col suo abituale tripudio di leccate. Cordelia, in cucina, mischia lacrime al tè verde che sta preparando.

« Che succede? »

« Una tragedia. Stella ha avuto un malore » esordisce, senza riuscire a proseguire per l'ingorgo di lacrime e singhiozzi.

Sento un istintivo sollievo. L'ultima volta in cui l'ho trovata in queste condizioni, l'*Innominabile* era stato dato per morto.

« Che malore? »

« L'hanno trovata in casa, più morta che viva. È in rianimazione. Forse un'emorragia cerebrale. »

O forse un'overdose di cocaina, penso con amarezza. « Sebastian Leyva ha chiesto il massimo riserbo, per evitare che quegli avvoltoi dei giornalisti ci speculino sopra » aggiunge Cordelia, dopo essersi soffiata il naso. « Quindi te ne prego, Alice... Ti prego di tenere la cosa per te, almeno finché non sarà chiarita la ragione del suo malore... potrebbe nuocerle, e io non voglio nuocerle in nessun caso. »

« Naturalmente » dico, e so che mi costerà un discreto sforzo mantenere il segreto.

Cordelia si asciuga le lacrime e si porta indietro i capelli con un gesto dettato dalla stanchezza.

« Sto andando in ospedale... Non mi aspettare per cena » aggiunge tristemente.

* * *

Quando la sento rientrare a casa è già notte fonda. Le vado incontro chiedendole notizie di Stella.

« Non ha ancora ripreso coscienza. Ha avuto un ictus. I medici che l'hanno in cura non si sbilanciano sulla prognosi. »

« Così giovane... che tragedia » mormoro, sinceramente turbata.

« Già. Ha appena trentacinque anni. Ed è una persona così speciale. »

La baby Malcomess è nuovamente in preda a un'esondazione di lacrime. « E poi penso al suo bambino... al piccolo Matteo... come farà senza di lei. »

« Coraggio, Cordy. Si riprenderà, vedrai. »

Cordelia risponde con una smorfia pessimista sul volto. « Sono in pena per lei... ma anche per me. Anche se la prima regola del teatro è che lo spettacolo deve continuare, non so davvero come faremo senza di lei. E questo ruolo avrebbe potuto cambiare la mia carriera. Sono una sciagurata. Non me ne va bene una. »

La mia povera amica si sta rinfilando nel solito tunnel del morale down.

« Cordy... non accelerare i pensieri. Un problema alla volta. Le prove sono sospese o continueranno? »

«Sono sospese, al momento per tutta la settimana, ma chissà...»

«Bene, una vacanza imprevista. Domani telefona, anzi, fai un bel salto a comprare il Carbogas dal farmacista sosia di Ben Barnes e cerca di distrarti.»

Lei annuisce con scarsa convinzione. Chiama a raccolta il Cagnino e lo coccola con tenerezza.

«Vieni, dolce Ichi. Andiamo a nanna. La mamma ha bisogno di riposare.»

Il Cagnino pezzato la segue fiducioso; ha già visto che, prima di ritirarsi nella loro camera da letto, Cordelia ha fatto una sosta in cucina per prendere dalla confezione un biscotto ipercalorico.

* * *

L'indomani, alzarmi è un'eroica impresa. L'atmosfera in casa era talmente tesa che riposare è stato difficile.

Quando esco Cordelia dorme ancora, con la sua mascherina per gli occhi contornata di piume.

Cerco di aprirmi un varco tra la folla in metropolitana, e mentre sono seduta semidormiente tra una drogata di Candy Crush e un turista in Birkenstock e calze di spugna bianche, assordata dagli schiamazzi di un gruppo di ragazzini e dal loro buonumore precoce, ricevo un messaggio di buongiorno da parte di Sergio, cosa che ormai è diventata una consuetudine.

Arrivata nella biblioteca dell'Istituto mi schianto contro un'incazzatura di CC, in pieno delirio di grandezza.

«Gli studi sulla selectina-P dovevano essere pronti da più di un mese. Non avete prodotto un risultato che sia uno. Non ci posso pensare che percepite centinaia e centinaia di euro al mese esentasse per cinque anni, è un crimine che grida vendetta al cospetto di Dio.»

Mentre lui continua a tuonare improperi, io scambio messaggi su whatsapp con Sergio Einardi, ed è una piacevole via di fuga.

«Allevi, forse tu non sei una specializzanda?»

«Io?»

«No, mia zia. Certo che sto parlando di te. Sei una specializzanda e io sto parlando con gli specializzandi, te inclusa. Un branco di pecoroni ne capisce più di voi di medicina legale. Di te, poi, Alice, non ne parliamo.»

Mi sento male. Non ci posso credere che l'abbia detto sul serio. E io con quest'individuo dovrei costruire qualcosa? Non mi abbasso a rispondere. Chino lo sguardo lottando ostinatamente contro le mie ghiandole lacrimali. E perdo.

Poco dopo, quando ha finalmente terminato la filippica, lascio la biblioteca che ha ospitato il martirio collettivo per andarmene nella mia stanza e dimenticare.

Lui però mi intercetta appena fuori. «Dove stai andando?»

«Non dovevi permetterti» riesco a dire senza piangere.

«Ma cosa? Ah, la cosa dei pecoroni? Era una battuta!»

«Non faceva ridere.»

«Okay, hai ragione. È il mio modo di reagire al fatto che mi rifiuti. Alla base non te lo perdono e ti odio.»

«Oh, l'ho capito bene.»

«E dai, smettila di piangere.»

«Piango solo per rabbia. La delusione nei tuoi confronti è una fase che ho superato da molto tempo.»

Lui è freddo, assente come se non gli importasse di niente, come se fosse stanco di sentire sempre la solita storia. E di questo crudele giorno d'estate non mi restano che la luce nitida che filtra dalle finestre rischiarando la stanza, amarezza in dosi intollerabili, i suoi occhi da lupo che non hanno pietà.

* * *

Sto passando in rassegna eventuali modi per risollevare il mio umore – spaziando dallo shopping più disperato a una maratona di film ambientati a NY – quando ricevo una chiamata imprevista di Calligaris.

«Hai saputo?» domanda.

Sono talmente obnubilata da avere qualche difficoltà a capire a cosa si riferisca.

«Cosa, ispettore?»

«Ma come, cosa? Alice! Stella von Schirach.»

«Oh, certo. Mi scusi. Una tragedia, vero?»

«Direi!»

«Ispettore, mi era giunta voce che Sebastian Leyva volesse evitare il clamore dei giornalisti. È un'informazione molto riservata.»

«Alice, riserbo o non riserbo, certe cose sono incontrollabili.»

«Mi scusi, come ha fatto a saperlo?»

«Forse non stiamo parlando della stessa cosa. Alice, Stella von Schirach è in fin di vita.»

«Stiamo parlando proprio di questo» affermo, un po' perplessa. «Come fa a saperlo?»

Riesco a percepire lo sbalordimento di Calligaris anche attraverso il telefono.

«I medici della Rianimazione hanno denunciato la cosa, ovviamente.»

«E perché mai? Perché un'emorragia cerebrale dovrebbe interessare la polizia?» Calligaris si affoga con qualcosa che stava bevendo e tossisce violentemente. « Tutto bene, ispettore? »

« ... Alice » sussurra rauco, quasi afono, prima di tossire ancora. « Ma di che emorragia cerebrale stai parlando? Stella von Schirach è stata soffocata o, per lo meno, qualcuno ci ha provato e ci è quasi riuscito. »

Un tour in Rianimazione

Razionalmente, capisco il motivo per cui Sebastian Leyva ha diffuso questa versione dei fatti, di sicuro meno tragica e di certo meno pericolosa. Se per un verso mi dispiace che Cordelia creda alle bugie di Leyva, dall'altro ritengo sia meglio che alla baby Malcomess – notoriamente psicolabile – sia risparmiata una dimensione tanto penosa degli eventi.

Torno a casa di pessimo umore e per di più indecisa se dire a Cordelia la verità. Alla fine, decido di saperne qualcosa di più prima di imbarcarmi in discorsi che la sconvolgerebbero.

La trovo intenta a fare yoga con Shiva Rea alla tv.

« Come stai? » le domando con prudenza.

« Depressa. Arthur è a Londra questo weekend e mi aveva detto di raggiungerlo, ma non me la sono sentita. E se succedesse qualcosa a Stella? »

Il suo nome scagliato con noncuranza, senza preallerta, ha lo stesso effetto di un morso improvviso, altrettanto doloroso e sconvolgente.

« Oh, certo, hai fatto bene » ribatto, più distratta che presente.

« Ho seguito il tuo consiglio e stasera esco a cena con il mio farmacista » dice, un sorriso malinconico dipinto dalle sue labbra sottili.

« Ne sono felice » replico, sempre più assente.

Mi rifugio nella mia stanza, aziono il ventilatore che ho comprato dai cinesi e dedico tutta me stessa a una vaschetta di Carte d'Or alla nocciola, di cui in un attimo restano solo gli angoli incrostati.

È legittimo che Cordelia si senta giù, ma in questo esatto momento potrei garantirle che, pur se per ragioni molto diverse, io sto di gran lunga peggio di lei.

* * *

Erica Lastella mi aspetta nella mia stanza, piena di quell'iperattività tipica di chi è molto giovane e ha poco da fare. Dopo dieci minuti, mi ha già rintronata di iniziative e proposte e io sono sul punto di dirle che con me è sprecata, quando ricevo una chiamata dall'ispettore Calligaris.

«Stella von Schirach sarà visitata: il magistrato ha conferito l'incarico alla Boschi in persona.»

Cavoli, è una visita da non perdere!

Mi sento una rediviva. Il punto adesso è convincere la Wally a portarmi con sé. Recentemente ha smesso di farsi accompagnare dagli specializzandi, verso i quali nutre un'avversione irriducibile. In quanto futura direttrice, può concedersi il lusso della solitudine.

Guardo Erica e mi rendo conto che posso usarla per raggiungere il mio scopo, non senza una certa bassezza.

«Aspettami qui, ho un'idea» le dico strizzandole un occhio.

Dopo le opportune verifiche con la segretaria, raggiungo la stanza della Boschi con la velocità di un cane da agility e busso alla porta con un po' troppa insistenza.

Lei replica il suo cavernoso «Avanti» e sembra meravigliata di vedermi.

«Problemi?» domanda in prima battuta, come se ritenesse di potersi aspettare solo questo da me. Come darle torto, oggettivamente?

« No, professoressa. Ho un'idea. »

Lei aggrotta la fronte, sempre più sorpresa. « Sentiamola. »

« Ho saputo che sta per effettuare la visita di Stella von Schirach... Ho pensato che per Erica sarebbe molto interessante assistervi. Finora ha visto solo medicina necroscopica. L'accertamento di un tentato omicidio sarebbe una magnifica opportunità di approfondimento. »

La Wally sembra colpita.

« Allevi, non mi aspettavo da lei tanto spirito d'iniziativa. Con se stessa non ne ha mai avuto. »

« Ho a cuore Erica, professoressa » le dico, e penso che, di tutte le bugie dette nel corso di una vita, questa fila dritta in top ten.

Il Grande Rospo mi omaggia di un sorriso pieno di apprezzamento. « È una buona idea. Strano, ma lo è. Le dica di prepararsi, mi accingo a partire in cinque minuti. »

Sapevo che per la La*f*tella avrebbe fatto un'eccezione...

« Naturalmente. Ho pensato, inoltre... che potrei presenziare anche io. »

« Oh, Allevi. Mi dispiace. Ma sa quanto è stretta la Rianimazione... E poi, per ragioni di profilassi igienica, è meglio che ad accedere sia il minor numero di persone possibile. È per questo che non avevo coinvolto nessuno » aggiunge, laidamente.

« Lo dicevo perché potrei occuparmi di Erica mentre lei espleta la visita, fornirle spiegazioni... ecco. » Mi sto arrampicando sugli specchi, arte in cui ho fatto molta pratica, specie al cospetto della Wally stessa.

« Non occorre » ribatte seccamente.

« Sa, mi interessa molto » confesso, stremata.

« Comprendo. Le mostrerò le foto. Vada ad avvisare Erica. Arrivederci » taglia corto la maledetta.

Dalle mie parti si dice andare per fregare e rimanere fregati. È esattamente quello che mi è successo.

Comunico a Erica il colpaccio compiuto in suo favore e lei è eccitatissima.

Io rosico quanto mai rimpiangendo che l'incarico non sia stato affidato a CC, senz'altro pessimo ma un minimo più accondiscendente.

Poco dopo l'uscita di Erica dalla mia stanza, mi metto davanti al computer e comincio a ripetermi che sono il capitano della mia anima e gli altri versi di quella meravigliosa poesia di Henley che mi torna in mente tutte le volte in cui qualcosa mi va storto, quando ricevo un whatsapp di Erica.

La professoressa Boschi ha detto che vuole anche te. Raggiungici... E poi tutta una serie di emoticon scelte a sentimento, dalle mani che applaudono a cuori di tutti i colori.

Poco importa. Quello che davvero mi interessa è che alla fine, in un modo o nell'altro, vedrò Stella.

* * *

Nell'ambiente asettico della Rianimazione, con una cuffietta che raccoglie la cascata di capelli fulvi e le palpebre chiuse sugli occhi arguti, è difficile intravedere la Stella piena di charme che ho conosciuto attraverso Cordelia.

La vita sa essere ben tragica se su questo lettino d'ospedale è finita una giovane donna tanto in gamba.

Un collega del reparto è stato avvicinato dalla Wally, che sta leggendo con scrupolo la sua cartella clinica. Sento dirgli che Stella ha in atto edema cerebrale e edema polmonare molto imponenti, ma che per fortuna non ha mostrato gravi lesioni ischemiche cerebrali, il che lascia aperta la prognosi. Invero, il collega non la definisce disperata.

«Ciò che ci ha spinti a ipotizzare un tentativo di soffocamento è proprio questo pazzesco quadro lesivo polmonare e cerebrale, in assenza di una qualunque causa naturale identificabile. Stiamo svolgendo tutte le indagini possibili, anche quelle tossicologiche, e siamo in attesa dei risultati.»

Con l'aiuto degli infermieri, che spogliano il corpo di Stella senza alcuna resistenza, la Wally inizia a esaminare la superficie corporea e in maniera particolare il collo. Un collo slanciato, bianco, ancora profumato da una qualche crema delicata e lussuosa e senza dubbio esente da lesioni.

La Wally è concentrata; la stanza è immersa in un silenzio interrotto solo dal confortante segnale acustico del battito cardiaco di Stella, proveniente dalla macchina cui è collegata.

La sua respirazione non è spontanea, essendo stata intubata. Per esaminare il vestibolo della bocca è necessario scollare il nastro adesivo che fissa il tubo diretto in trachea. Se ne occupa il collega rianimatore.

La Wally è sempre più tesa.

«Allevi» sussurra. «Venga a scattare delle foto, veloce.»

Obbedisco e così ho modo di osservare con i miei occhi i segni dei denti sulla mucosa, segno che qualcuno ha esercitato una fortissima pressione dall'esterno per impedirle di respirare.

Il rianimatore fa la smorfia di chi in fondo lo sapeva. «Noi non ce ne siamo accorti, di questi segni. Per noi era più urgente cercare di intubarla subito, non abbiamo esaminato la bocca così in profondità. Però, ecco... Avevamo ragione ugualmente.»

La Wally sorride – più o meno. «Capisco.» Estrae dalla sua borsa una lente di ingrandimento per esaminare il volto di Stella, le labbra, le ali del naso, la mandibola. Nessuna lesione.

«Certamente chi ha tentato di ucciderla deve aver utilizzato un cuscino, o qualcosa di simile.»

Su autorizzazione del magistrato, prima di andar via, ottiene copia integrale della cartella clinica e prende accordi con il collega del reparto di Rianimazione per ricevere aggiornamenti quotidiani, specialmente sugli esami tossicologici, non appena saranno pronti.

Il male non è mai straordinario ed è sempre umano. Divide il letto con noi e siede alla nostra tavola

Wystan Hugh Auden

Nel pomeriggio, raggiungo l'ufficio di Calligaris.

Lo trovo seduto alla scrivania, con una polo di un bianco sepolcrale che dovrebbe accentuare una specie di abbronzatura rossastra, magrissimo che gli si potrebbero contare le costole, intento a scrivere qualcosa al computer.

« Oh, eccola, la mia allieva prediletta! Dimmi che sei riuscita a visitare Stella von Schirach. »

« Non c'è dubbio, ispettore: tentativo di soffocamento. La professoressa Boschi invierà una relazione al magistrato già nei prossimi giorni. »

Calligaris si abbandona a un lungo e rumoroso sospiro. « A questo punto, credo che arriverà subito il mandato di perquisizione dell'appartamento dei Leyva. »

« A proposito, ispettore, può spiegarmi meglio come sono andate le cose? »

« Era nel suo letto, sembrava dormisse. L'ha trovata la madre. »

« Ma quando è successo, a che ora? »

« Nel pomeriggio. Stella aveva avvisato Sebastian che si sarebbe ritirata per un po', solo il tempo di riposare. Erano da soli. Il bambino era con la madre di Stella, ai giardini pubblici. Secondo quanto dice Leyva, lui è uscito e ha preferito non svegliare la moglie. Nel frattempo è rientrata la madre di Stella, che a quanto pare vive con loro. E ha trovato sua figlia più morta che viva, ma in prima battuta ha pensato a un malore. Ha quindi chiamato il 118. Il resto lo sai già. »

« E la ragazza alla pari? Quella tutta tatuata che abbiamo visto l'ultima volta, che ascoltava Leyva mentre suonava il pianoforte? »

« Ah, certo, la baby sitter. La madre di Stella mi ha detto che Nicky era fuori per qualche giorno, in gita a Firenze. E Oswald, il filippino, aveva il pomeriggio libero. »

« Dunque Sebastian Leyva è l'ultimo ad averla vista viva... Ops, scusi. In salute, intendo. »

« Già. »

« Stando a quello che mi dice, la sua posizione non è simpatica. »

« No, ma in ogni caso è tutto da verificare. »

« Posso venire con lei al sopralluogo? »

« Oh, be', ci devo pensare... Sto scherzando! Certo che sì. Adesso, però, va'. Io ho montagne di lavoro da sbrigare e poi... non è sano che tu trascorra qui tutto il tuo tempo libero. Quando non lavori in Istituto vieni qui a collaborare con me. Sei pallida e sembri stanca. Va' un po' al mare! »

« Non mi piace il mare. Odio la sabbia e la spiaggia. L'unico tipo di vacanza al mare che concepisco è alle Maldive, ma non posso permettermela, dunque... »

« Come la passerai, allora, quest'estate bollente? »

« Come ho passato tutte le altre della mia vita. Dedicandomi allo studio e alla mia famiglia a Sacrofano. » In altri termini *cazzeggiando*. A parte l'estate in cui c'era l'*Innominabile* nella mia vita, e tutto era un bel po' diverso...

« Be', ispettore, allora io vado... » gli dico, in piedi accanto alla porta.

« Ah, Alice, c'è un'altra cosa, piuttosto importante, che stavo dimenticando di dirti... »

« Cosa? »

« Nella cripta del teatro in cui è stato rinvenuto Flavio, la Scientifica ha isolato del materiale biologico e sarà necessario l'esame del DNA. Se siamo fortunati, magari appartiene al suo assassino. Credo che se ne occuperà Conforti.»

Annuisco, senza sapere bene cosa aggiungere.

Di ritorno a casa in metro, mi trovo nell'agghiacciante condizione di assistere all'amoreggiare ininterrotto di due liceali e mi impedisco a stento di avvisarli che al termine dell'estate la loro storia sarà già certamente e inderogabilmente conclusa, peraltro nel peggiore dei modi. Mi limito a fissarli con una cupezza medievale da *ricordati che devi morire*, tenendo per me i miei funesti presagi. Quand'è avvenuto con precisione il mio transito dalla loro stessa felice, immacolata condizione a quella mia attuale, di zitella accidiosa e invidiosa? E cosa lo ha determinato? Forse gli anni di storia a distanza con l'*Innominabile* e quel sentirmi sempre seconda nelle sue priorità? Oppure tutte le volte in cui CC mi ha trattata come mero oggetto sessuale? Cerco di riordinare input confusi provenienti dalla memoria degli eventi remoti, quando mi rendo conto che è giunto il momento di scendere alla mia fermata.

Una zingarella si offre di leggermi la mano, ma le sconsiglio di farlo per non deprimersi. Le do una moneta da due euro e le dico di prendersi un gelato.

* * *

Le ferie estive iniziano a produrre inusitati fenomeni.

Non trovando di meglio, per soddisfare le proprie necessità di schiavitù la Wally si è ridotta a dover chiedere a me. «Allevi, venga nella mia stanza.»

Mi presento prima possibile. Lei sta cercando senza successo di abbottonarsi il camice sull'addome, e ha l'aria di chi è tremendamente di corsa.

«Le ho lasciato il computer acceso. Ho assoluta urgenza di

caricare tutti questi dati in un programma che c'è solo su questo computer» mi spiega, indicando dei fogli accanto alla tastiera, sulla scrivania di cristallo. «Posso contare su di lei?»

«Naturalmente, professoressa.»

Mi spiega con rapidità il funzionamento del programma e dopo due minuti sono già confusa.

«Non dovrebbe essere complicato» aggiunge, in tono minatorio.

«No, infatti» ribatto, una speranza più che una verità.

«Bene. Sarò di ritorno in un paio d'ore.»

La porta si chiude alle sue spalle e io siedo finalmente sul suo scranno, da cui ogni prospettiva appare differente. Non resisto alla vanità di un selfie da spedire a Lara, prima di mettermi al lavoro con questa rottura di scatole.

Dopo aver armeggiato sul suo portatile per un'ora, più o meno, ho già finito e sono fiera di me. Sono stata precisa e meticolosa e credo proprio che non avrà nulla da ridire.

Faccio scorrere indietro la poltroncina con le rotelle per alzarmi comodamente e, in un momento che dura un'eternità, il bracciolo si incastra sotto il ripiano del tavolo, disancorandolo dal perno d'acciaio cui è fissato. Sento un frastuono terrificante: il tavolo di cristallo della Wally cade in mille pezzi. Il portatile si schianta a terra fra i cocci.

Merda.

A dir poco.

Bene, non mi resta che chiedere il trasferimento immediato presso l'Università degli Studi del Polo Nord.

La porta è ancora chiusa, ma già percepisco la concitazione di CC, che teme di aver perso la donna responsabile dei suoi brillanti avanzamenti di carriera.

«Valeria!» lo sento esclamare, e ho fondate ragioni per credere che non sarebbe tanto agitato nemmeno se qualcuno gli avesse messo sotto la madre.

La porta si spalanca e lui fa irruzione, eroico come un soldato del Settimo cavalleggeri.

« Tu? » trasecola.

« Io » confermo, senza la forza per piangere.

« Ma che ti è successo? Ti sei fatta male? »

Miracolosamente, nemmeno un po'. Ma sono sicura che la Wally porrà rimedio a questa eccezionale combinazione della sorte che mi ha fatto uscire indenne dal crollo di venti chili di cristallo.

Faccio segno di no con il capo. Nel frattempo è arrivata anche la segretaria e mi consolo al pensiero che metà Istituto è già in ferie e non può assistere a questa scena pietosa.

« Bisogna chiamare immediatamente chi si occupa del mobilio e qualcuno delle pulizie. Signora Lattanzi, se ne occupa lei? » domanda CC, da uomo abituato al comando.

La segretaria annuisce e abbandona la stanza di gran corsa.

« Ascoltami bene. Che ci facevi nella stanza della Wally? »

« Me lo ha chiesto lei! Avevo appena finito il lavoro. » Che mi era pure riuscito magnificamente e che ritengo sarà subito vanificato. Gli spiego brevemente l'attività della mia ultima ora, e intanto recupero il portatile e inizio a controllarlo.

« Okay. Molto semplicemente, non appena la Wally tornerà, le diremo che mi ero seduto al suo posto per aiutarti, e che *io* ho rotto il tavolo. »

« Perché faresti un autogol del genere? »

« Perché a me non dirà nulla. E quand'anche lo facesse, non mi importerebbe. Per te, invece... » Lascia in sospeso la frase, e c'è qualcosa di persino delicato in lui – se non lo conoscessi bene.

« Ti ringrazio, ma non posso accettare. Sono abituata ad assumermi le mie responsabilità, sempre. »

« Non fare l'orgogliosa. Devo farmi perdonare per come

ti ho trattata l'altro giorno. Accetta il mio aiuto.» Il suo tono è diventato imperioso.

Non ho il tempo di scegliere. La Wally è appena rientrata nella stanza, trovando gli esiti di un terremoto.

«Cos'è successo qui?»

«Perdonami, Valeria. È tutta colpa mia. Volevo controllare che Alice avesse fatto un buon lavoro e mi sono seduto al tuo posto... Ma del resto ti lamentavi da un po' che il tavolo era difettoso, o sbaglio?»

La Wally è scioccata e tenta di recuperare da terra tutte le cose che si sono sfracellate insieme al vetro.

«Ti sei fatto male?» gli chiede poi, la voce spezzata dall'incazzatura repressa.

«No, per fortuna, e nemmeno Alice.»

La Wally fa un cenno con le spalle, la cui traduzione in un linguaggio orale potrebbe essere *e figurati se ce la liquidavamo così.*

«Tanto meglio» dice infine, sempre china sulle ginocchia voluminose. «Allevi, quel lavoro è finito, se non altro?»

«È tutto a posto» risponde Claudio per me. Ed è vero, per fortuna: il computer si è salvato. Lo riconsegno con mani tremanti agli artigli della Wally.

«Allora può andare» replica lei, con tono un po' duro.

Io saluto con cordialità e sono sicura di sentirle dire, non appena chiudo la porta: «Ma com'è possibile che quando succede un guaio lei è sempre di mezzo?»

La distruzione, quindi, come la creazione, è uno dei mandati della Natura

Marchese de Sade

Per la terza volta, eccomi in piazza Mazzini nel luminoso appartamento di Sebastian Leyva e Stella von Schirach.

Il portoncino d'ingresso è integro e non mostra alcun segno di effrazione, come pure le finestre.

Questa volta la casa è vuota e l'atmosfera è elegantemente spettrale. Per il momento, Sebastian, la madre di Stella e il piccolo Matteo si sono trasferiti in un albergo in via Col di Lana, dove sono a disposizione della polizia; li raggiungeremo al termine della perquisizione.

L'ispettore si dirige nella camera matrimoniale. Le lenzuola e le tende sono di un ottenebrante color porpora, le pareti piene di specchi, il capezzale ritrae figure danzanti. Il letto è sfatto, sul pavimento ci sono ancora le custodie di plastica delle cannule e dei tubi utilizzati per rianimare Stella.

Gli agenti della Scientifica prelevano i cuscini e le lenzuola mentre Calligaris controlla gli armadi, i cassetti, ogni angolo più intimo della camera da letto di questa coppia solo apparentemente come le altre. Sul comodino di Stella, un blister di pillole anticoncezionali, un bicchiere d'acqua, un libro di Peter Cameron, una cornice d'argento con una foto che la ritrae insieme a un piccolissimo Matteo e un angioletto di legno che ha l'aria di essere molto antico. Su quello di Sebastian, il caricabatterie del cellulare (che forse ha dimenticato qui in casa), un copione, una lattina vuota di Redbull.

Adiacente alla stanza di Stella e Sebastian, la nursery di Matteo. Un piccolo concentrato di paese dei balocchi, con una carta da parati stile Beatrix Potter.

Poi c'è la stanza della madre di Stella, la signora Adele von Schirach. È appartata rispetto alle altre, piccola ma arredata con gusto. Sembra un po' un mausoleo di antichità; alle pareti sono appesi inviti a balli di corte risalenti al Settecento e indirizzati ad antenate delle von Schirach, e ovunque ci sono damine di porcellana. Una vestaglia di seta color pesca è poggiata su una poltrona come se fosse stata sfilata di corsa e dimenticata.

In un'ala dell'appartamento che dà sul cortile, tetra e angusta, le due stanze della servitù, quella di Oswald e quella di Nicky. Sono del tutto gemelle, stesso lettino di piccole dimensioni, un triste armadio di compensato, un tavolino, una finestrella chiusa da inferriate e oscurata da una tendina beige.

Il sopralluogo si protrae a lungo, tanto che posso dire di conoscere a memoria l'intera casa.

Al termine, raggiungiamo a piedi l'albergo. Calligaris desidera parlare con Adele von Schirach, e preferisce risparmiarle la gita in commissariato.

« Incontrerà anche Leyva? » gli domando.

« Non per il momento » ribatte lapidario l'ispettore.

Raggiungiamo la signora nella sua stanza, dopo essere stati annunciati dall'impiegato della reception.

La sua età è indefinibile, un po' come quella delle nobildonne inizio Novecento nelle foto effetto seppia.

Lei e Calligaris si sono già incontrati, quando il magistrato, subito dopo aver ricevuto il referto dai medici della Rianimazione, ha incaricato l'ispettore di svolgere le indagini. Forse per questo lei ha un atteggiamento fiducioso e amichevole, anche se la grazia con cui risponde alle domande dell'ispettore non riesce a dissimulare l'ansia e l'angoscia per le condizioni della figlia.

« Signora, lei vive con sua figlia e con suo genero. Certamente ha un'idea precisa delle persone che frequentano la casa. Persone più o meno vicine a Stella. La prego di non omettere nulla. »

Io stessa ho detto al commissario del presunto amante di Stella, Giulio Conte Scalise, ma al momento sono soltanto pettegolezzi, non confermati da nulla di concreto.

Gli occhi della signora Adele si riempiono di lacrime. « Non riesco a immaginare che qualcuno potesse desiderare la morte di mia figlia. Non tra i suoi amici, o tra le sue conoscenze. Perché nessuno aveva una valida ragione per farle questo. Nessuno! » esclama, perdendo il controllo. « Non è tra loro che dovete cercare. »

« E tra chi, allora? »

Il volto di Adele von Schirach si tramuta in una maschera di odio. « Tra le conoscenze di quel depravato di Sebastian, ovviamente. »

« Vuol fornirci delle spiegazioni, signora? » domanda Calligaris, gentile come un cicisbeo.

« Non voglio essere ipocrita, ispettore. Lo sanno tutti che mio genero è un marito tutt'altro che fedele. »

« Dunque, Sebastian ha un'amante. »

« Una? » esclama la donna, piena di sarcasmo.

« Può farci qualche nome? »

« Quella in carica è Maddalena Romano. Ma Sebastian trascorre le sue giornate fornicando, anziché recitando, e ce ne sono molte altre. Chissà che una di loro non sia ammattita per il caldo e non abbia pensato di far fuori la mia piccola Stella per poter diventare la nuova signora Leyva. »

Questo dato coincide con quanto mi aveva detto Cordelia circa la relazione di Sebastian con un nuovo acquisto della sua compagnia, appena sfornato da un reality e tragicamente incapace, Maddalena Romano appunto. Capisco la rabbia della signora von Schirach, ma l'ipotesi che questa ragazzetta (che non sembra neanche particolarmente intelligente) si sia intrufolata in casa Leyva e abbia tentato di soffocare Stella nel suo letto mi sembra poco plausibile.

Questo, naturalmente, se diamo per buono che il tentato omicidio sia avvenuto mentre Stella faceva il riposino, cogliendola di sorpresa. Il che dovrebbe implicare che l'assassino è entrato in casa con le chiavi oppure che era già in casa. In alternativa, Stella potrebbe aver aperto la porta al suo aguzzino e i due potrebbero essere finiti sullo stesso letto in cui lei è stata trovata. Il che naturalmente indirizzerebbe verso un amante, ma credo che sia inutile porgere questa domanda a un'azzimata signora d'altri tempi, peraltro certa che la figlia sia una vittima della crudeltà di questa estate e del mondo in generale.

Spiego le mie teorie all'ispettore mentre mi riaccompagna a casa in auto.

« Infatti io nutro grossi dubbi sul fatto che possa essere stato qualcuno al di fuori della cerchia familiare e degli affetti più stretti di Stella. In particolare, temo che Sebastian Leyva avesse molte ragioni per desiderare la morte di Stella. »

« Quali? » gli domando.

« Sentimentali ed economiche. »

« Ispettore... Qualche dettaglio in più? Non mi tenga sulle spine. »

L'ombra di un sorriso malefico gli sfiora le labbra e io sospetto che in realtà tenermi sulle spine sia uno dei suoi passatempi preferiti. « Stando alle mie prime indagini » prosegue poi, « la storia con Maddalena Romano sembra piuttosto importante. Decisamente più di un'avventura. In secondo luogo, sto aspettando delle verifiche in corso sui conti correnti di Stella e Sebastian, c'è qualcosa che non mi convince. Ti dirò non appena avrò delle conferme. O delle smentite. »

« Ispettore, e se Stella fosse finita male per un gioco erotico? »

Calligaris è sconcertato. « Che stai dicendo? »

« Ispettore, guardi che non è raro. È un tipo di parafilia. C'è chi trae piacere dalla sensazione di asfissia, ma il gioco deve finire in tempo, ovviamente. Capita, sa. Anche l'attore di *Kill Bill* l'hanno trovato morto così. »

« È una delle cose più orribili che io abbia mai sentito. »

« Sì. E anche tra le più stupide, credo. »

« Ma cosa passa per la testa della gente? » osserva, sempre più sbigottito. « Be', grazie dell'idea. Non si sa mai. Leyva mi sembra il tipo che non disdegnerebbe simili esperimenti. »

Non so ancora che tipo sia davvero quest'uomo che ha fatto innamorare Flavio, Iris, Stella, questa Maddalena Romano e chissà chi altri.

Quel che so per certo è che Sebastian Balthazar Leyva mi sembra uno che nella sua vita ha provato tutto, e che niente gli è mai sembrato abbastanza.

Le stagioni e i sorrisi sono denari che van spesi con dovuta proprietà

Sono in Istituto e ho in bocca una manciata abbondante di M&M's che per poco non mi vanno di traverso quando vedo lampeggiare il numero di interno della Wally.

«Solo per comunicarle che l'esame tossicologico condotto su Stella von Schirach è del tutto negativo.»

Come, negativo?

«Niente cocaina?»

«No. Perché si aspettava che fosse positivo?»

Certamente non posso spiegarle la verità, è troppo lungo e troppo complicato. «Be' sa... questa gente di spettacolo» improvviso in maniera indecorosa. Se mi sentisse Cordelia...

«Allevi, non la facevo così provinciale. La signora von Schirach non assumeva nessuna droga, nessun farmaco. Gli esami tossicologici non lasciano dubbi.»

Povera Stella, ho malignato indegnamente. Chissà di chi era quella coca nel mio bagno! Chiamo subito Calligaris per rivelargli la soffiata, che lui accoglie con interesse.

«Scartiamo così l'ipotesi che sia stata sedata prima di essere soffocata» mormora dall'altro capo del telefono. In effetti questa certezza è ancora più importante della conoscenza di sue eventuali abitudini voluttuarie: non è infrequente che chi premedita un omicidio per asfissia provveda anche a stordire la vittima, per facilitarsi il lavoro. «Alice, oggi andrò a casa di Maddalena Romano. Poi per cena Clementina prepara la parigina.»

«Mi aggrego, ispettore.»

«Me ne rallegro. Ci vediamo in via Piave, la Romano abita là.»

«A più tardi!» replico tutta contenta, e subito dopo mi sorbisco una serie di video recuperati su YouTube e tratti dal reality cui ha partecipato Maddalena Romano, tanto per vedere meglio che tipo è.

A metà mattina decido di prendere un caffè dalla macchinetta in biblioteca ed è lì che assisto a una scena che ha del raccapricciante.

A quella secchiona della Laſtella è stato assegnato il trasferimento di volumi da un settore all'altro della biblioteca. Un incarico di facchinaggio della miglior tradizione, che in altri tempi, senza la presenza di una paria posta ancora più in basso, avrei dovuto svolgere io senza possibilità di appello, e cui la Laſtella si sta dedicando con lo zelo pestilenziale che la contraddistingue.

«Erica, vuoi un caffè?»

«Grazie, volentieri» risponde, il tono affaticato di chi non fa pausa da un po'. Mentre la macchinetta eroga la sua brodaglia nera, sento un tonfo seguito da un sommesso gemito di dolore.

Trovo la povera Erica che si accarezza la caviglia, reprimendo ululati di sofferenza.

«Mi è caduto quello sul piede...» spiega, con un filo di voce, indicando un tomo pesantissimo sfracellato sul pavimento.

Mi fa tenerezza: ogni tanto le capitano cose che mi ricordano le mie disavventure. Nel preciso momento in cui sto per raccogliere il libro, CC entra in biblioteca.

«Erica, che è successo?» domanda tutto compunto.

La malnata allieva gli fornisce la medesima spiegazione, continuando a soffrire con distinzione.

Claudio la sorregge pieno di filantropia fino alla propria stanza.

Li seguo, richiamata dall'oscuro maleficio della gelosia, come la povera Aurora dalla fiammella verde di Malefica.

Claudio l'aiuta a sdraiarsi sul suo lettino e le massaggia il piede dolcemente. Sono allibita! Fosse successo a me, specie agli inizi, altro che soccorso!

« Puoi fare questo movimento? China, china verso il basso, così, brava » le dice, tenendole il piedino tra le mani scure, manco fosse il più gentile tra gli ortopedici, mentre lei si gode le attenzioni come un cucciolo di labrador.

« Oh, no, che male! Ahia! » esclama all'improvviso.

CC continua a visitarla, mentre lei reprime il dolore diventando paonazza.

« Alice, Erica potrebbe avere una piccola infrazione dello scafoide. Accompagnala in Ortopedia. »

« Tu non vieni? » gli domanda la subdola interna, con la flebile vocina di una Violetta Valéry che si rivolge ad Alfredo tra gli spasmi della tisi.

« Purtroppo non posso, piccolina, ma ci penserà Alice a te » ribatte lui teneramente, strizzandole l'occhio.

E a me non resta che farmi carico della mia allieva, che si appoggia al mio braccio evitando di posare al suolo il piedino infortunato, peraltro evidentemente scontenta del ripiego.

* * *

L'infame secchiona si è veramente fratturata (ancorché in maniera quasi impercettibile) un osso del piede. Le hanno confezionato una doccia gessata – che tuttavia non le impedirà di tornare in Istituto, mi ha già detto – e abbiamo perso talmente tanto tempo che ho rischiato di mancare l'appuntamento con Maddalena Romano. Fortuna che è venuta sua madre per riportare Erica a casa, in un tripudio di ringraziamenti per averla assistita in queste ore.

Ho preso di corsa la metro per scendere alla fermata Repubblica e sono arrivata a piedi in via Piave, grondando sudore come un beduino nel deserto.

L'ispettore mi aspetta di fronte al portone d'ingresso e se lo conosco ha già controllato l'ora dieci volte.

« Mi stavo liquefacendo » esordisce, asciugandosi la fronte perlata di sudore con un fazzolettino di carta. Suona il citofono, su cui compaiono le iniziali MR.

« Terzo piano » risponde una voce, senza domande.

L'edificio è d'epoca, la tromba delle scale troppo stretta per consentire l'aggiunta di un ascensore. Saliamo i gradini fino al piano indicato e sullo stipite della porta è poggiata una donna spigolosa con occhiali da antipatica e tailleur di lino, che si presenta come l'agente di Maddalena Romano.

L'appartamento è privo di personalità e riproduce pedissequamente i dettami del design d'interni come da pubblicità sulle riviste. La giovane attrice è seduta su un divano di pelle che ancora odora di show room, affiancata da un energumeno stempiato con capello liscio portato all'indietro col gel e un abito gessato sintetico con cui rischia l'autocombustione, che scopriamo essere il suo avvocato.

Maddalena è un po' meno volgare di come sembrava quando guadagnava copertine di riviste di dubbio decoro grazie alle sue performance nel reality che l'ha lanciata. I capelli bruni sono annodati in una treccia, le sopracciglia rimarcate ad ala di falco, con il risultato di uno sguardo sostenuto. Le labbra piene sono sottolineate da un gloss che le fa sembrare unte.

Appena inizia a parlare mi accorgo che gli sforzi fatti per migliorare la sua dizione sono valsi a qualcosa. Calligaris, per conto suo, cerca di essere sintetico, ma ogni domanda riceve il veto dell'avvocato, uno degli individui più abietti della categoria, supponente, acido e cafone.

« Qual è la natura dei suoi rapporti con il signor Leyva? » domanda infine l'ispettore.

La giovane attrice ha appena aperto la bocca per proferire parola, ma il suo legale la blocca per l'ennesima volta.

« Avvocato, tanto varrebbe avvalersi della facoltà di non rispondere! » sbotta Calligaris, esasperato. « La sua cliente non è indagata, le sono semplicemente richiesti dei chiarimenti. Rilassiamoci, eh? »

Maddalena abbassa lo sguardo. « Francesco, io vorrei rispondere » mormora con timidezza. « Lo scopriranno comunque » aggiunge, al che sono proprio curiosa di capire *che cosa*.

Il laido individuo la fulmina con lo sguardo, ma lei prosegue. « Io e Sebastian abbiamo una relazione, che lui ha intenzione di regolarizzare al più presto. »

« Regolarizzare in che senso? »

« Stella e Sebastian convivono e basta, non è che ci sia altro, e già da molto tempo. Stella sapeva di noi. Non è che io e lei siamo amiche, intendiamoci, ma diciamo che lei non è mica la classica poveretta ignara della situazione. E anche lei aveva iniziato a desiderare la separazione, per portare alla luce del sole la sua storia con Conte Scalise. Era soltanto questione di tempo. »

« Immagino che la fonte di queste informazioni fosse Leyva. Oppure le è capitato di parlare personalmente con Stella von Schirach? »

« Ho anche parlato con Stella, una volta. »

« E quando? » domanda l'ispettore, piuttosto sorpreso dalla piega presa dalla deposizione.

« Qualche mese fa. Alla prima del nostro spettacolo all'Olimpico, per l'esattezza. Stella mi ha avvicinata e mi ha parlato ed è stata gentile, sincera. »

Non mi stupisce: entrambe le doti sono il biglietto da visita di Stella.

« Cosa le ha detto? »

« Che sapeva tutto. Che non le importava. O meglio, che le interessava soltanto sapere che la nuova compagna di Sebastian si sarebbe comportata bene con il bambino. E poi mi ha messa in guardia: mi ha detto che Sebastian è uno che tradisce. È la sua natura, e non la cambierà mai nessuno, così mi ha detto. »

« Come ha preso queste parole? Se ne è sentita offesa, turbata? » indaga Calligaris.

L'avvocato si intromette, e ci manca solo che sfoderi: « Obiezione! » come nei telefilm americani.

Ma Maddalena risponde ugualmente. « No, perché lei era così cortese che era impossibile prendersela. Cioè, si capiva che non voleva dirlo per portare sfiga » aggiunge, con la semplicità della gioventù.

« Cos'altro sa dei rapporti tra i due coniugi? »

« Be', m'è sembrato proprio che Stella non apprezzasse più Sebastian. Non era incazzata, cioè, più... Forse era delusa, non so dirlo. »

« E Sebastian? Che sentimenti nutre nei confronti della moglie, secondo lei? »

« Ispettore, so di essere di parte, ma le giuro che Sebastian non farebbe mai del male a nessuno, non ne sarebbe capace. »

L'avvocato abbassa gli occhi in un gesto di rabbia. *Excusatio non petita...*

« Dunque, i loro rapporti erano del tutto amichevoli... Nessun problema, proprio nessuno? »

« Ispettore, la mia assistita non può essere a conoscenza

delle dinamiche più intime della coppia. Non può pretendere delle risposte così precise.»

«Le chiedo soltanto ciò che sa.»

Maddalena ha l'aria pratica e saggia di chi pensa che sia meglio dire ogni cosa, come se fosse rassegnata all'idea che comunque tutto, prima o poi, viene a sapersi.

«Ci sono problemi economici tra loro...» L'ispettore le chiede di essere più precisa. «Io so soltanto che le difficoltà della separazione erano legate a questioni economiche. Come le ho già detto, entrambi erano ben contenti di prendere la propria strada, ma c'erano altri problemi, però io non li conosco.»

«Maddalena, quando vi incontrate lei e Sebastian?»

«Di pomeriggio, in genere, i giorni delle repliche dello spettacolo.»

«C'è un orario preciso?»

«Dopo pranzo. Lui viene qui. Poi andiamo al teatro insieme.»

«Cosa mi dice del pomeriggio del 17 luglio?»

Il triste giorno dell'incidente di Stella. «No, quel giorno Sebastian non è venuto da me. So che doveva andare in banca. Poi la madre di Stella lo ha chiamato... Insomma, sapete il resto.»

«E lei, cosa ha fatto quel pomeriggio?» chiede Calligaris. Il tono è incolore, ma Maddalena forse non si aspettava quella domanda e cerca smarrita gli occhi del suo avvocato. Inaspettatamente, lui la esorta a rispondere. Forse perché questa, per lui, è l'unica risposta importante da dare?

«Sono uscita a fare shopping, fino alle quattro, più o meno. Poi sono tornata a casa e sono rimasta qui fino alle sei, ora in cui avevo appuntamento con la mia estetista.»

«Perciò qualcuno l'ha vista fino alle quattro.»

«Ho fatto acquisti. Ho gli scontrini della carta di credito » mormora, come se l'idea le fosse venuta all'improvviso e si sentisse sollevata. « Vado a prenderli? » domanda.

« Sì, prendili » risponde il suo legale, perentorio.

Calligaris aspetta in silenzio, tamburellando sul taccuino con la Bic.

Maddalena torna dopo pochi minuti con un portafoglio di Hermès da millequattrocento euro tra le mani.

Estrae una piccola ma significativa mazzetta di scontrini e li porge all'ispettore, che ringrazia asciutto.

« Per il momento è tutto » conclude. Ma poi, poco prima di arrivare alla porta, ricorda di chiederle: « Signorina Romano... Sebastian le ha mai parlato di Flavio Barbieri? »

Maddalena scuote il capo, lo sguardo un po' perso nel vuoto.

« No, non mi sembra. Chi è? »

« Un suo vecchio amico. È stato trovato morto il mese scorso, ma era morto da venticinque anni. »

« Ah, sì! Allora se è lui, sì. »

« E cosa le ha detto? »

« Che gli dispiaceva da morire. Che era l'amico più caro che avesse mai avuto. »

« E nient'altro? »

« Mi ha detto tutti i dettagli. Del cianuro, del pezzo di carta nella mano... tutto, insomma. È una cosa che lo ha sconvolto. »

« Grazie davvero, signorina Romano » replica Calligaris con voce incolore.

* * *

Appena fuori dall'appartamento, sto per dire la mia ma l'ispettore mi fa segno di rimanere in silenzio. « Dopo » mormora.

Scendiamo le scale e ci ritroviamo nel torrido pomeriggio di luglio.

«Alice, andiamoci a prendere un gelato» propone l'ispettore.

Ci incamminiamo verso il bar più vicino, dove Calligaris ordina un cono extralarge zuppa inglese e pistacchio con panna sopra e sotto.

«Certo che un avvocato migliore la Romano poteva anche trovarselo» commento, incapace di reprimermi.

«Ho la sensazione che, purtroppo per lei, fosse un suo parente, o forse un vecchio amico» risponde l'ispettore, mentre lotta contro la forza di gravità che agisce senza pietà sul suo gelato. «Avrai notato che ho adottato la tattica che mi ha reso celeberrimo» aggiunge, molto seriamente.

«No, ispettore, che tattica?»

«Io fingo di credere a tutto ciò che mi viene detto, così l'indagato abbassa la guardia e si tradisce più facilmente.»

«Capisco» commento, succhiando dalla cannuccia il mio succo d'ananas. «E crede che Maddalena si sia tradita, in qualche modo?»

«A te non sembra?»

«Non particolarmente. In realtà mi è sembrata poco furba, ma sincera.»

«Bene. E non hai notato che ha fatto riferimento al foglietto ritrovato nella mano di Flavio?»

«Sì...»

«Ecco: come faceva a saperlo, Leyva? Questo dettaglio non è stato reso noto.»

«Scusi, ispettore, ma se ipotizziamo che Sebastian abbia ucciso Flavio – e magari messo nella sua mano il foglietto – allora Leyva è stato un pezzo d'idiota a raccontarlo all'amante.»

« Alice, guarda che non sempre gli assassini son personcine intelligenti. »

« Sì, ma da qui a essere così stupido ce ne corre. È possibile che l'abbia saputo in altro modo? Forse, ispettore, c'è stata una fuga di notizie e questo particolare se lo sono sparato come scoop in qualche programma, o su qualche giornale. Non possiamo escluderlo. » Dovrò chiedere ragguagli a nonna Amalia, penso.

« Be', sì, forse... e poi, come altro particolare degno di nota, ho avuto conferma dei miei sospetti su un problema di natura economica tra i due coniugi. »

« Che tipo di problema? »

« Un giro di fondi non proprio chiarissimo, su cui ho chiesto di indagare. Saprò essere più preciso tra qualche giorno. Dammi tempo. »

La bocca di Calligaris è tutta imbrattata di gelato. Paga per entrambi e mi avvisa che dovrà tornare per un po' in ufficio, per scrivere il rapporto sul colloquio con Maddalena Romano.

« Ci vediamo a casa da me, ricordati la parigina! »

Un invito speciale

Dopo qualche giorno trascorso senza vederlo, oggi ricevo un invito a « colazione » da parte di Sergio Einardi. Chiunque altro avrebbe detto a pranzo, ma non lui, che vive in una dimensione spazio-temporale molto diversa da quella comune. Per fortuna mi ha specificato l'orario, altrimenti correvo il rischio di presentarmi in pigiama.

Mi porta a mangiare in un grazioso locale in via delle Zoccolette. Il volto un po' segnato e nostalgico alla Benicio del Toro, una camicia spiegazzata color kaki, i capelli scompigliati come se si fosse appena alzato dal letto, l'aria imperturbabile di chi non si prende troppo sul serio.

Devo ammettere che inizio a trovare Sergio sempre più interessante.

« Ho voluto vederti per salutarti » mi dice, non appena il cameriere ha terminato con le ordinazioni e portato via i menu.

« Parti? Vai in vacanza? »

Sergio annuisce, prendendo della crosta di pane dal cestino che è stato appena portato.

« Parto per Alicudi. »

« È... in Sicilia, vero? »

« Sì... è un'isola al largo del Tirreno, fa parte delle Eolie. È molto piccola ed è la più remota tra tutte. Non ci sono altri mezzi di locomozione oltre ai muli. »

Strabuzzo gli occhi. « Esistono ancora posti così? »

« Più di quanti ne immagini! Ho una casetta lì, l'ho comprata tanti anni fa. Ogni anno ci vado con una combriccola di amici, dall'ultima settimana di luglio alla prima di settembre. È un piccolo paradiso. Aspetto tutto l'anno le vacanze per poterci andare.»

«Ci sarà anche tua figlia?» domando, mentre mi versa dell'acqua.

«Sì, Martina verrà con Daniela ed Ettore, il suo compagno. Siamo una famiglia allargata» aggiunge con timidezza, come se la situazione risultasse un po' strana. «E poi ci saranno un amico e sua moglie. L'atmosfera è molto rilassata. Ho una barchetta con cui andiamo al largo a pescare e facciamo il bagno nelle insenature.»

Gli occhi di Sergio sono sognanti, come se si vedesse già lì. Prosegue con i suoi racconti, che sono molto affascinanti, e alla fine se ne esce con la proposta.

«Perché non vieni a trovarmi? Ho un'altra stanza libera» precisa, con garbo. «O forse hai già altri impegni... Perdonami, non te l'ho neanche chiesto.»

«In realtà non avevo fatto programmi» replico, un po' sorpresa.

«Magnifico! Allora sei libera. Insisto che tu accetti! E lo faccio perché so che è un'esperienza splendida e vorrei che tu non te la perdessi» conclude con quella semplicità principesca che è tutta sua.

«Non so... non vorrei approfittare della tua ospitalità.» Mi sento in imbarazzo, non mi aspettavo quest'invito e non so quali potrebbero essere gli sviluppi, nel caso in cui accettassi. O magari sbaglio, sto fantasticando e mi sto solo complicando la vita.

«Mi offendi, se lo pensi» ribatte, serio, mentre si accinge ad assaggiare gli spaghetti di soia che gli hanno appena servito. «Ma, se per qualunque altra ragione ritieni che non sia il caso...» aggiunge, lasciando in sospeso la frase, prima di riprendere poco dopo, guardandomi negli occhi. « È un invito amichevole, non mi aspetto che diventi un passo avanti verso qualcosa che tu non desideri. Pensaci, okay? Poi mi darai una risposta, hai tutto il tempo del mondo. »

E a questo punto mi domando: quale ragazza sana di mente gli darebbe una risposta negativa?

* * *

Sergio mi ha appena accompagnata a casa e mio malgrado mi sento preda di un'emozione confusa, sopra le righe, un po' come quella volta in cui nonna Amalia ha coltivato una pianta tossica allucinogena convinta che fosse lattuga e siamo finiti tutti in ospedale.

Trovo Cordelia di buonumore, il che è un'ottima cosa. Dopo averle raccontato che il malore di Stella non è stato motivato da cause naturali, la baby Malcomess ha vissuto giorni di sconforto e derelizione, aggravati da sfiducia nei confronti dell'intera umanità e orrore nei riguardi della vita.

Non ha un'idea propria su chi possa essere il responsabile, e quando le ho detto che alcuni scarni elementi convergono su Sebastian Leyva, ha commentato che Sebastian è troppo vanitoso ed egoista per permettersi un uxoricidio, che o la fa franca o è rovinato.

La vicinanza di Cordy alla von Schirach l'ha evidentemente introdotta in un mondo di dicerie e pettegolezzi, ma siccome anche la Romano e Calligaris stesso hanno fatto allusioni simili, stai a vedere che c'è qualcosa di vero.

« Le prove ricominceranno domani; per il momento il posto di Stella è stato preso da Giulio Conte Scalise. »

« Che tipo è? » le chiedo, curiosa di saperne di più sul conto del presunto amante di Stella.

« È un intellettuale radical chic. Non brilla per simpatia » confessa, mentre mette in ordine gli abiti nell'armadio.

« Credi davvero che la storia tra lui e Stella sia una maldicenza? » le domando, intuendo la risposta.

« Non c'è nessun dubbio su questo. Io credo che Stella non ami più Sebastian. Ma ha in sé ancora molta amarezza, non è pronta per una nuova storia. Quello che è certo è che Conte Scalise è pazzo di lei. Mia povera, cara, carissima Stella... »

« Come sta? » le domando.

« Nessuna sostanziale novità. È ancora in coma farmacologico. »

La nostra conversazione viene interrotta dal suono del suo cellulare. Lo estrae dalla tasca dell'abito e non riesco a non veder lampeggiare il nome di Arthur.

« Scusami » mormora con tono contrito, come se fosse colpa sua il fatto che mi basta essere sfiorata casualmente dalla sua esistenza per piombare nella catatonia.

Si apparta nella stanza da letto da cui riemerge quasi mezz'ora dopo.

Trascorro ogni giorno della mia vita combattendo contro l'istinto di chiederle: « Come sta tuo fratello? Dov'è? Alicia Stairs è con lui? » Questa volta lei anticipa la mia curiosità. « Arthur è a Gaza da due settimane ormai. L'ho sentito molto stressato. Per come la vede lui, è il momento più difficile di tutta la storia palestinese. »

Annuisco, imponendomi il silenzio. Iniziare a parlare di lui conduce con facilità alle segrete della mia anima. I luoghi del cuore più rigogliosi sono quelli in cui risiedono i ricordi più dolorosi.

« Hai impegni per stasera? » le domando, con un estremo tentativo di cambiare discorso.

« Esco con il mio farmacista » ribatte, gli occhi a cuoricino. « Porti tu a passeggio il Cagnino? »

* * *

L'indomani, Calligaris ha convocato in ufficio Giulio Conte Scalise in orario utile perché io possa presenziare.

È un uomo magro e molto fine, con occhiali leggeri dalla montatura a giorno, occhi chiari dalla tonalità poco decisa, capelli color cenere. È molto lontano dalla virilità gradassa di Leyva e ha l'aria sofferente di chi ha perso qualcosa di importante.

Calligaris non si perde in preamboli e gli rivolge la domanda chiave con tutto il tatto di cui è capace.

« Lei e Stella von Schirach avete una relazione? »

Conte Scalise è indignato. « No. So perfettamente che circola questa voce, però è del tutto falsa. »

« E secondo lei, da cosa è nata questa *voce*? » domanda Calligaris, rimarcando la parola con tono sarcastico.

« Probabilmente i più non concepiscono che due persone di sesso opposto possano trascorrere insieme la maggior parte del loro tempo senza avere una relazione. »

« Devo desumere che Stella per lei sia solo una collega di lavoro, allora? »

« Nemmeno questo è corretto. Stella non è soltanto una collega. È un'amica preziosa. »

« Da cui lei forse vorrebbe qualcosa di più...? » butta lì Calligaris.

È come se Conte Scalise percepisse nei toni dell'ispettore una profonda bassezza da cui non vuole essere toccato.

« Perché non mi chiede apertamente se sono innamorato di lei? La risposta è sì. Ma Stella non lo ha mai saputo, per quanto mi riguarda. »

« Perché? »

« Sapevo per certo che, finché la situazione con Sebastian non si fosse chiarita, Stella non avrebbe mai accettato i miei sentimenti. »

« E secondo lei, perché questa situazione non si riusciva a chiarire? »

L'uomo si aggiusta gli occhiali, che gli sono scivolati sul dorso del naso come se le asticelle fossero allentate. « Credo che in fondo Sebastian non voglia veramente perderla. E poi, con un bambino di mezzo, tutto si profila più difficile. »

« Quando ha visto o sentito Stella per l'ultima volta? »

« La mattina del 17 luglio. L'ho sentita telefonicamente. Era tranquilla, piena di programmi per la giornata. »

« E lei come ha trascorso quel pomeriggio? »

« Ho letto, a casa mia. Fino a che non ho ricevuto la telefonata di Sebastian. »

« Ha letto tutto il pomeriggio? Complimenti per la dedizione. »

« Il tempo è volato » ribatte lui, ignorando i toni allusivi.

« Ha parlato con qualcuno? »

« Non credo. » Conte Scalise abbassa lo sguardo nel primo momento di incertezza.

« Se le chiedessi che idee ha su chi può aver fatto del male a Stella, mi darebbe una risposta? »

« Le idee dovreste averle voi... no? Io purtroppo posso solo pregare che Stella si svegli e che lei stessa possa raccontare tutta la verità. »

« Un'ultima domanda: è a conoscenza di problemi finanziari di Stella? »

L'uomo aggrotta la fronte, ostentando sincera sorpresa. « Francamente... no. Stella non mi ha mai parlato di difficoltà finanziarie e non vedo perché dovrebbe averne. Che io sappia è straricca. Ha ereditato tutti i beni del padre, che è morto due anni fa. Può permettersi il lusso di finanziare spettacoli teatrali senza temere che siano un flop. Né mi risulta di particolari investimenti che possano averla messa in difficoltà. No, decisamente no.»

«Conte Scalise, Stella le ha mai prestato del denaro?»

Giulio impallidisce. Con un gesto stanco, si sfila via gli occhiali e inizia a stropicciarsi gli occhi.

«Sì» ribatte con un filo di voce.

«Quanto tempo fa?»

«Due anni fa.»

«Che cifra?» prosegue l'ispettore, inesorabile.

«Sessantamila euro.»

«Li ha restituiti?»

«Non ancora. O meglio, ne ho restituiti diecimila.»

«E Stella le ha mai chiesto la restituzione del resto?»

«Stella è al di sopra di queste cose. Non lo farebbe mai, non si abbasserebbe mai a chiedere denaro.»

La sua voce è sincera e a me piace pensare che esistano davvero persone per cui il denaro non è importante.

«A cosa le servivano tutti quei soldi?»

«Avevo comprato l'immobile che è la sede della mia scuola di recitazione contando su investimenti andati male. Mi trovavo a corto di liquidi e lei mi ha aiutato.»

«E perché non ha ancora pagato il suo debito?»

«Non sono ancora in condizioni di farlo. Ma Stella sa bene che è solo questione di tempo. *Poco* tempo.»

Lo dice con vigore, come se prima di tutto volesse convincere se stesso.

Ça va sans dire

Giulio Conte Scalise è appena uscito e io ho già messo le cuffie del lettore mp3 per ascoltare musica durante il tragitto verso casa, quando un sottoposto di Calligaris si affaccia alla porta del suo ufficio.

«Ispettore, c'è una persona per lei.»

«Chi è?»

«Nicole Baguey.»

«Questo nome dovrebbe dirmi qualcosa?» domanda Calligaris, massaggiandosi i baffetti.

«Credo che abbia a che fare con Stella von Schirach.»

«Falla entrare.»

«Allora io resto?» domando, sfilandomi le cuffiette.

«Dato che ci sei...» ribatte l'ispettore.

Nel frattempo, Nicole Baguey è già arrivata, e altri non è che Nicky, la ragazza alla pari tatuata che vive dai Leyva.

«L'ha fatta chiamare lei?» domando a Calligaris.

«No. E forse avrei dovuto. Ma tanto meglio se si è presentata» sussurra lui al volo, prima di chiedere alla poco più che ventenne di accomodarsi.

«Vi chiedo scusa per mio italiano» esordisce la ragazza, che avrebbe anche un volto discretamente grazioso, se non fosse per la bocca troppo grande, che guasta l'euritmia del viso. Indossa occhiali da vista con una montatura da nerd.

Sulla superficie volare dell'avambraccio ha un tatuaggio col simbolo della pace. I capelli – neri, ma sospetto che siano tinti – sono raccolti in una sorta di chignon disordinato e lasciano libera la base del collo, su cui è tatuata una scritta in caratteri ebraici. Gli altri tatuaggi sono coperti da una camicia da uomo XL arrotolata fino ai gomiti, ne ricordavo molti di più. Sul sopracciglio destro i segni di un piercing ormai cicatrizzato.

«È piuttosto buono, invece» commenta l'ispettore, sorvolando sull'accento francese abbastanza marcato ma anche un po' sporco, come se fosse contaminato da altre inflessioni che al momento non riesco a identificare. La ragazza sorride chinando gli occhi.

«Sono in Italia da nove mesi, ormai» aggiunge, e io sono sempre più impressionata dalla dimensione della sua bocca.

«È sempre stata dai Leyva?» le domando, incuriosita.

«Sì. C'è un sito internet che mette in contatto gli *au pair* con chi li cerca. Ho visto il profilo della loro famiglia e mi sono candidata. Poi ci siamo parlate via Skype più volte e alla fine Stella mi ha proposto di venire.»

«Si trovava bene?» chiedo, vaga.

«Come ti puoi trovare male con Stella e Matteo?»

«E Sebastian» aggiungo, volutamente maliziosa.

Lei poggia su di me gli occhi di una bizzarra tonalità di grigio. «E Sebastian» ripete, come se si fosse trattato di una banale dimenticanza e non di un'omissione.

«Per quanto tempo ha in programma di fermarsi da loro? Voglio dire, le ragazze alla pari cambiano spesso città e paese, o sbaglio?» proseguo.

«Un altro mese. Gli accordi erano dieci mesi, poi sarei tornata a casa.»

«E adesso, quali sono i suoi piani?» chiede cortesemente l'ispettore.

«Nei giorni in cui Stella è stata male ero a Firenze con un gruppo di altre ragazze alla pari; la signora Adele mi ha chiesto di tornare per aiutarla con Matteo. Credo che porterò a termine il mio compito per questo mese e poi me ne andrò. Se non ci sono cambiamenti» conclude, con tono vago, al contempo ottimista e speranzoso.

«Bene, Nicole. Perché si è presentata, oggi?»

Nicole sgrana gli occhi, come se fosse sorpresa. «La signora Adele mi ha detto che la polizia vuole parlare con tutte le persone vicine alla famiglia. Io faccio parte di quelle persone, penso!» osserva candidamente.

«Oh, certo» balbetta l'ispettore, come se in qualche misura si sentisse colto in fallo. «C'è qualcosa di particolare che vorrebbe dirmi?»

La ragazza ha un'espressione perplessa. «Non so, lei chieda, io rispondo...»

«Giusto. Com'erano i rapporti tra Stella e Sebastian, secondo lei?»

«Indifferenti» ribatte seccamente, per nulla scandalizzata.

«In che senso?»

«Due persone che si sono indifferenti non provano nulla l'uno per l'altro. Loro condividono l'affetto per Matteo e basta.»

«Da cosa lo ha capito?»

«Non sono una vera famiglia. Non mangiano mai insieme, non passano il tempo libero insieme nel weekend.»

«Hanno ritmi di vita molto particolari» mi sento in dovere di aggiungere, inspiegabilmente. Forse perché mi infastidisce che la vita di questa famiglia sia giudicata da una sgallettata dell'ultima ora. È vero, viveva con loro e ne avrà viste tante, ma sento che gli intimi rapporti tra due persone – che per di più hanno un bambino così piccolo – non possano essere banalizzati dal conteggio delle ore che trascorrono insieme o dai pasti che condividono.

«Non si fanno regali. Lui ha altre donne» aggiunge la ragazza, forse cogliendo la mia diffidenza.

« Le portava a casa? » domanda Calligaris, interessato.

« Anche, sì, in casa, ma solo quando Stella non c'era. Una ha le chiavi di casa » spiega con tono secco, sciogliendo i lunghi capelli come in un gesto routinario.

« Chi? »

« Non conosco il suo nome. È quella bruna, bella, molto alta, più di Leyva. »

Maddalena, probabilmente.

« È sicura di quello che dice? »

La ragazza alza un sopracciglio. « Certo. Io ero con Matteo una volta e l'ho vista entrare. »

Mi rifiuto di credere che Leyva abbia dato all'amante le chiavi di una casa in cui vivono anche la moglie e la suocera. Ipotizzo al più un evento occasionale.

« Chi la pagava, Nicole? »

« Cioè, chi mi dava lo stipendio? »

« Sì. »

« Stella. Trecento euro in contanti alla fine di ogni mese. »

« Tra i due, chi trascorreva più tempo in casa? »

« Sebastian. Stella si lamentava di questo. Gli diceva: '*Sei un nullafacente*'. »

Il che è strano. Leyva è un attore di grandissima fama, richiestissimo. Il suo ultimo spettacolo sta andando molto bene. Non me lo vedo a languire sul divano come un cialtrone qualunque.

« Litigavano spesso? »

« No, non spesso. Ma quando lo facevano, tremavano le pareti di casa. »

« Erano aggressivi? »

Nicole sembra riluttante a rispondere. Abbassa lo sguardo e inizia a rosicchiarsi le unghie già ridotte al minimo. « Tutti noi... quando litighiamo... diventiamo persone diverse. »

È una considerazione semplice, eppure molto vera. « Quanto diversi diventavano Sebastian e Stella? » domando, con un'occhiata di apprezzamento da parte dell'ispettore.

« Sebastian... molto, molto diverso. Forse c'è una cosa che dovrei dire. »

Il suo tono di voce si è abbassato e in generale Nicole mi sembra un po' spaventata.

« Coraggio, la dica » la esorta Calligaris, impaziente.

« È successo due mesi fa. In casa c'eravamo solo noi. La signora Adele era al circolo, Oswald aveva il giorno libero e Matteo era al nido. Loro pensavano che non c'ero nemmeno io. »

« E invece lei dov'era? »

« Nella mia stanza. Ma loro urlavano e io sentivo tutto. »

« Su cosa litigavano? »

« Soldi. Stella diceva che lui le aveva preso i suoi soldi. Usava la parola *fregare* » spiega, con non poche difficoltà data la erre moscia. « Poi di colpo non li ho sentiti più e mi sono preoccupata. Sono uscita dalla mia stanza e ho trovato lui con le mani così su Stella. »

Mima il gesto dello strozzamento.

Io e Calligaris ci fissiamo. « E loro l'hanno vista? »

« Lui ha lasciato andare Stella appena sono entrata nella stanza. »

« E poi? »

« Stella stava piangendo, ma appena mi ha vista si è messa a ridere e ha detto: 'Sebastian, siamo stati così bravi che Nicky ci ha creduto! Vero, Nicky? Stavamo provando una scena di Sebastian'. Volevano farmi credere che stavano recitando. » Nicole imita la voce di Stella in maniera sorprendentemente efficace.

« E lei? »

«Sebastian si è messo a ridere pure lui e io ho fatto finta di crederci, *ça va sans dire.*»

«Eppure, il giorno in cui ci siamo visti... Si ricorda, Nicole? Quel giorno Sebastian suonava il piano e lei ascoltava rapita... non lo guardava con paura» osservo.

Ma Nicole sgomina i miei dubbi con voce quieta e fredda.

«*Io?* Perché dovevo aver paura? Lui non è un pazzo. A me non avrebbe fatto niente. Lui era arrabbiato con Stella, *c'est tout.*»

Calligaris la osserva in silenzio per un po'. Lei sostiene lo sguardo con serietà.

«Grazie, signorina Baguey. Lei è stata molto utile, e si è comportata da buona cittadina, presentandosi spontaneamente.»

Nicole sbuffa in quella maniera tutta francese per esprimere che dopotutto è stato un nonnulla. Tuttavia appare compiaciuta. Si allontana, i lunghi capelli neri sciolti sulle spalle, l'aura fumosa di una creatura evanescente che si è allontanata dal proprio mondo e ci sta già ritornando.

The pains of being pure at heart

Tutti gli specializzandi sono stati chiamati a raccolta nella piccola aula dell'Istituto.

Claudio sta tenendo una specie di seminario a sorpresa, una vera e propria imperdibile perla.

La platea è sonnecchiante, non per i contenuti ma per la calura. In prima fila, intenta a prendere appunti in uno stato di estraniazione dal resto del mondo, la piccola Lastella.

« Ecco. A questo punto, che diagnosi differenziale avreste posto voi? Sentiamo chi la spara più grossa » chiede Claudio, abbronzato in volto come uno zingaro, un'ultima occhiata all'immagine che ha appena proiettato mentre si sventola distrattamente con il bavero del camice sbottonato. Un'immagine alquanto sexy, e infatti la promettente Erica ha un rivoletto di bava alla bocca. Nel frattempo, ha già alzato la mano, pronta a illuminarci tutti.

« Nessun altro oltre Erica? Che, con tutto il rispetto, peraltro non è una specializzanda. Siete indecenti. Vi dice niente la sindrome di Churg Strauss? No, immagino di no, perché la laurea l'avete vinta con i punti delle brioscine. »

Mentre è di spalle, prendo il telefono per cercare la sindrome su Google. Ammetto che non mi viene in mente niente al proposito, e del resto se non fosse di raro interesse medico-forense lui non ci starebbe ammorbando con questa lezione in una torrida mattina di fine luglio.

Ma lui si volta sul più bello.

« Allevi, delle due è l'una. O stai chattando o stai cercando su Google per fare finta di sapere cos'è. Non so cosa sia peggio. »

Ha appena finito di insultarmi e, mentre cerco di capire cosa sia meglio ammettere tra le due opzioni, Beatrice fa irruzione nell'auletta. Punta l'immagine proiettata e sentenzia, con supponenza: « Sindrome di Churg Strauss! È quel caso su cui abbiamo lavorato insieme! Conforti, sei un angelo, ti prendi la briga di divulgare agli specializzandi queste chicche! »

« Ci provo » replica lui dopo un lungo sospiro di modestia fasullissima, che sottende qualcosa del tipo *non date le perle ai porci*. L'arrivo di Beatroce, perlomeno, ci solleva dall'obbligo di continuare a farci martirizzare in nome dell'amore per la medicina legale.

Ognuno prende la propria strada, e in particolare io guardo l'ora perché tutto vorrei tranne che perdere il trenino per Sacrofano.

Preparo la mia roba e fuggo dall'Istituto come Vin Diesel in *Fast & Furious*.

Mentre il treno sta rallentando, dal finestrino vedo una vecchina un po' in carne con l'ombretto verde. È nonna Amalia, che è venuta a prendermi insieme a mio padre.

Mi abbraccia forte e mentre rispondo al suo abbraccio accoccolando la testa sulla sua spalla, mi dico che adesso che sono tra le sue braccia niente di male può più succedere.

* * *

« E tu però ad Alicudi non ci vuoi andare? » chiede la nonna, mentre le sto applicando lo smalto color arancione rosato che è il *must have* di questa stagione.

« Non vorrei sbilanciarmi. »

« Se arrivi alla stazione e il treno sta partendo, aspetti

quello seguente, ma se non ce ne sono altri, sali sul treno in corsa, no? » ribatte lei, con appuntita saggezza, prima di andare all'argomento che più le interessa: « Bella di nonna, che novità ci sono su Flavio Barbieri? »

« L'indagine al momento è a un punto morto, anche perché il caso si è un po' complicato. »

« Con quello che è successo alla moglie di Sebastian Leyva? »

« Già. »

« Quell'uomo è la sciagura di chi lo ama » commenta la nonna, con disappunto. « Quella poveretta, tanti anni fa... la spinse al suicidio. »

« Nonna, ma di chi parli? »

« Come di chi? Di Carlotta Arrighi. Era una grandissima attrice di prosa. »

« E cosa le è successo? »

« Era sposata, ma metteva le corna al marito con Leyva. Poi si è suicidata. »

Sono talmente sciоccata che con un piccolo movimento inconsulto rovino lo smalto.

« Scusa, nonnina! »

« Non preoccuparti, cuore di nonna, ecco l'acetone » dice porgendomelo con l'altra mano.

« Questa storia di Leyva e Carlotta Arrighi è roba vera o da rotocalco? »

« Amore mio, la vera verità la sanno solo loro due, o meglio, ormai la sa solo Leyva. »

« Capisco, ma tu dimmi quello che sai. »

« Sono passati vent'anni... »

« E sono sicura che tu ricordi tutto benissimo. Dai, nonna! »

La nonna sospira tutta soddisfatta della fiducia che ripongo in lei.

«Carlotta Arrighi era la figlia di un industriale milanese che aveva il pallino della recitazione, e difatti era diventata una bravissima attrice. Io e tuo nonno siamo andati anche a vederla a teatro, una volta! Era sposata con un socio del padre, che era molto più grande di lei. E veramente era anche abbastanza bruttarello. Poi lei conobbe Sebastian Leyva in uno spettacolo e lui le fece una corte insistente e dopo poco la scaricò. Anche il marito la lasciò, e la povera Carlotta restò sola, dimagrì, non volle più lavorare, le venne una bruttissima depressione e alla fine morì. Alcuni dissero perché aveva sbagliato il dosaggio delle medicine, i maligni invece dissero che si era suicidata.»

«Che storia tragica, nonna, un po' come il visconte di Valmont e Madame de Tourvel.»

«Bella di nonna, io questi due non li conosco, sono sempre attori della tivvù?»

«Una specie, nonnina.»

«Cerca su *gugòl*, magari trovi qualcosa in più di quello che ti sto dicendo io» suggerisce, mentre sventola le mani per agevolare l'asciugatura dello smalto.

Io non me lo faccio ripetere due volte e cerco notizie, trovandone di scarse e frammentarie, del tutto sovrapponibili ai racconti della nonna. Poi mi imbatto in un pezzo recente scritto da un cronista che nota un trait d'union tra le morti di Flavio e Carlotta, e il tentato omicidio di Stella von Schirach. Naturalmente, quel trait d'union è Sebastian. E poi ci sono foto anni Ottanta di Carlotta, bella e sofisticata, e mi accorgo che somiglia vagamente a Stella.

«Hai trovato qualcosa, bella di nonna?»

«Niente di particolare» commento, un po' delusa.

Sto per demordere quando trovo un'intervista alla sorella di Carlotta Arrighi, anche lei attrice. Quando le viene data l'occasione, Emilia Arrighi ricorda la sorella con commozione e nostalgia, dicendo che la sua morte dovrebbe tormentare la coscienza di *Qualcuno*. Ma non è questo il dettaglio più interessante. Il *Qualcuno* potrebbe essere il marito senza misericordia nei riguardi della moglie infedele o l'amante crudele (più probabilmente quest'ultimo, che ha traviato la dolce Carlotta). E del resto, che i familiari di Carlotta possano covare rancore nei confronti di Sebastian è certamente legittimo. Il particolare che richiama la mia attenzione è assai più succulento.

D. Quali sono i suoi programmi per la prossima stagione teatrale?
R. Sto curando la trasposizione di Molto rumore per nulla, *al Teatro del Bardo dell'Avon. È un progetto speciale cui tengo molto, perché è dal 1990 (anno della scomparsa di Flavio Barbieri, che doveva interpretare Benedetto, N.d.R.) che questa commedia non è stata più proposta nel grande tempio degli amanti di Shakespeare. È una scommessa, anche perché la mia edizione segnerà il debutto di Diana Voigt, un'attrice piena di talento.*

L'intervista è datata 12 marzo 2004. Dieci anni fa.

Digito febbrilmente *Molto rumore per nulla, 2004, Diana Voigt.*.

C'è un trafiletto da archivio su un sito di gossip nazionali.

La maledizione del Bardo – Roma, 16 maggio 2004

Sfumata la programmazione di Molto rumore per nulla, *curata dall'attrice e regista meneghina Emilia Arrighi. Calendarizzato come uno degli eventi clou della stagione romana al Teatro del Bardo dell'Avon, il cast prevedeva la stessa Arrighi nel ruolo di Beatrice. Ancora ignote le ragioni ufficiali dell'annullamento, ma c'è chi mormora di una maledizione della commedia del Bardo, ricordando la tragica edizione del 1990 con Sebastian Balthazar Leyva.*

Proprio la settimana scorsa si è tenuto un party di raccolta fondi per la manutenzione del Teatro del Bardo dell'Avon. Da anni ormai l'antico tempio dei cultori del Cigno dell'Avon naviga in acque finanziarie pericolosamente tumultuose. La carità dei benefattori basterà a salvarlo?

La Arrighi era apparsa opaca, fasciata da un luttuoso peplo viola, ma aveva confermato l'imminente debutto del suo gioiellino.

Passo falso, Emilia, il viola a teatro!

Telefono immediatamente all'ispettore Calligaris.

« Ispettore, quali sono le condizioni finanziare del Teatro del Bardo dell'Avon? »

« Alice, ottima domanda. È di proprietà del Comune ed è gestito da una società che ne ricava profitti. »

« Bene. E in che condizioni è la società? E, soprattutto, a chi appartiene? »

« Non mi dire. Come fai a saperlo? »

« Cosa? »

L'ispettore tossisce. « Alice. La Ca.di.spa, che gestisce le finanze del Teatro del Bardo dell'Avon, appartiene a Adele von Schirach. Che naturalmente è una prestanome. In realtà dietro c'è Sebastian Leyva, ma la sua gestione è fallimentare. La società è sull'orlo della bancarotta, e il Comune sta per bandire un nuovo appalto. »

« Da quanto tempo Sebastian gestisce la Ca.di.spa? »

Calligaris si prende il tempo necessario a controllare. « Dal maggio 2004. »

« Ispettore, ho scoperto che proprio in quei mesi Diana Voigt doveva tornare a teatro per una nuova rappresentazione di *Molto rumore per nulla* e anche che... » Mi lancio nella spiegazione di tutte le informazioni che ho appreso nelle ultime ore. Sono in uno stato di sovraeccitazione senza precedenti.

« Quindi, non appena è diventato gestore del Teatro del Bardo dell'Avon, Leyva ha preso due piccioni con una fava. Ha cancellato lo spettacolo della sorella dell'ex amante, cui doveva partecipare peraltro l'odiata Diana Valverde alias Voigt, che forse sognava il ritorno alle scene, e per evitare gli effetti di reminiscenze passate ha scelto di recitare con il suo vero nome » ipotizza Calligaris.

« Così parrebbe » replico, anche se non sono ancora in grado di dare un ordine e un senso logico alle ultime scoperte.

« Però Iris Guascelli non ne sapeva niente » mormora l'ispettore ricordando la videochiamata.

« Be', le due si erano perse di vista, non mi stupisce. E poi forse Iris era già a Shanghai. »

« Giusto. Ma perché Leyva ha cancellato lo spettacolo? » domanda Calligaris, con impazienza, più a se stesso che a me.

« Risentimento? » postulo.

« Può essere... Be', ce lo faremo dire da lui, il perché. Quando torni? »

« Sono appena arrivata a Sacrofano! »

« Alice, domani vado a parlare con Leyva. Torna a Roma » conclude prima di chiudere la conversazione e ho la sensazione che sia più turbato di me.

* * *

« Ma come? Vai via di già? » Mia madre è delusa. « Non ti vediamo mai » aggiunge, intristita.

« Torno prestissimo. Prendo la tua macchina, okay? »

La tristezza si trasforma in terrore. La mamma resta in silenzio, intenta a studiare il modo migliore per manifestare le sue perplessità.

Alla fine partorisce un: « Alice... tu alla guida ti emozioni ».

« Mamma! Non vorrai negarmi quello scassone di Panda! »

« Susanna, l'auto non ti serve domani. E poi, l'accompagno io Alice a Roma. Mi ospiti, bella di nonna? » interviene nonna Amalia. E poiché la risposta affermativa è scontata, la nonna ha preso in mano il cellulare che fu mio ai tempi del liceo e che ora le appartiene di diritto. « Adesso chiamo il cavalier Albertini. »

« Ah, bene, dovrei essere sollevata » commenta la mamma, un po' avvilita.

« Nonna, prepara il borsone » le dico e lei replica con il pollice alzato.

* * *

Non capisco la ragione della mia pessima reputazione alla guida. Sto mantenendo una velocità di crociera inferiore ai cento chilometri orari, sono prudentissima e, a parte qualche camionista intollerante dal clacson facile, nessuno sembra avere da ridire.

La nonna, che è una che ne ha viste tante, è compensatissima.

« Nonna, credi che dovrei andare ad Alicudi? »

« Io penso che il mare in Sicilia è bellissimo, che quest'uomo è gentile e che tu hai bisogno di una vacanza. Penso anche che ogni lasciata è persa e che se un ramo è marcio non è aggrappandoti che gli impedirai di cadere. Trai le tue conclusioni. »

Trascorro il resto del viaggio riflettendo sulle parole della nonna, e lei saggiamente mi lascia il tempo di farlo mentre ascolta Radio Maria.

Parcheggio nei pressi di casa con una manovra che sfida l'impenetrabilità della materia e raggiungiamo l'appartamento.

Cordelia non è in casa e nemmeno il Cagnino. Le mando un messaggio, ma non risponde.

Nel frattempo, la nonna ha già puntato i sali del mar Morto che ho comprato in Israele mesi fa, durante un viaggio, e si è appartata in bagno per farne un uso sconsiderato. Resto sola con i miei pensieri, pericolosamente vicini a un'impennata di angoscia, ed è nella solitudine del salotto, mentre un'inconsueta coltre di nubi avanza sulla città promettendo ore ancor più umide, che concepisco la risposta da dare a Sergio.

Se il tuo invito è ancora valido, lo accetto volentieri.

La sua risposta non si fa attendere.

Speravo in questa scelta. Ti aspetto.

In serata ricevo una telefonata da Cordelia, che è fuori per il weekend con il suo farmacista e con tanto di Cagnino al seguito. Evidentemente sta chiamando da un posto in cui il segnale è pessimo e comunichiamo a fatica. Io e la nonna ceniamo con delle lenticchie preparate da lei, mentre un esercito di tuoni si schianta sulla città.

Adoro i temporali estivi, l'odore delle foglie bagnate, la momentanea sospensione del sole, la promessa di un autunno che prima o poi tornerà.

Adoro il senso di pace che provo condividendo una tranquilla serata con la nonna.

Adoro un po' meno essere già pentita di aver accettato l'invito di Sergio, e più in generale questo stato di ineffabile inquietudine, questo non sapere mai come tutto andrà a finire.

And I thank you, for bringing me here, for showing me home

L'indomani mi presento in ufficio da Calligaris. Ha scelto di proposito di far presentare Leyva in commissariato e di non agevolarlo raggiungendolo in albergo. L'attico di piazza Mazzini è ancora sotto sequestro giudiziario.

Prima che Sebastian arrivi, l'ispettore mi spiega di essersi documentato sulle informazioni che gli ho dato e non esclude di dover contattare Emilia Arrighi.

L'attore è addirittura in anticipo. Il volto bello e intrigante è scavato, come se avesse perso bruscamente peso, e per la prima volta sembra dimostrare la sua vera età. È accompagnato da un legale, che per fortuna è ben diverso da quello di Maddalena Romano. Il fatto che si sia premunito mi fa pensare che abbia qualcosa da temere, perlomeno in linea teorica.

« Signor Leyva, ho bisogno di poche ma importanti risposte » esordisce Calligaris.

« Sono qui per fornirle » ribatte Sebastian e sembra sincero, ma, del resto, mentire è il suo mestiere.

« Perché ha sentito l'esigenza di fondare una società per la gestione del Teatro del Bardo dell'Avon? »

« Vede, non c'è una ragione precisa... Si è presentata l'opportunità e, disponendo del capitale sufficiente, ho pensato che potesse essere un'avventura affascinante. Ero, e sono, emotivamente legato a quel teatro. »

« Proprio lo stesso teatro in cui è stato abbandonato Flavio Barbieri » butta lì Calligaris, malefico.

« Una coincidenza agghiacciante, ci può giurare » replica Sebastian, gelido.

« Ma, nonostante tutte le sue buone intenzioni, l'avventura si è rivelata complessa. Sbaglio, o la Ca.di.spa sta fallendo? Il teatro non paga l'affitto al Comune già da un anno. La società ha contratto numerosi debiti. »

« Sto cercando di risanarla ed è mia intenzione rivenderla. »

« Perdoni la pedanteria: sarà sua suocera a rivenderla. »

L'avvocato di Sebastian interviene precisando che non c'è nulla di illegittimo nella posizione della signora von Schirach all'interno della società.

« È forse per questo che il divorzio tra lei e Stella non è ancora stato avviato? »

« In che senso? » domanda Sebastian, alterato in maniera appena percettibile.

« Me lo spieghi lei. Volevate separarvi, o no? »

« Ne avevamo parlato. »

« Bene, qualcosa ve lo impediva? »

« Ispettore, lei crede che i rapporti tra due persone si riducano a decisioni nette, prive di sfumature? Vuol sapere cosa me lo impediva? Io stesso, me lo impedivo. Io non volevo lasciare mia moglie. »

« Ma la tradiva. Ripetutamente. »

« Questo non significa assolutamente nulla. »

« La signorina Romano ci ha fornito una versione abbastanza diversa. »

« Quale? Che avrei lasciato Stella per lei? »

« È falso? Può giurare di non averlo mai detto? »

« Ho detto che io e Stella ci saremmo lasciati. Ma è cosa ben diversa. Per me, le parole fanno la differenza. »

« Sul piano finanziario lei ha bisogno di sua moglie. E non solo per la Ca.di.spa. Leyva, lei ha contratto molti debiti: paga ancora il mutuo dell'appartamento, mantiene una villa in Andalusia... »

Leyva lo interrompe: « È la villa di famiglia, io non l'ho acquistata, l'ho ereditata ».

« Ma la mantiene » riprende Calligaris, un po' nervoso. « Così come mantiene una villa di duecentocinquanta metri quadri a Stintino, un appartamento di centosessanta metri quadri a Milano e un monolocale a Cannes. E i suoi cachet le permettono appena di conservare inalterato un tenore di vita elevato quale il suo. Lei ha bisogno del denaro di Stella. »

« È ridicolo. Io non dipendo da mia moglie » replica l'attore, traboccando orgoglio.

« Non la prenda da maschilista, signor Leyva. »

L'avvocato interviene a gamba tesa frenando la deriva dell'interrogatorio verso lidi pericolosi.

L'ispettore si prende qualche secondo per riflettere.

« Non appena la sua società ha assunto il comando del Teatro, la prima mossa è stata cancellare l'edizione di *Molto rumore per nulla* curata da Emilia Arrighi. Perché? » riprende Calligaris, un rivolo di sudore sulla tempia.

« Sentimentalismo, ispettore. Odio quello spettacolo. E se vuol saperlo, non vedo di buon occhio Emilia Arrighi, che non ha fatto che sputtanarmi ovunque ha potuto dicendo che la morte di sua sorella Carlotta è colpa mia. Pensi pure che mi son tolto un sassolino dalla scarpa. »

« Sapeva che Diana Voigt avrebbe preso parte allo spettacolo? »

« Diana Voigt? Chi è? »

« Vuol farmi credere che non sapeva che Diana Voigt è il vero nome di Diana Valverde? »

Sebastian è allibito. Dopo lo sbigottimento iniziale, erompe in una vampa di furore. « Posso giurare di no, ma immagino che qualunque giuramento non servirà a convincerla. Porca puttana! » esclama, battendo un pugno sul tavolo. Il legale cerca di calmarlo, senza successo. « Maledetta Diana! »

A questo punto Calligaris si comporta da gran signore.

« Avvocato, accompagni al bar all'angolo il suo cliente. Vi aspetto di nuovo qui tra mezz'ora. »

Il legale ringrazia e coglie la palla al balzo. Sebastian Leyva lascia l'ufficio in una sorta di narcolessia.

« Ispettore, sta formulando un'ipotesi di colpevolezza col movente del denaro? » chiedo non appena restiamo soli.

« Per il tentato omicidio di Stella. Tutto converge su Leyva. Tutto e tutti. Vedremo dove condurranno i risultati della Scientifica. Ma se mi stai chiedendo se penso che sia lui il colpevole, in fede mia ti rispondo di no. È un uomo antipatico e vanitoso, ma non credo che sia un assassino. Ne parlerò col magistrato e lui deciderà il da farsi. »

« Ma... se la sua teoria è esatta, tutti questi indizi contro Sebastian non possono essere una coincidenza. E se fosse vittima di un complotto? »

« Da parte di chi? Conte Scalise? La suocera? Emilia Arrighi? Mi pare fantascienza. Andando avanti nella tua carriera, qualunque essa sia, ti renderai conto del malvagio potere delle coincidenze. »

Leyva e il suo legale tornano molto prima della mezz'ora concessa da Calligaris. L'attore è scuro in volto, ma decisamente più calmo.

« Signor Leyva » riprende Calligaris, mentre nella stanza si respira l'odore pungente della tensione, « lei e Stella litigavate spesso? »

« No. Non direi. »

« Ha mai picchiato sua moglie? O, più in generale, ci sono stati episodi di violenza? »

Non si aspetterà che Leyva ammetta una cosa del genere!

E infatti: « No, non l'ho mai picchiata. Mai. Né picchiata, né altro » afferma sottolineando la parola *altro*.

« Signor Leyva, dov'era quel pomeriggio del 17 luglio? »

« Ho guardato un po' di tv in casa, mentre Stella riposava. L'ho già detto mille volte. Poi sono uscito, ho fatto una passeggiata. »

« Da solo? »

« Sì. »

« Una passeggiata a piedi? »

« Sì. »

« Sprezzante dell'afa! » commenta sarcastico Calligaris. « Ha incontrato qualcuno che possa confermare la sua passeggiata? »

« No. »

« E dire che lei non passa certo inosservato. »

L'avvocato interviene facendo presente che il sarcasmo dell'ispettore non è gradito.

Calligaris non commenta. Dopo attimi di pesante silenzio, congeda entrambi.

Leyva sembra curvo, la sua alterigia è dissolta. Saluta con tono incolore e sguardo spento. Non appena la porta è chiusa, Calligaris si abbandona a un moto di stizza.

« C'è un altro aspetto che non abbiamo considerato a sufficienza. Stella non è morta. Ma, certamente, chi l'ha aggredita non intendeva lasciarla viva. La sua sopravvivenza è stata un incidente di percorso che forse ha sorpreso il suo aggressore stesso, che magari era fuggito convinto di aver fatto il proprio lavoro. »

« Un principiante » commento.

« Non solo. Un principiante terrorizzato. »

« Oppure... Oppure si è pentito a metà dell'opera » soggiungo.

« Intendi che potrebbe aver lasciato viva Stella volutamente? »

Rifletto. « No. In effetti, no. Stella viva avrebbe comportato la sua testimonianza su come sono andati i fatti. L'aggressore non poteva certo prevedere di lasciarla in coma. »

« Esatto. »

Lo vedo poi comporre un numero di telefono. Dal tono della conversazione intuisco che sta parlando con qualcuno della Scientifica, ma resta deluso perché i risultati non sono ancora pronti. Riappende e mi guarda pensoso.

« Cosa farai adesso? »

« Me ne tornerò a Sacrofano per qualche giorno di decompressione. Lei? »

« Mi annoierò qui in ufficio, nella speranza di una svolta. Magari se siamo fortunati Stella von Schirach si sveglierà dal coma e ci dirà quello che vogliamo sapere, e anche di più! »

Ci salutiamo con affetto, ma sappiamo entrambi, come se ce lo suggerisse il sesto senso, che la nostra lontananza durerà poco.

Me ne starò nascosta un po' per celia un po' per non morire al primo incontro

Madame Butterfly

Torno a casa sotto una pioggerellina fine e caldissima.

La nonna è sul divano e sta leggendo un romanzo Harmony storico.

« Hai notato che quest'estate non stanno facendo i film di Rosamunde Pilcher? » mi domanda, posando il libro accanto a sé.

« È un'estate lunga e crudele. Il tempo è orribile, l'Italia ha fatto una figura cacina ai Mondiali, la tv è piena di telenovelas e in Israele c'è la guerra » ribatto inviperita.

« Cuore di nonna, hai ragione » afferma, prima di mettersi in piedi lamentandosi un po' per la schiena dolorante. « Ce ne torniamo a casa? »

Annuisco e mi metto all'opera con la pigrizia di chi ha tempo da buttare e nulla di allettante da fare. Sto ripiegando la roba da riporre nel borsone, quando sento suonare alla porta.

« Aspetti qualcuno? » domanda la nonna.

« No. E neanche Cordelia, altrimenti sarebbe qui. Sarà un vicino. Vai tu, ti dispiace? »

La nonna si reca all'ingresso e per un attimo credo di avere allucinazioni uditive.

Non è possibile.

La maglietta che stavo piegando mi cade dalle mani e non me ne curo. Raggiungo l'ingresso e trovo quello che non mi aspetto.

« *Hi there, Elis.* »

È l'*Innominabile* in persona.

Ha l'aria esausta ed emaciata, i capelli mossi sempre più biondi, gli occhi blu gioviali, ma sfiniti.

Ma la cosa che più mi sconvolge non è rivederlo qui, così, all'improvviso.

La cosa che più mi sconvolge è che non è da solo.

Ha in braccio una bambina, che ci fissa con aria seria e concentrata.

« Posso entrare? » chiede.

« M... ma certo » balbetto.

« Buongiorno, signora. Incantato di conoscerla, sono Arthur Malcomess. »

La nonna, che è ancora nel mood Harmony, è rapita. Io sono incapace di dire altro. Per fortuna, nonna Amalia sa da dove cominciare.

« Che bella bambina! Vieni qui, piccolina » dice allungando le braccia.

La bambina, che avrà sì e no due anni, si stringe prudentemente ad Arthur.

« Lei è la piccola Nur. Significa 'luce'. »

Nur ha i capelli ricci e neri, la carnagione olivastra e splendidi occhi ambrati, con ciglia lunghe e iridi molto grandi. È una bimba incantevole. « All'inizio è sempre timida, ma poi si lascia andare. »

Arthur le si rivolge in arabo.

« Cosa le stai chiedendo? » intervengo.

« Se ha sete. »

La bimba fa cenno di sì, e la nonna si affretta a prenderle un bicchiere d'acqua. Nur fa capire di voler camminare da sola e segue la nonna in cucina.

Nel frattempo Arthur ha lasciato cadere il borsone sul pavimento e si è accasciato sul divano.

« Questa è la cosa più difficile che io abbia fatto in tutta la mia vita » afferma d'un fiato. « E non è ancora finita. »

Per uno strano sortilegio, ho perso le parole e mi esprimo a monosillabi.

« Dov'è Cordelia? » chiede lui.

« Non so... il telefono non le prendeva. Io sono qui solo per caso, stavo per tornare a casa a Sacrofano con mia nonna. »

« Mia sorella è sempre la solita. Se non ci fossi stata tu saremmo rimasti fuori. »

« Arthur... chi è Nur? » gli chiedo, titubante. Non vorrei essere indiscreta ma non riesco a trattenermi.

Le sue labbra assumono una piega dura. « Ero a Gaza da qualche giorno, quando il quartiere Sajaya è stato colpito dai razzi israeliani. Sono andato per scrivere un pezzo e quello che ho visto... era orribile. Alice, lì... lì la morte si *respirava*. Le case erano ridotte in macerie, i corpi iniziavano a decomporsi. Il mio obiettivo era parlare con i superstiti che cercavano le proprie cose tra i detriti, quando in fondo a un vicolo ho visto una casa che sembrava intatta. In realtà, su una parete un razzo aveva aperto un foro di due metri. Sono entrato. Sul pavimento c'era una donna, morta. E un bambino sui cinque anni, accanto a lei. Morto anche lui. E poi si sentiva una specie di miagolio, sono entrato nella stanza accanto. E c'era Nur. »

La voce di Arthur è malferma, il che è inconsueto, perché anche nei momenti più drammatici non mi è mai sembrato che qualcosa potesse turbarlo intimamente. Come se fosse sempre pronto al peggio e forse con il *peggio* si sentisse a proprio agio.

« Nur era nel suo lettino, una di quelle culle con le sponde da cui non poteva uscire da sola. Doveva aver pianto così tanto, senza che nessuno la sentisse, che era senza forze e spaventatissima. L'ho presa in braccio e lei si è stretta a me disperatamente, nonostante fossi un estraneo. L'ho portata subito in ospedale, ma non c'era posto per una bimba senza ferite. Attraverso l'AFP ho contattato la responsabile di un'associazione non governativa a tutela dei bambini. Mi ha detto che la situazione era tragica, al punto che era meglio tenessi Nur con me, per il momento. Ecco, io... non so nulla di bambini, ma lei mi ha insegnato di cosa aveva bisogno... ed è stato più semplice del previsto. Poi la responsabile dell'associazione ha scoperto che il padre di Nur è vivo e non ha mai conosciuto la figlia, perché non è mai rientrato a Gaza. È un attivista politico palestinese rifugiato in Italia e vive a Spoleto. Mi sono offerto di accompagnare Nur da lui. »

« Arthur... è un gesto generoso e bellissimo. »

« La verità è che voglio vedere di persona chi è, dove vive, come vive, con chi vive. E se le risposte non mi piaceranno, non sarò disposto a lasciare Nur. Uscire da Gaza portandomela dietro è stato complicato. È dovuto intervenire l'ambasciatore in persona. Ottenere visti e permessi da un non-Stato, per di più in guerra, non è difficile: è quasi impossibile. Alla fine devono aver pensato che una bambina in meno di cui curarsi è anche un grattacapo in meno, e hanno autorizzato il trasferimento. È stata dura. Ma rifarei tutto e anche di più. »

Nel frattempo, la nonna è tornata con Nur, che adesso la tiene per mano con fiducia.

« Baba! » esclama festosa la piccola, indicando Arthur come se non lo vedesse da un'eternità.

Lui la abbraccia teneramente.

Una volta ho letto su *Cosmopolitan* che alcune donne scelgono i propri uomini immaginando che tipo di padri potrebbero diventare. In questo momento ho le sinapsi impazzite, intente a fabbricare immagini e proiezioni di un figlio tutto nostro. Se fossi una emoticon, sarei quella con gli occhi a cuoricino. Ma devo razionalizzare. Arthur è il più bel ritratto dell'affetto paterno che si possa immaginare, e ne dà prova adesso con la piccola Nur, ma è anche il peggior compagno di vita che possa esistere, e questo non devo mai dimenticarlo, nemmeno quando il richiamo alla riproduzione irrazionale è tanto forte.

« Cosa farai, adesso? » gli chiedo.

« Ho noleggiato un'auto. Mi fermerò a dormire qui e domani mattina accompagnerò Nur da suo padre, che mi aspetta a Spoleto. »

« E dopo, tornerai a Gaza? »

« Non subito. Devo rientrare a Parigi perché il capo è scontento, dice che un vero corrispondente di guerra deve dare spazio e voce a ogni parte del conflitto. Dice che l'ho sempre fatto, ma che quando vado in Palestina manco di senso critico. » Poi guarda Nur, e probabilmente gli passano per la mente i ricordi di tutto quello che ha visto a Gaza. « Senso critico un cazzo » mormora.

« Arthur... la capacità di provare emozioni, per continuare a stupirsi e a essere impressionati dalle cose, credo che sia più importante del senso critico. »

« La cosa più importante è che, in qualunque circostanza ci si venga a trovare, l'inviato di guerra scriva: il suo giornale aspetta una testimonianza diretta e su quel racconto si misurerà con le altre testate presenti sul teatro dei combattimenti. Questa è la vera regola. *Anyway*, alla fine il capo mi darà una bella strigliata e poi mi ributterà sulla strada in quell'inferno. »

E infine se ne esce con uno di quei sorrisi aperti e fiduciosi tutti suoi, di quelli che portano la luce nonostante nella sua anima si agiti la tempesta.

« A Nur piace tua nonna » commenta, mentre vede la mia

dolce vecchina inseguire la bimba per tutto l'appartamento. A Nur piace soprattutto giocare a nascondersi, e la nonna finge di non trovarla.

Nur ride finalmente come dovrebbe farlo ogni bambina di due anni, lontana da macerie e morte, senza paura di bombe e sirene. Quando la nonna la trova, la piccola la abbraccia e ride di cuore, Arthur la contempla pieno di tenerezza e io guardo entrambi sentendo un'emozione fortissima.

Per averla incontrata anche solo per poche ore, per aver sentito quanto è bella la sua risata e quanta allegria può portare... di questo, per sempre, ringrazierò Arthur.

La linea di separazione tra il possibile e l'impossibile, tra la vita e la morte, non è una regola codificabile; il reporter consuma le proprie scelte in una solitudine drammatica

Gaia Carbone

È finita che io e nonna Amalia siamo rimaste a Roma.

Cordelia ha chiamato, e con la svagatezza che le è propria ha detto: « Dato che ci siete tu e tua nonna con la bimba e con Arthur, allora non val la pena che io ritorni... »

Per conto suo, la nonna si è rifiutata di lasciare la bimba. « Quando posso rendermi utile, non mi tiro mai indietro! » ha proclamato, e si è messa a preparare un gateaux di patate sublime.

Nur ha spazzolato tutto il piatto e poi si è addormentata come un cucciolo dopo la poppata. Arthur l'ha presa tra le braccia e l'ha adagiata sul mio lettone.

E mentre nonna Amalia si è coricata nella stanza di Cordelia io e lui siamo ancora svegli e, per quanto mi riguarda, credo che lo sarò ancora per molto.

« Io dormirei sul divano » abbozza Arthur, dopo avermi aiutata a sparecchiare.

« Okay » ribatto. Gli porgo delle lenzuola pulite e lui allestisce il suo giaciglio con la cura di una casalinga modello.

« A che ora partirai per Spoleto domani? » gli chiedo, con una timidezza tutta nuova.

« Non appena Nur si sveglierà. Ho il volo per Parigi domani sera. »

Immagino il tragitto di ritorno da Spoleto a Roma. L'addio a Nur, la solitudine, l'imbarco per Parigi solo per farsi cazziare dal suo capo. Mi lancio, sconsideratamente.

« Se vuoi, posso accompagnarti. Potrebbe servirti aiuto con Nur e... »

Lui mi interrompe. Gli occhi brillano di gioia. « Non osavo chiedertelo per non coinvolgerti in qualcosa di così delicato a meno che non fossi tu a volerlo. Grazie, *Elis*, accompagnami per favore. »

Gli sorrido e vorrei dirgli che da sempre, da quando lo conosco, non ho desiderato altro che lui mi coinvolgesse nella sua vita. E quando la vita ci offre l'opportunità di realizzare un piccolo sogno, anche se tanto in ritardo... questo è un dono che non si può mandare indietro.

* * *

La nonna rimarrà a Roma – pare che incontrerà finalmente il cavalier Albertini e andranno a prendere un gelato insieme – mentre io, Arthur e Nur andremo a Spoleto.

Tutto è organizzato con precisione, ma tra una cosa e l'altra alla fine partiamo dopo le undici.

La giornata è calda, ma il cielo coperto e un vento leggero rendono la temperatura più tollerabile. Nur resta tranquilla sul seggiolino e, dopo una sosta all'autogrill, si addormenta profondamente.

Il viaggio dura più di due ore e io e Arthur le riempiamo di chiacchiere. Del resto, c'era un corposo arretrato di sei mesi da colmare, ma la cosa più strana è che non c'è imbarazzo e ci ritroviamo come se il giorno in cui tutto è finito definitivamente non fosse mai esistito, o meglio, come se tutti i giorni che ho creduto fossero gli ultimi trascorsi insieme non fossero mai esistiti.

* * *

Fathi Al Ayyabi, il padre di Nur, vive in una piccola casa nei pressi della chiesa di Sant'Eufemia. È un uomo giovane, non credo superi i trent'anni, di bell'aspetto, dai modi gioviali.

Cerca di avvicinare la piccola Nur parlandole in arabo e lei all'inizio è diffidente, chiede ad Arthur di essere presa in braccio e guarda il padre con curiosità.

Fathi ha gli occhi pieni di lacrime, e quando Nur accetta di andare con lui la stringe forte e inizia a piangere a dirotto, come chi era rassegnato ad aver perso tutto e improvvisamente si vede restituire qualcosa di molto prezioso. È un pianto che ha in sé tutte le note della disperazione, del sollievo e della felicità improvvisa.

Solo quando l'emozione è passata almeno in parte, Fathi ci parla in italiano, coinvolgendo anche me nella conversazione. Ha attrezzato la casa con quello che immaginava potesse servire a Nur: un lettino, il seggiolone, tanti giochi di legno. Ci mostra tutto con orgoglio, come se ci tenesse a fare bella figura.

Nella sua camera da letto, una grande foto della donna che amava e del loro bambino, che non ci sono più.

Nur la indica. « Mama! Aasim! » Sembra cercarli e inizia a piagnucolare perché non li trova. Fathi le accarezza i capelli scuri.

« Un giorno dovrò spiegarle perché siamo rimasti soli. Possa Allah aiutarmi a non mettere odio nelle mie parole. »

Nei riguardi di Arthur, Fathi mostra una gratitudine sconfinata.

Arthur è un uomo schivo e glissa con aplomb. « Come pensi di organizzarti? »

« Ho chiesto a mia zia, che vive qui, di aiutarmi. Lei ha molta esperienza, ha cresciuto cinque bambini ed è una brava donna. Per ora ha molto tempo libero, ha perso il suo lavoro. Io sono laureato in Scienze politiche, ho studiato in Giordania. Guido un movimento di giovani palestinesi e lotto per la nostra libertà. Ma devo mantenermi e le mie idee non mi danno il pane. Qui lavoro come lavapiatti in un ristorante, a pranzo e a cena fino a notte non ci sono mai. Aspetto tempi migliori e so che arriveranno. Ho pensato di iscrivere Nur in una scuola materna e ho parlato con una psicologa che vuole conoscerla, arriverà a momenti. Spero di ricevere aiuto, i primi tempi saranno difficili. Ma io so che Allah ci protegge. E anche mia moglie e il mio bambino che lui ha chiamato a sé... loro vegliano su di noi. In questi anni ho cercato in tutti i modi di farli venire qui da me... Siamo stati sfortunati. Come tanti altri. »

Ci offre dell'hummus e del tabulé di burghul. È tutto squisito, e io gli faccio i complimenti. « Ho cucinato io. Nel ristorante dove lavoro vogliono farmi preparare piatti del Medio Oriente. Da lavapiatti a chef! »

Nel corso delle ore che trascorriamo insieme, Fathi conferma la sua amabilità. Nur sembra aver fatto amicizia e spero che il loro essersi ritrovati sia solo l'inizio di giorni sereni.

« È ora di andare » dice Arthur, con tono incolore.

Fathi annuisce. « Grazie, amico mio, grazie. Tutto quello che hai fatto per noi possa tornarti indietro in buona sorte. Ti prego, vieni a trovarci quando puoi. »

« Contaci. »

Nur capisce che stiamo andando via e inizia a piangere. Arthur la saluta con un bacio sulla fronte, ma a lei non basta.

« Dobbiamo andare. Non possiamo fare altro » mormora Arthur, come se dovesse autoconvincersene.

« Torneremo a trovarla » gli dico.

La porta si chiude. Arthur ha gli occhi lucidi.

Non so cosa dire e, forse, la cosa migliore è proprio restare in silenzio.

Un eterno presente che capire non sai,
l'ultima volta non arriva mai,
in questo presente che capire non sai

« Grazie. Da solo sarebbe stato peggio » dice Arthur, mentre siamo di ritorno verso Roma.

« Sono stata felice di conoscere Fathi e di salutare Nur » ribatto. « Sono sicura che Nur si troverà bene con il padre. Lui mi è sembrato propositivo e attento. E in fin dei conti, sua figlia è tutto quello che gli resta. »

« Sì, anch'io ho avuto una buona impressione. In ogni caso saranno aiutati anche dall'organizzazione umanitaria che ha mediato per il trasferimento di Nur in Italia. E per conto mio vorrei rivederla presto, non voglio che mi dimentichi. »

I Velvet Underground cantano *Sunday Morning* alla radio, mentre inizia a piovere.

« Nur mi ha fatto capire che c'è qualcosa che mi manca, ma devo ancora capire che cosa. O forse l'ho capito e devo ancora accettarlo sul piano razionale » afferma, le mani sul volante. « Ci fermiamo? Ho bisogno di una sigaretta. »

Imbocca un'area di sosta. Porta indietro il sedile, le gambe lunghe fasciate in pantaloni blu sportivi e stinti, un paio di All Star grigie un po' sporche di terra. Rolla una sigaretta con del tabacco profumato e me la offre. Poi ne prepara una per sé.

« Cosa ti manca? » gli chiedo. Siamo entrambi sdraiati sul sedile, guardiamo le gocce cadere sul vetro.

« Qualcuno da cui tornare. Qualcosa di bello a cui pensare quando la realtà si fa pesante. »

« Sei sempre in tempo. Alicia? »

Arthur mi fissa in maniera torva. « *Elis* » dice con tono severo e non aggiunge altro. Prosegue solo dopo un lungo silenzio. « Grazie a Nur ho scoperto che mi piacerebbe avere un figlio. Mi piacerebbe moltissimo » riprende poi, l'aria un po' astratta di sempre. O forse la forza della telepatia gli ha mostrato le immagini delle mie fantasticherie di ieri sera, quando vedevo bimbi anglofoni biondi e dagli occhioni blu, che saranno dei grandiosi medici legali perché prenderanno dal Supremo.

« Un figlio ha bisogno di continuità » rispondo d'istinto, e mi accorgo subito di essere stata un po' pedante, perché è come dire che a causa delle sue abitudini di vita sradicate, il suo sogno non avrebbe il diritto di vedersi realizzato, il che è piuttosto indelicato.

« Un figlio ha bisogno di tante cose, ma non sono sicuro che la continuità sia al primo posto. Poi bisognerebbe capire cosa si intende per continuità, è un concetto personale. »

« Diciamo che il mio concetto di 'continuità' è quello dell'accezione comune. »

« Hai poca fantasia, *Elis* » ribatte, spegnendo la radio. Mi guarda negli occhi, talmente a lungo che alla fine sono io ad abbassare lo sguardo. L'ho amato quanto nessuno prima. Quanto di quel sentimento vive ancora?

Lui guarda l'orologio. « È ora di riportarti a casa. »

Annuisco, in silenzio.

In cielo si apre una schiarita; il sole filtra all'improvviso dalle nubi plumbee come una lama di luce. Dai finestrini aperti arriva l'odore di asfalto bagnato.

Giunti sotto casa, ha la premura di voler salutare mia nonna e lo fa con i suoi modi che conquisterebbero un cuore di pietra, figuriamoci un cuore di pan di zucchero come quello della mia nonnina.

E infine va via, lasciandomi totalmente sciroccata.

* * *

« Certo, bello è bello » commenta la nonna, sul sedile anteriore accanto a me in direzione Sacrofano. « Fine! Grazioso! Educato! Si vede che non è delle nostre parti. Ma poi l'hai visto che tesoro con quella bambina? Da sciogliersi! »

« Nonna, non ti ci mettere anche tu! »

« Cuore della tua nonnina, hai ragione, non ne parlo più, se no la ferita non ti guarisce. »

« Ecco, brava. »

« Però, Alice mia... »

« Nonna! Non accetto elogi su chi mi ha presa a colpi di ramazza! » sbraito.

« Che brutto carattere che hai » mormora, un po' risentita.

Non saprò, almeno per ora, cosa stava per dirmi, e considerato che ultimamente non brilla per memoria, mi sa che mi perderò la sua perla del giorno, ma davvero non ho la forza di sentir parlare di Arthur. Sono già in overdose di mio.

I giorni seguenti a Sacrofano trascorrono senza grandi scossoni.

Non faccio che aspettare di rientrare in Istituto e poi, per Ferragosto, raggiungere Alicudi come fosse una terra promessa. Ho appena prenotato online il mio volo A/R Roma-Reggio Calabria a un prezzo tale che andare a New York mi sarebbe costato di meno.

E mentre la noia mi sta letteralmente divorando, ricevo un sms di Calligaris, in cui mi intima di collegarmi subito a un qualunque quotidiano online.

La notizia campeggia a caratteri cubitali, con tanto di foto di Leyva, e addirittura ha maggior rilievo del ritiro delle truppe israeliane da Gaza per la tregua umanitaria di settantadue ore.

Arrestato oggi Sebastian Balthazar Leyva

Il popolare attore cinquantatreenne di origini spagnole è stato arrestato questa mattina dalle forze dell'ordine nell'albergo in cui risiedeva con il figlio e la suocera per il tentato omicidio della moglie Stella von Schirach, la trentacinquenne regista e produttrice teatrale che dal 17 luglio è ricoverata presso l'ospedale Forlanini della capitale, senza aver mai ripreso coscienza.

« Le indagini convergevano su Leyva da tempo » ha affermato il pm, ma, come a teatro, il colpo di scena è arrivato nelle ultime ore, con un nuovo elemento che, stando sempre a quanto dice il pm: « Presenta natura di prova e non di mero elemento indiziario ». Tale circostanza si aggiungerebbe ai « gravi indizi di colpevolezza » elencati dal giudice che ha ordinato la custodia cautelare in carcere per il celebre attore.

Secondo gli inquirenti, la furia di Leyva potrebbe essere stata scatenata dalla delusione per la fine della relazione con la donna.

Prendo il cellulare e chiamo subito l'ispettore.

« Ora non posso parlare, per questo ti ho detto di cercare altrove la notizia » sibila, interrompendo subito la conversazione. Trascorro l'ora successiva nella febbricitante ricerca di ulteriori informazioni, finché Calligaris non richiama.

« Ero in conferenza stampa » annuncia pomposamente.

« Mi scusi. »

« Non preoccuparti » replica con magnanimità. « Le cose sono precipitate, non ho avuto il tempo nemmeno di respirare. »

« Ispettore, ma lei davvero crede che il movente di Sebastian sia passionale? »

« Ma certo che no, Alice. Come sai, io non credevo nemmeno nella sua colpevolezza, ma poi... »

« Ecco, quale sarebbe la prova di cui tutti parlano? »

« La Scientifica ha isolato materiale genetico appartenente a Leyva sul cuscino che dovrebbe aver soffocato Stella. »

« Be', ispettore, ma questo è ovvio, dormivano insieme! È una prova di fuffa! »

« Giusto. Infatti non è l'unica novità nelle indagini, il meglio te l'ho lasciato all'ultimo, non è stato nemmeno divulgato alla stampa. »

L'ispettore si prende del tempo per aumentare l'effetto. « C'è una conversazione di Leyva via Skype con la Romano. Ed è stata proprio lei a denunciare la cosa. »

« Cioè, Maddalena ha denunciato Leyva? » trasecolo.

« Ebbene sì. Avrà pensato che prima o poi lo avremmo scoperto e ha preferito collaborare, sperando di potersene chiamare fuori e danneggiare il meno possibile la sua carriera. Ha confessato che quel 17 luglio, nel pomeriggio dopo lo shopping, ha parlato con Leyva via Skype, e Leyva era in casa. Le aveva detto che Stella stava dormendo. E aveva offeso la moglie con crudeltà, dicendo che era una povera idiota, che non la sopportava più. La polizia postale ha fatto il resto, rintracciando la chat. La Romano ha detto tutta la verità. »

« Ma ispettore, Leyva si dimostrerebbe sempre più stupido: ha appena tentato di uccidere la moglie, e si collega su Skype per insultarla con l'amante? Come se non sapesse che le conversazioni in chat si possono rintracciare anche se le cancelli! »

« La teoria dell'accusa, infatti, è che Leyva abbia commesso il fatto subito dopo aver parlato con Maddalena. La ricostruzione del pm è la seguente: Leyva e Stella litigano furiosamente, per questioni di natura economica. Ne approfittano perché sono da soli, di solito c'è sempre qualcuno in casa. Leyva è su di giri: non è così raro, e questo lo sapevamo. Peraltro Sebastian consumava cocaina, i miei uomini ne hanno trovato un discreto quantitativo nel suo cassetto. E, Alice, tu m'insegni che l'uso prolungato di cocaina rende aggressivi. »

« È vero. I cocainomani si sentono perseguitati e possono sviluppare delle crisi chimiche di schizofrenia paranoide, molto aggressive e disinibite. »

« Ecco. Dopo la lite, Stella si ritira nella sua stanza e si addormenta. Sebastian chatta con Maddalena. Le dice che non può uscire, perché deve rivedere un copione. È nervoso e l'amante vuol saperne di più. Al che Leyva si sfoga. Le scrive: 'Ho sposato un'usuraia'. E aggiunge che è una stupida, che di buono ha solo i soldi. In un crescendo di rabbia ed esasperazione, Leyva chiude con Maddalena e concepisce in un raptus l'idea di far fuori la moglie. Ma non riesce ad arrivare fino in fondo, la lascia più morta che viva, e fugge in preda al panico. »

« E lei, ispettore, crede al pm? »

« Alice, che dire? Al momento, sembra la strada più convincente. Dalle indagini non è emerso nessun altro indiziato. Ora perdonami, ma devo andare. Ci vediamo al tuo rientro » conclude asciutto, un po' a disagio, come se dopotutto non si sentisse soddisfatto; eppure, l'arresto di Leyva dovrebbe essere un gran risultato, per lui e tutta la sua squadra...

Fidarsi degli uomini è già farsi uccidere un po'

Louis-Ferdinand Céline

Tornare in Istituto mi procura intensa gioia. Non lo credevo possibile, ma mai come quest'anno l'inattività non mi ha ristorata, tutt'altro!

L'austero Istituto è pressoché deserto, l'attività è ridotta al minimo. CC è in vacanza negli States con un gruppo di amici, tra cui anche Beatroce. L'Istituto senza di lui è come una torta amara al cioccolato fondente senza la panna montata. Deve essersene accorta anche la piccola La*f*tella, che vaga azzoppata per le varie stanze, priva di una ragion d'essere.

Al contrario, io ho già individuato una losca missione in cui impegnare me e lei.

Mi porto dietro la fida allieva con la bieca finalità di farle fare da palo. Entro in laboratorio e salgo la scaletta per recuperare il registro dell'attività dell'ultimo mese. È infatti legge (emanata dal Supremo) che tutti gli esami svolti e i relativi risultati vengano registrati (con le iniziali, per un fatto di privacy) e catalogati. Voglio controllare se prima di partire per gli USA, mentre io ero a Sacrofano, CC ha finito il lavoro sul DNA isolato nella cripta di Flavio Barbieri.

In effetti, il suo lavoro occupa l'ultima pagina del registro. La sua grafia spavalda ha preso nota di tutto con la precisione che gli si confà. I dati sensibili, naturalmente, sono in codice. Tra l'altro, la traccia di DNA che è stata isolata nella cripta al momento non possiede un nome e un cognome.

Interpretare i risultati richiede molta esperienza, ma il dato che reputo più interessante non necessita di troppe competenze. Potrebbe riuscirci anche la piccola Lastella, che si avvicina con aria circospetta.

«Alice, non c'è nessuno in giro.»

«Bene. Guarda qui, sei in grado di capire questo risultato?»

Erica si prende del tempo. È un tipo prudente, non risponde mai per istinto.

«Sì, certo. Quando sono stata a Berlino, il professore tenne proprio un seminario su...» e si imbarca in un racconto logorroico sui giorni felici trascorsi nella capitale alemanna.

«Stringendo, Erica, lo sai o no?»

«Sì. Questo è DNA femminile. E poi c'è un'inversione maggiore di una sezione dell'estremità del braccio lungo del cromosoma X... In particolare, dell'introne 22 del gene del fattore VIII. È DNA di una donna portatrice di emofilia A.»

Sono sconvolta. Io non l'avevo capito, nemmeno lontanamente.

Guardo Erica con occhi debordanti di ammirazione. È veramente uno scempio che questa ragazza sia stata affidata a una mezza cartuccia come me. Dovrò trovare il coraggio di dirlo al Supremo.

«Oddio, ho sbagliato?» domanda la Lastella, forse leggendo lo sconcerto sul mio viso.

«Oh, no, Erica. Sei stata bravissima, davvero» le dico.

Lei sorride con umiltà, sinceramente felice del proprio risultato.

A questo punto, brilla come un'insegna al neon il ricordo che Flavio Barbieri era affetto da emofilia. E la ricerca del fattore VIII non è di routine, quindi qualcosa deve aver spinto Claudio a quest'indagine. Forse è proprio questo il segreto della sua grandezza: fare ciò che un altro nemmeno ipotizzerebbe di fare.

Maledetto agosto, dilata tutte le distanze. Vorrei tanto chiamarlo e parlarne. E una parte di me vorrebbe sentirlo per altri motivi, diversi dalla genetica forense. Mi manca un po', non sono abituata a non vederlo e a non sentirlo per così tanto tempo.

Controllo la differenza di fuso tra Roma e Miami, dove mi risulta che sia lui. Posso chiamarlo, non è un'ora invereconda. Aspetto di rimanere nella mia stanza da sola, e mi abbandono all'adrenalina di far partire la chiamata.

Squilla. CC risponde con la voce cavernosa di chi è stato interrotto in piena fase REM. Se non sapessi che tanto ormai gli è apparso il mio numero, l'istinto di sopravvivenza mi porterebbe a chiudere la conversazione.

«Claudio... ciao... sono Alice.»

«Ma... Alice, che è successo?»

«Scusami, ti ho disturbato... stavi dormendo? È che ho pensato che a quest'ora...»

«Alice! Qui sono le tre del mattino!»

«Non sei a Miami?»

«No, Alice. Sono a San Francisco.»

Oh cavolo, come posso aver fatto tanta confusione?

«Perdonami...»

«Che è successo? Ormai sono sveglio. Spara.»

«È a proposito dell'indagine genetica sul DNA isolato nella cripta...»

«L'ho finita. Perché?»

«Sì, ho visto, ho appena controllato in laboratorio. Appartiene a una donna portatrice di emofilia, e Flavio Barbieri era emofiliaco...»

«Il profilo della traccia isolata nella cripta, che era del sangue su un mattone, aveva molti geni in comune con il profilo genetico di Flavio. Mi segui, Alice? Per questo ho voluto controllare anche il gene dell'emofilia.»

«Vuoi dire che quel sangue appartiene a una consanguinea di Flavio?»

«A una figlia, per l'esattezza.»

«Ma questa è una scoperta eccitantissima!»

«Confesso che di solito mi eccita ben altro.»

«Ma al momento della morte, Flavio aveva ventisette anni. Quand'anche avesse generato all'età di quindici anni...»

Lui mi interrompe.

«Delle due è l'una: o Flavio è morto molto dopo rispetto alla data presunta della scomparsa, oppure questa sua figlia è entrata nella cripta molto tempo dopo la sua morte.»

«Hai già consegnato la perizia?»

«Sì. Ma probabilmente il magistrato che si occupa delle indagini è già in ferie, potrebbe non averla letta.»

«Claudio... quando torni?»

«Perché, ti manco?»

«Tanto per saperlo...»

«Alla fine del mese. Dovrai pazientare. Ora, se me lo concedi, provo a riaddormentarmi» conclude dopo uno sbadiglio.

«Scusami.»

«Non chiedere scusa. Ti conosco: lo rifarai.»

E chiude, lasciando il campo libero a una telefonata fiume con Calligaris.

Felice chi ha potuto conoscere le cause delle cose

Virgilio

Dopo lo shock iniziale per la scoperta di queste nuove tracce di DNA, l'ispettore ha elaborato un piano d'azione.

Per prima cosa, ha verificato all'anagrafe che non esiste alcuna figlia riconosciuta da Flavio Barbieri. In secondo luogo, ha deciso di riparlare con Ximena Vergeles, ed è così che apprendiamo una magnifica notizia: Ximena ha lasciato l'uomo brutale con cui viveva ed è tornata a vivere a Roma con Antonio Gagliano e a occuparsi di fiori.

Mi sembra un *happy end* prezioso, di quelli rari. E infatti, quando la rivediamo nel negozio accanto al cimitero del Verano sembra aver recuperato la perduta bellezza. I suoi occhi brillano di quella gioia ricca e intensa che dà solo l'amore pulito.

Raggiante come una sposa, Ximena ci riceve con tutti gli onori possibili. Fa portare del caffè da un bar qui vicino e ci racconta di come Antonio l'abbia ripresa nella sua vita dimenticando il passato. Adesso sta seguendo un corso di design floreale e ci omaggia di un cestino di sua creazione. È stata a trovare suor Maria, che l'ha accolta come la figliola prodiga, e ha trascorso dalle Piccole Sorelle del Divino Amore ore bellissime, tanto che la reverenda madre le ha offerto di occuparsi come volontaria di un gruppo di bimbi rom attualmente affidati alle loro cure, e Ximena ha accettato.

Calligaris a un certo punto sembra annoiato dalle chiacchiere, e con la scusa di un impegno da adempiere poco dopo sollecita Ximena a rispondere alle sue domande in maniera pronta e sintetica.

«Una figlia di Flavio?» ripete la donna, un po' basita. «Ne siete sicuri?»

«Sì.»

«Flavio non ne sapeva nulla.»

«Chi potrebbe essere la madre, secondo lei?»

«Flavio ha avuto qualche relazione con delle donne, come vi ho spiegato, più per dissimulare la propria omosessualità che per vero interesse.»

«Ne ricorda qualcuna in particolare? A parte Diana Valverde.»

«Era stato anche con un'altra donna della compagnia.»

«Chi?»

«Mi faccia pensare... Ricordo solo che aveva il nome di un fiore.»

«Iris!»

«Sì! Ma fu l'avventura di una notte, nient'altro. Lei poi ripiegò su Sebastian. Credo che nessuno lo sappia.»

L'ispettore prende nota febbrilmente.

«Altre donne, che lei sappia?»

«No, perché da un certo momento in poi, Diana lo aveva monopolizzato. Per fortuna non ha mai saputo di me, o mi avrebbe ammazzata con le sue mani! Credo proprio che la faccenda con Iris sia successa prima di quella con Diana.»

Calligaris la saluta come se avesse inghiottito del peperoncino e fremesse dal desiderio di andare a bere.

«Tornate, vi prego! È anche merito vostro se ho deciso di cambiare vita. Lo sognavo da tanto tempo, ma ho preso la decisione quel giorno in cui vi ho parlato» aggiunge Ximena, con commozione.

Antonio Gagliano ci stringe la mano con altrettanto calore.

« Grazie, ispettore! Grazie, dottoressa! »

Calligaris arrossisce come una liceale. « Oh! Ma no... »

« Sì, sì! » insiste la coppietta all'unisono.

Ci divincoliamo a fatica, lasciandoli nella stessa vaporosa nuvola d'amore in cui li abbiamo trovati. Appena giunti alla sua auto, Calligaris ha l'aria di chi è riuscito a staccarsi un chewing gum dai capelli.

« A volte, la gente si fissa nel darci ruoli che non abbiamo » mormora, prima di riuscire ad accendere la Punto al quarto tentativo. « Dobbiamo parlare con Iris Guascelli. L'avevo detto io... »

« Ispettore, ma si figuri, questo dato è mezzo inutile. Secondo me » preciso sul concludere, prima di incorrere in una sua occhiataccia.

« Questa storia della figlia di Barbieri apre tanti e tali spiragli che non possiamo non sondare ogni pista, con attenzione. »

* * *

Facendole svariate pressioni, Calligaris è riuscito a ottenere un nuovo colloquio con Iris via Skype, nonostante a Shanghai sia da poco sorto il sole.

Iris indossa una vestaglia di seta color corallo e i capelli sono sciolti sulle spalle. Considerato che non ha un filo di trucco, è sempre molto *charmante*.

« Ispettore, dovrà spiegarmi la ragione di tutta questa urgenza! »

« Gliela spiego molto volentieri! E se le dicessi che non gradisco le omissioni? »

« Che omissione, ispettore? Non stiamo a giocare. » Iris sembra piuttosto nervosa; o forse è colpa dell'ora, c'è gente che non tollera grattacapi al mattino.

« Vuole quindi negare che ci sia stato qualcosa tra lei e Flavio? »

Iris esplode in una risata fragorosa. Di pessimo gusto su una donna tanto fine. « È per questa sciocchezza che mi ha chiamata? »

« Sciocchezza o no, va verificata. »

« Ma questa è follia! »

« Dice? »

« Certo, o crede che non me ne ricorderei? Confesso che quando ho conosciuto Flavio, proprio agli inizi, ecco... un pensierino l'ho fatto. Era talmente bello e malinconico! Ma ha smesso presto di attrarmi, e le ho anche già spiegato la ragione. »

« E quindi, può giurare che non è mai successo niente tra voi? »

« Ma certo che lo giuro, se è necessario. Che motivo ho di negarlo? Mai, neanche un bacio. Senta, ispettore. Non so chi le abbia detto una simile baggianata, forse qualcuno della compagnia... non lo so. Ma so per certo che questo qualcuno o è stupido, o è in malafede. O entrambi! »

« Iris... Sapeva che Diana era tornata a Roma, nel 2004, e che aveva intenzione di riprendere a recitare? »

« Sapevo che Emilia Arrighi voleva ingaggiarla, e mi aveva chiesto un'opinione. Io espressi un parere molto favorevole, anche perché Diana era brava davvero. Ma poi quello spettacolo non andò mai in porto. »

« Allora ho ragione, che ha omesso qualcosa. Perché non mi ha detto niente di questa storia, quando ci siamo sentiti? »

« Ispettore, mi perdoni, ma francamente credo di non aver omesso un bel niente! »

« Le avevo chiesto se aveva più visto o sentito Diana. »

« E infatti, la risposta è no. Mai più dai primi anni Novanta. Non credevo vi interessasse sapere altro. Chiedo scusa se in qualche modo ho sbagliato. A me però non sembra di averlo fatto, in tutta onestà» ribatte, tutta piccata.

«Certo» replica Calligaris, ma è una parola come un'altra per sostituire il sonoro *vaffa* che gli brucia sulla lingua.

Si salutano con freddezza. L'ispettore è nero.

«Insopportabile» commenta nervosamente. Poi si mette al telefono.

«Ispettore, chi sta chiamando?»

«Un collega dell'Europol. È giunto il momento di dispiegare le forze. Voglio trovare Diana Voigt, Valverde, o come diavolo si chiama!»

* * *

Nel frattempo, l'ispettore ha ritenuto necessario parlare con Emilia Arrighi, e quindi impieghiamo la nostra vigilia di Ferragosto incontrandola nel suo villino alle porte della città.

Emilia e Carlotta Arrighi erano gemelle. Il salone in cui ci accoglie è tappezzato di foto che le ritraggono insieme, accanto ad altre in cui figura la sola Emilia, tristemente invecchiata senza la sorella.

Dalle informazioni prese da Calligaris, sembrerebbe che la carriera di Emilia si sia arenata assieme al suo progetto di riportare sul palco *Molto rumore per nulla*. In effetti, la sua casa sembra in stato di abbandono e, più in generale, lei ha l'aspetto di chi è costretta a una rigorosa economia. L'afa è desolante e le stanze sono piene di zanzare.

«Signora Arrighi... possiamo dire che lei e Sebastian Leyva siete in uno stato di guerra permanente?» domanda Calligaris, dopo essere entrato nell'argomento con la stessa delicatezza di un'infermiera che sta per fare una puntura.

«Sì, ispettore. Mi piace questa definizione. Poche persone

al mondo hanno gioito più di me, quando si è saputo che era stato arrestato. Dicono che abbia tentato di uccidere la moglie. Finalmente ora lo sanno tutti che Leyva è un assassino.»

«Be', ma sua sorella...»

«So cosa sta per dirmi. Che non l'ha uccisa con le sue mani. Ma, ispettore, ci sono tanti e tanti modi per uccidere, e con il mestiere che fa lei dovrebbe saperlo, credo. Vogliamo sostenere che Enea non è responsabile del suicidio di Didone?»

L'ispettore è confuso. I suoi sfumati ricordi del liceo non comprendono l'*Eneide*.

«Carlotta viveva serena e tranquilla. Non le mancava niente. Un marito che l'amava, la ricchezza, la bellezza... una carriera promettente. Leyva ha rovinato tutto, solo per un capriccio. Raramente ho visto tanta cattiveria. Si è disinteressato di lei subito dopo aver raggiunto il suo scopo. Carlotta è morta di mal d'amore. Lei è un medico legale, dottoressa? Ecco, allora apprenda questa lezione da chi dottoressa non è: il mal d'amore esiste, e uccide.» Ah, lo so bene. «E come se non bastasse, dopo quello che ha fatto a mia sorella, ha pensato bene di fare la guerra anche a me. Cancellò il mio spettacolo quando era praticamente pronto. Avevo speso tutti i miei soldi, e non mi sono mai più ripresa.»

«Signora Arrighi, non poteva semplicemente proporre lo spettacolo a un altro teatro?»

«L'ho fatto! Nessuno accettò. L'ambiente del teatro è sensibile al veleno delle malelingue.»

«Proprio nessuno?»

«Qualche teatro di parrocchia o di piccoli comuni. La maggior parte degli attori rifiutò, ovviamente. Fu un disastro.»

« Perché non ha denunciato Leyva? Avrebbe potuto chiedergli i danni. »

« L'ho fatto. Chiudemmo transattivamente. Lui pagò con i soldi della mogliettina. Si pagò il lusso di rovinarmi. Con quel denaro ho potuto a mala pena rimborsare gli ingaggi. »

« Si è mai spiegata la ragione di tanto livore? »

Emilia aggrotta la fronte. Ha gli occhi un po' allucinati. « Certo! È la cattiveria fatta uomo, ve l'ho detto! »

« Riguardo agli attori... È stata lei a ingaggiare Diana Voigt? »

« Ah! Quell'altra, non parlatemene nemmeno! »

L'interesse di Calligaris è presto acceso. « Perché? »

« Una persona inaffidabile. Non appena seppe che lo spettacolo era stato cancellato, se ne andò via senza dire niente a nessuno. Non la pagai nemmeno. »

« Be', le fece comodo, allora! » commenta indegnamente Calligaris.

« Ispettore, mi prende per una donna meschina? L'avrei pagata, come ho pagato gli altri. È sparita nel nulla. Bell'ingrata! Era stata una scommessa, per me. Prenderla, nonostante avesse quasi quarant'anni. Eravamo diventate amiche. Mi aspettavo solidarietà. »

« Diana da dove veniva? Cosa sapeva di lei? »

« Era italiana, ma aveva vissuto per molto tempo in Francia. Era restia a parlare di sé. Era soprattutto una che ascoltava. »

« E davvero non sa altro? »

« Sì, mi aveva parlato di un matrimonio fallito, con un uomo che voleva impedirle di tornare alla recitazione. »

« Un uomo rimasto in Francia? »

« Immagino di sì. »

« Aveva figli? »

« Non che io sappia. Qui a Roma viveva certamente da

sola, in un monolocale nei pressi della chiesa presbiteriana di Scozia.»

«Crede che possa essere tornata in Francia?»

Emilia si versa un grappino. Ne offre uno anche a noi, ma decliniamo. «Questo proprio non lo so. Se aveva lasciato la Francia – mi pare che la città fosse Marsiglia –, evidentemente non voleva più vivere lì. Qui a Roma credo che avesse qualche punto di riferimento, nominava alcuni amici, ma non ricordo. Forse è tornata a Brunico, lei era di là. Con Diana era difficile mantenere un rapporto duraturo. Era estremamente permalosa. E ho avuto anche l'impressione che fosse abbastanza vendicativa.»

«Perché dice questo?»

«Perché quando le ho spiegato che lo spettacolo era stato annullato, le ho fatto il nome di Sebastian Leyva. Lei, impassibile, ha detto che quell'uomo avrebbe pagato l'affronto. Prima o poi. Lo ha detto in un modo che non ho più dimenticato.»

«Sapeva che Diana e Sebastian si conoscevano?»

«In effetti mi aveva detto che avevano già un conto in sospeso. Ma siccome tutti, nell'ambiente, hanno un motivo per detestare Leyva, non ho dato peso alla cosa.»

Calligaris arriccia le labbra in un'espressione imperscrutabile. Sposta lo sguardo su un gruppo di mosche che ronzano su un cestino di frutta matura e resta qualche istante in silenzio.

«Per il momento è tutto, signora Arrighi.»

La donna ci accompagna alla porta. Emana un odore particolare, non proprio sgradevole, ma dolciastro, intenso. Ci saluta con cordialità, augurandoci buon Ferragosto.

«Lei come lo trascorrerà?» chiedo all'ispettore.

«Andrò dai miei suoceri. Tu?»

« Parto per la Sicilia nel primo pomeriggio. Tornerò domenica. »

« Oh, brava. Trascorrerai un magnifico weekend. »

« Lo spero, ispettore » mormoro, e mi rendo conto all'improvviso che sui giorni che seguiranno non ho alcuna certezza, solo speranze.

E il naufragar m'è dolce in questo mare

In un'ora sono a Reggio Calabria, da dove prendo un aliscafo che mi porta prima a Vulcano e poi a Lipari, la più grande tra le isole Eolie. C'è Sergio che mi aspetta. Insieme prenderemo un altro aliscafo diretto ad Alicudi.

Lui è più informale e abbronzato che mai. Indossa un panama bianco, una camicia di lino dello stesso colore e dei pantaloncini avana scuro. Al collo, spunta una catenina d'oro con un pendente che potrebbe essere un anello. Sembra anche molto più giovane.

Mi porta in un bar vicino al porto a prendere una granita alla mandorla.

«Il viaggio è un po' lungo, è vero. Ma vedrai, ne vale la pena.»

«Sono molto curiosa.» Già l'atmosfera dell'isola mi ha pervasa, mi sento lontana da casa anni luce, in una dimensione fresca e nuova.

«Lipari è molto movimentata. Alicudi è del tutto diversa. È selvaggia e scarsamente popolata. Mi piace soprattutto per questo. Hai portato una buona protezione solare? Sei così chiara! Credo che nemmeno Martina ne abbia una adatta per te.»

Altroché! Ho una SPF 30 Deluxe! In vista di questi giorni al mare mi sono dedicata allo shopping sfruttando i saldi di stagione per comprare costumi da bagno, parei e cosmetici per l'abbronzatura. Il mio bagaglio è meravigliosamente leggero. Sergio mi aveva spiegato che era perfettamente inutile portare abiti da città e che avrei assaporato il piacere dell'informalità.

Il nostro aliscafo arriva dopo tre quarti d'ora di ritardo. È quasi sera e il cielo si sta colorando di rosso e violetto. La brezza accarezza le onde facendole rabbrividire, mentre il sole si nasconde dietro l'isola.

L'aliscafo è pieno di ragazze e ragazzi stranieri, in costume e shorts. C'è odore di salsedine, di crema solare e di felicità. Via via i posti si liberano, la gran parte dei passeggeri scende a Salina e a Panarea. Qualcuno scende a Filicudi.

Ad Alicudi o Ericussa – l'isola dell'Erica – approdiamo in dieci.

È il vertice di un vulcano sommerso, le coste sono ripide e aspre; il centro abitato è piccolissimo, tutto raccolto attorno al porto, sul versante meridionale dell'isola. Il tragitto verso casa di Sergio si inerpica su una strada sterrata, a strapiombo sul mare.

Sono davvero molto impressionata. È una casa bianca, su due piani, con gli infissi di legno dipinti di azzurro, immersa nella macchia mediterranea, tra i fichi d'India. Ha una doppia terrazza affacciata a trecentosessanta gradi sul mare, cui si accede tramite degli scalini ricavati nella roccia. Tra le onde lievi, che si infrangono direttamente sulla superficie di pietra dell'isola, un'imbarcazione attaccata a una boa.

Non sono le dimensioni a colpirmi. La casa è raccolta e nulla è superfluo. Ciò che mi fa innamorare a prima vista è il fatto che sembra un'isola sull'isola, ha una sua dimensione intima e privata, è un vero sogno. Nessun rumore, nessun altro oltre lui, i suoi ospiti e il mare.

In questo momento mi sento come Elizabeth Bennett dopo aver visitato Pemberley, in preda a emozioni forti e confuse, tra lo stupore e la gioia di trovarmi in una situazione così eccezionale.

Fino a quando non conosco Daniela e Martina.

* * *

Del resto, che la compagnia fosse quanto meno peculiare dovevo aspettarmelo. Cioè: lei è stata pur sempre la sua compagna, ed è naturale che mi fissi come un batterio in coltura al microscopio. La ragazzina è invece una specie di efebo alle porte dell'adolescenza, con i capelli lunghi, scurissimi e ricci. La sua pelle è bruna e gli occhi verdi spiccano come pietre preziose. Sarebbe molto graziosa se non fosse per l'espressione accidiosa. Quando ci hanno presentate mi ha stretto la mano blandamente e subito dopo mi ha esclusa dal suo campo d'azione.

Mi ritrovo a pensare che se davvero io e Sergio avessimo una storia dovrei vedermela con lei e mi rendo conto in un flash che questo da solo è un deterrente di immane entità.

A cena abbiamo mangiato il pesce pescato nella mattinata da Sergio, dal compagno di Daniela e da un altro loro amico, che è ospite assieme alla moglie.

Daniela ha preparato degli spaghetti al sugo di pesce che mi hanno lasciata senza parole. Al momento di pulire la cucina, ha insistito che non voleva essere aiutata.

« Ti prego, riposati! Sarà una vacanza così breve, la tua! Ci pensa Martina ad aiutarmi. »

Il tono è gentile, ma sembra sempre sottendere significati che colgo in una tempesta di paranoia.

Sergio è rilassato e sorridente. Nulla lo turba. Beve birra ghiacciata, mangia con signorile appetito, si gode la brezza del mare.

In serata, due uomini prendono le chitarre e iniziano a intonare canzoni inglesi degli anni Settanta.

Daniela si avvolge in uno scialle e inizia a giocare a burraco con Martina e l'altra ospite. « Sai giocare? » mi domanda, un sorriso sul volto bruciato dal sole.

Rimpiango le volte in cui nonna Amalia voleva insegnarmi e io mi sono sottratta.

« Non benissimo » ribatto.

« Domani allora ti sottoponiamo a un corso intensivo. Magari adesso sei stanca per il viaggio » suppone, a torto.

Non sono stanca, non lo sono affatto. Sono molto eccitata e dubito che potrò prendere sonno facilmente. Ma mi farei ammazzare piuttosto che chiederle alcunché.

* * *

L'alba riesce a filtrare dalle imposte che stanotte ho dimenticato di chiudere.

La mia stanza è molto piccola, c'è posto per un letto a una piazza e mezzo e un armadietto di legno con una sola anta, ma ha una magnifica vista sul mare. C'è una sedia su cui ho disordinatamente poggiato gli abiti che ho tolto ieri sera. C'è anche un minuscolo bagno privato senza bidet, con una doccetta mignon e un lavamani. Tutto è arredato in modo semplice e rustico.

Guardo l'ora, non sono ancora le otto. Sono sveglia e non ho nessuna voglia di dormire, ma gli altri abitanti della villa sembrano ancora lontani dal risveglio. Vado in punta di piedi in cucina, mi preparo un caffè e mi siedo in terrazza, godendo del piacere delle onde e della solitudine. Mare, luce e silenzio. La vera pace.

Non so per quanto tempo sono rimasta imbambolata a guardare l'azzurro declinato in tutte le gradazioni possibili, quando Sergio fa capolino dalle vetrate che separano il piccolo soggiorno dalla terrazza.

« Sei mattiniera » osserva, versandosi del caffè. La voce e il viso sono di chi si è appena svegliato.

« Non particolarmente. Avevo voglia di guardare il mare. Per dormire avrò tempo quando tornerò a casa. »

« Giusta considerazione. Se vuoi usciamo subito in barca. Gli altri non saranno pronti prima delle undici. Potremmo fare un piccolo giro dell'isola e un bagno per iniziare bene la giornata. »

« Ci sto. »

Sergio si stiracchia come un bambino. « Ottimo. Allora il tempo di infilare il costume e si parte. »

Sciacquo le due tazzine nell'acquaio di ceramica azzurra e scappo nella mia stanza. Scelgo il più bello tra i costumi che ho comprato, *totally black* con dei ricami neri sulle coppe. Spalmo la protezione solare su tutto il corpo e indosso un pareo glicine con un cappello di paglia che ho comprato al porto di Lipari.

Sono pronta.

La barca di Sergio attraversa il blu, le piccole onde increspate luccicano al primo sole della mattina mentre l'odore del mare aperto pizzica le narici.

« Puoi andare a prua a prendere il sole, se vuoi » mi propone gentilmente mentre stringe il timone.

« No, figurati » dico, sedendomi di fronte a lui. Mi sembra scortese lasciarlo da solo a farmi da autista mentre io mi arrostisco al sole. Sergio è sorridente e gaio. Racconta la storia della sua casa, un sogno che ha inseguito fin da ragazzo, quando il padre lo portò la prima volta ad Alicudi.

« È davvero bellissima, Sergio. Adesso capisco che non esageravi quando dicevi che è il paradiso. »

« Non esagero mai » ribatte lui, prima di indicarmi lo scoglio Galera, un'attrazione geologica dell'isola.

Al largo di una piccola insenatura, l'acqua si fa improvvisamente cristallina, di una tonalità di verde intensa e invitante.

« Qui è perfetto per un bagno » dice lui, spegnendo il motore.

Si sfila la maglietta, posiziona la scaletta per risalire e si tuffa a pesce dalla prua. Riemerge, subito dopo, con un brivido di goduria.

« Dai, tuffati! » mi invita, passando una mano sugli occhi.

« Scendo dalla scaletta, semmai » dico, paventando l'eventualità di un tuffo degno di *Paperissima*.

L'acqua è gelida.

« Non dirai sul serio, è un brodo! » Lui continua a sghignazzare, mentre io scendo ogni gradino come se stessi entrando in una cella frigorifera. « Forza, tutto in una volta. Abbandonati » insiste. E io mi fido e affondo.

Ed è bellissimo.

Ogni uomo è un'isola

Rientriamo tardi, che è già ora di pranzo. Daniela mi chiede cordialmente se ho gradito il bagno. Sta preparando un'omelette e dell'insalata aiutata dall'altra ospite di Sergio. La tavola è già apparecchiata e io mi sento a disagio.

« Siamo pronti per pranzare, ma se vuoi fare una doccia ti aspettiamo » mi dice Daniela e non capirò mai perché qualunque cosa dica, anche la più gentile, mi suona sempre come scortese.

« Un po' di sale non mi ucciderà » rispondo, quando invece non desidererei altro che una bella doccia fresca.

« Bene » replica lei, poggiando sulla tavola la grande insalatiera di ceramica. Martina è seduta accanto a me e continua a ignorarmi. Vorrei rivolgerle qualche domanda per rompere il ghiaccio, ma non trovo mai il momento giusto.

A pranzo, tutti parlano di esperienze comuni, da cui per forza di cose sono esclusa. Mi coinvolgono raccontandomi dettagli che chiariscano i retroscena dei loro racconti, della volta in cui sono stati tutti insieme in Cambogia, di quando hanno pescato un pesce di cinque chili al largo di Salina, di altri episodi che alla fine li fanno sganasciare tutti dalle risate.

« E 'osì, tu 'onosci Sergio per'hé sei un medico legale » chiede il compagno di Daniela, e io, che fino a questo momento non sono mai stata chiamata in causa, mi sento come se fossi interrogata a tradimento.

Tutti aspettano in silenzio la mia risposta. « Sì, ci siamo conosciuti così » balbetto.

Daniela interviene. « Credo di aver capito che Alice non è ancora un medico legale. È una specializzanda. Del resto, è talmente giovane! »

« Ha il doppio dei miei anni » osserva Martina.

« Daniela ha ragione, sono una specializzanda. Quanto alla mia età, ho ventisette anni » preciso, e subito dopo segue un silenzio tombale.

Sergio prende la parola raccontando qualcosa sul caso della principessa, ormai chiuso, che è l'occasione in cui ci siamo conosciuti.

« Probabilmente, senza il contributo di Alice, quella storia non si sarebbe mai chiarita » conclude, e io mi dico che è davvero l'uomo ideale. Nessun altro avrebbe saputo rivolgermi complimento migliore, neanche il mio preferito, « ti trovo dimagrita ».

Martina inzuppa il pane nell'aceto balsamico, fissandomi come se trovasse impossibile credere alla versione del padre. Tanto disprezzo e scarsa stima in vita mia li ho percepiti solo dalla Wally e confesso che non è una sensazione piacevole.

Dopo pranzo, tutti si ritirano nella propria stanza per la siesta. Ci rivedremo tra un'ora per un giro in barca a Filicudi.

Io sprofondo in una specie di coma irreversibile, senza sogni, senza neanche il lusso della doccia che agognavo. Mi svegliano un tocco gentile sulla spalla e la voce di Sergio che mi chiama con una certa insistenza. Ho ancora un rivolo di bava che ha fatto un lago sul cuscino, la faccia gonfia e i capelli pesanti di sale e indistricabili.

« Mi ero preoccupato » si giustifica.

Certo, non è del tutto inverosimile che io rischi la morte per avvelenamento da parte della sua ex compagna, ma soprattutto da parte di sua figlia.

« Perdonami, non volevo disturbarti. »

« Non ho messo la sveglia, non credevo fosse necessario e

invece mi sono addormentata così profondamente... scusami! »

Scappo in bagno per sciacquare il viso e tornare tra i vivi.

Ho l'impressione che tutti aspettassero me, seduti sui pouf e sul divano in salotto.

Daniela ha l'aria apprensiva. « Cara, stai bene? »

« Sì, certo » risponde Sergio al posto mio, sbrigativamente. « Be', ciurma, tutti al proprio posto, si parte! Forza, Marti, non ciondolare sul divano, la nave ha bisogno del suo vicecomandante! »

* * *

Filicudi è più antropizzata di Alicudi, ma conserva ancora un'anima selvatica. La passeggiata nel piccolo centro si esaurisce in mezz'ora, spesa per lo più in un bazar e in un bar. Mentre mangio la granita di gelso, si avvicina una bambina sui due anni. Mi prende per mano e mi conduce verso la ringhiera del terrazzino annesso al bar.

Respiro l'odore del mare mentre stringo la sua manina, liscia e morbida. Mi fa pensare a Nur.

Chissà come sta, come va con il suo papà. Ho scritto molti messaggi ad Arthur, ma li ho cancellati tutti senza inviarli. Sarebbe stato gentile da parte sua darmi notizie, ma aspettarsi qualcosa da lui è inutile. Scrivendogli per prima ho paura che pensi che ho usato Nur come pretesto per contattarlo. E ogni volta che l'idea si affaccia alla mente mi sento meschina.

La madre della bimba viene a recuperare la figlia, scusandosi. L'ha persa di vista per un istante, era terrorizzata.

Daniela si avvicina, con un sorriso affilato. « Voglia di maternità, Alice? »

Scuoto il capo con decisione. « No, affatto. Non è il momento. E poi non sento così forte in me l'istinto materno. »

« Nessuna di noi lo sente, prima di conoscere il proprio bambino. »

« In ogni caso mancano le condizioni più adatte » mi sento in dovere di precisare.

« Sergio è un padre meraviglioso. »

« Ma io e Sergio non stiamo insieme. »

« Non ancora » replica lei, pacatamente. « Ma Sergio ottiene sempre quello che vuole. È il mio amico più caro, ed è il padre di mia figlia. Direi che lo conosco bene. »

Non è esattamente invadente, ma non mi è chiaro il ruolo che vuole assumere. Come paraninfa mi basta già la baby Malcomess.

« Non conosci me, però » le dico con un tono di cui mi pento all'istante. Mi accorgo di avere un atteggiamento passivo-aggressivo, ma non riesco a controllarmi: la situazione mi mette a disagio e non so che farci.

« Certo. Hai ragione. »

Gli uomini, che erano andati in una bottega per rifornirsi di provviste, si sbracciano per chiamarci.

« È ora di andare » riprende lei, l'abituale patina di sublime cortesia.

Nel pomeriggio, prima di cena, mi tocca il corso intensivo di burraco, ragione per cui mia nonna sarà forse eternamente grata a Daniela. Ma dopo appena un'ora, Sergio si avvicina al tavolo da gioco, cingendomi affettuosamente le spalle.

« Posso chiederti il piacere di una piccola passeggiata? »

Non saprei dirgli di no, e in ogni caso il burraco non mi alletta poi tanto.

L'aria è diventata pungente, in questo mio Ferragosto

anomalo. Indosso uno scialle che ho comprato oggi al bazar di Filicudi e lo seguo nel crepuscolo.

* * *

Il cielo è attraversato da mille sfumature di rosso, mentre il sole si avvia al tramonto.

Lui si mantiene a prudente distanza, mi parla di Martina, mi chiede di scusarla perché è così burbera. Prendiamo una strada che si inerpica tra fichi d'India, cespugli di capperi e canne, fino a un panorama stupendo. Mi spiega che poco più a ovest c'è la contrada Pianicello, abitata da una colonia di tedeschi che coltiva l'ulivo e la vite.

Sediamo vicini, su uno scalino sconnesso. «Abbiamo poco tempo. Poi il sole tramonterà del tutto, e resteremo al buio.»

Non siamo mai stati tanto vicini. Riesco a sentire l'odore forte del mare che impregna la sua pelle e in un niente la vicinanza si trasforma in un bacio, e mentirei se dicessi che non me lo aspettavo. Era chiaro che prima o poi sarebbe successo e per conto mio, anche se non ho fatto niente per alimentare il suo interesse, certamente non l'ho scoraggiato.

Un bacio dato con decisione, da un uomo sicuro di sé, che non contempla il rifiuto. Un bacio dato con maestria, cura ed esperienza.

Ma io non provo assolutamente niente.

O no, non è esatto.

C'è qualcosa di intenso, terribile e irrefrenabile, che provo.

Nostalgia.

La voglia di vivere a un'altra velocità

Certe storie nascono perché ci convinciamo che l'altra persona possa essere giusta per noi. O perché crediamo che sia il momento giusto.

Le storie che nascono così sono destinate al fallimento, è scritto nelle stelle, come una conserva che ha già impressa la data di scadenza.

Ecco, pur essendo questo concetto scolpito con chiarezza nella mia mente, avverto non poche difficoltà nel renderne partecipe Sergio.

Il bacio che ci siamo scambiati non ha avuto un seguito, per il momento. Del resto Sergio è uno che sa aspettare, non conosce la fretta e non è precipitoso.

La sera è trascorsa nella quiete di casa, preparando pizze da cuocere nel forno a legna, tutti insieme.

L'indomani partiamo alla volta di Salina per una lunga gita. E mentre sono sdraiata a prua, investita dal sole in ogni mia fibra, in attesa che gli altri scovino per me un punto magico dove fare un bagno di cui non so come potrò fare a meno in futuro, nel pieno di una vacanza da sogno, mi chiedo per l'ennesima volta cosa ci sia di sbagliato in me.

L'atmosfera di Salina è assolutamente radical chic. Pranziamo a base di totani grigliati nel ristorante più famoso del posto, in una terrazza sul mare, e beviamo tanto vino bianco.

L'umore di Sergio è magnifico. Offre per tutti, pagando un conto salatissimo.

Di ritorno a casa mi concedo una doccia lunghissima, anche se Daniela, con i suoi modi gentili, mi aveva esortata a economizzare l'acqua perché sulle isole è una risorsa preziosa. Ma la mia natura sciupona ha la meglio sullo spirito ecologico, per una volta.

Sergio mi invita a fare una nuova breve passeggiata verso Pianicello, a cui non mi sottraggo.

« Spero che questi giorni siano stati sereni, per te » esordisce, premuroso.

« Rientrare sarà traumatico » ribatto, abbracciando il mare con lo sguardo.

« Avresti potuto fermarti di più... » mormora, con tono di rimprovero, prima di percorrere con piccoli baci la mia spalla nuda.

Mi irrigidisco istintivamente.

« Cosa c'è che non va? » domanda, in un sussurro.

Non ho il tempo di rispondere. Il mio telefono suona, e il nome lampeggia in bella vista perché tenevo ancora il cellulare tra le mani dopo aver scattato una fotografia.

È Calligaris. Di sabato sera, quando sa benissimo che sono in vacanza.

« Devo rispondere » mi giustifico.

« Ti prego, non crearti problemi. Fai pure. »

Se solo ogni tanto avesse un cenno sgarbato, un moto d'impazienza, di incomprensione... mi ricondurrebbe a ciò cui sono abituata, e forse innamorarmene sarebbe più facile.

« Ispettore, che succede? » domando a bassa voce.

« Porca zozza, non si sente niente » dice, con un tremendo rimbombo.

« Ispettore! Io la sento! »

« Alice-e-e-e! » urla.

« Eccomi. »

« Oh! Adesso ti sento. Alice, tieniti forte. »

E la conversazione si interrompe di nuovo.

« Qui non prende bene » dice Sergio, come a voler giustificare la sua amata isola per l'imperdonabile pecca.

Sul display, la completa assenza di segnale.

La curiosità mi ucciderà.

« Potremmo tornare a casa. Lì prende » propone Sergio, con un'ombra di rassegnazione sul volto.

« Potremmo? » dico, come imbambolata.

« Ma certo. Non sei mia prigioniera » commenta, vagamente intristito. « Se è una telefonata importante... » aggiunge, lasciando a me il compito di definire se lo sia o meno.

Mi sento scortese in maniera mostruosa e quest'uomo non lo merita.

« Non c'è fretta » ribatto, ma Sergio è sorprendentemente bravo, quasi quanto nonna Amalia, a capire quando dico bugie.

« Rientriamo, su » decide, perentorio. Mi prende per mano e tenendola stretta mi riporta a casa.

* * *

Affacciata alla finestra della stanza che mi ospita per l'ultima notte, compongo il numero di Calligaris sperando che mi risponda subito.

« Oh, eccoti. Finalmente ti sento. »

« Non ho molto tempo. »

« Non c'è molto da dire, ma è una notizia magnifica e volevo condividerla. Stella von Schirach ha ripreso coscienza. »

Provo un'incontenibile vampa di felicità di fronte a questo speciale *happy end* di cui una volta tanto la vita mi rende testimone. Mi chiedo se Cordelia lo sappia già.

« È meraviglioso! »

« Infatti. Ma, mia cara Alice, prudenza! Il percorso è graduale, lo saprai meglio di me. »

« È vigile? »

« Pare di sì. Ha chiesto di vedere la madre e il figlio. »

« E di Leyva cosa ha detto? »

« Ecco, questo è anomalo. Non ricorda niente di cosa è successo, e chi l'ha in cura ha chiesto di non menzionare, per il momento, le circostanze che l'hanno condotta in ospedale. »

« Ha chiesto del marito? »

« Sì, ma solo dopo aver chiesto di Conte Scalise » ribatte l'ispettore, allusivo.

« E come avete fatto a dirle che è in galera? »

« Le è stato detto che è all'estero. Lei ci ha creduto, e non ha chiesto nemmeno di parlargli al telefono. Ma tra tutte, la cosa più strana è che Leyva, dopo aver saputo del risveglio della moglie, ha esultato in maniera incontenibile. Sono andato a dargli la notizia di persona. Credimi, era sincero! Quale assassino gioirebbe nel sapere che la vittima è tornata dal regno dei morti per inchiodarlo definitivamente alla sua colpevolezza? E lui non può certo sapere che al momento la moglie non ricorda nulla. Ha urlato: 'Sono libero! Stella vi dirà tutta la verità!' »

« Del resto, ispettore, lei non è mai stato convinto della colpevolezza di Leyva » osservo.

« Ma se non è stato lui, chi? »

« È possibile che si tratti di un'amnesia transitoria » auspico, ma la neurologia è terreno minato per me.

« Sperèm! »

Chiudiamo promettendoci di riaggiornarci lunedì. Subito dopo, chiamo Cordelia. È bellissimo darle la notizia, che accoglie in un teatrale tripudio di lacrime.

« Grazie, grazie *Elis*! Chiamo subito Giulio per i dettagli! Torna presto, *beloved Elis*, mi manchi così tanto! »

« Domani saremo già insieme » le dico, e mi accorgo che, nonostante qui sia tutto splendido, agogno il nostro focolare come un uccellino che vuole tornare al nido dopo aver volato troppo alto e troppo lontano.

Ritorno a casa

La domenica è l'ultimo giorno qui. Di mattina, quando tutti gli altri ancora dormono, Sergio insiste per un giro in barca.

«Saremo rapidi» promette.

E mantiene: dopo un quarto d'ora ha già individuato una gola da sogno, e ci immergiamo nelle tonificanti acque del Tirreno.

«Se penso che domani a quest'ora sarò seduta alla mia scrivania in Istituto...»

«Non partire. Datti altro tempo» ribatte lui, persuasivo.

«È impossibile.» Non so se lo è davvero, o se il limite vive tutto nella mia mente.

«Allora ritorna.»

Sarebbe semplice accettare, eppure ho la sensazione che sarebbe un errore stratosferico. Non riesco a rispondere e lui non insiste.

Il bagno è breve, il ritorno a casa è silenzioso.

Il mio bagaglio frugale è semplice da ricomporre e i saluti con il resto della comitiva sono cordiali, ma privi di smancerie.

Non corro alcun rischio di perdere l'aliscafo.

* * *

Lo sanno tutti che dopo Ferragosto la fine dell'estate è a un passo, anche se si schiatta di caldo ed è molto più estate oggi che in luglio. Sono pervasa da quella sensazione di perdita che si prova all'alba dell'Epifania, quando non è più lecito sentirsi in festa.

Anche la piccola Erica è di ritorno dalle sue vacanze, e continua a frequentare l'Istituto con caparbia secchioneria.

«Che vieni a fare? L'attività langue» le chiedo, mentre posa la borsa nell'armadietto che le è stato destinato.

«Be', ma non si sa mai. Qualcuno dovrà pur morire» ribatte lei, senza alcun sospetto di aver appena pronunciato parole molto sinistre.

«Ti chiamo, in caso. Promesso.»

«Ti do fastidio?» chiede, angosciatissima.

«No! Certo che no!» mi affretto a precisare.

«Ah, che sollievo» replica, riprendendo colore. «Alice, quando tornerà il dottor Conforti?»

«Non prima della fine del mese.»

«Ah.» Il tono è terribilmente deluso, e come darle torto?

Ci trasciniamo fino all'ora d'uscita spendendoci in attività di scarsissimo interesse, coordinate da una Wally desiderosa di fornire nuovi e continui stimoli di apprendimento alla sua pupilla. E come sempre, quando si lavora poco o male, il tempo non sembra passare mai.

Tanto più che ho appuntamento con la baby Malcomess per andare a trovare Stella von Schirach, che oggi è stata trasferita in Neurologia e può ricevere visite.

Cordelia fa il suo ingresso in Istituto con occhialoni da vamp, tacco dodici e miniabito di seta. Erica la fissa con candido stupore: si starà chiedendo se sia vera o no.

«È la figlia del Supremo. Ed è la mia coinquilina» le spiego, in un sussurro, prima di incorrere in uno degli abbracci avviluppanti della baby Malcomess, con annesso bacio sulla guancia della durata di mezz'ora.

«È tardi. Andiamo.»

«Non passi a salutare tuo padre?»

« Perché, c'è? »

« Già. »

« Cinque minuti, dai. Poi altrimenti troveremo il reparto chiuso. »

* * *

Cordelia è una ritardataria cronica, eppure questa volta è in anticipo. I suoi timori di trovare il reparto chiuso risultano fondati, ma all'inverso: siamo nell'anticamera, insieme a una ressa di parenti, in attesa che qualcuno apra le porte.

« Ma non puoi presentarti dicendo che sei anche tu un medico e chiedendo di entrare prima? » dice.

« È per via dei favoritismi che questo paese va a rotoli. »

« Mi sembri Arthur, che palle. Non avete elasticità mentale. A proposito... »

« No » la interrompo bruscamente. « Non è cambiato niente, Cordy. Resta 'l'*Innominabile*'. »

« Ah, allora non ti interessa sapere che Nur sta bene. »

« Sì, di Nur mi interessa. »

« Lui voleva chiamarti. Ma gli ho detto che eri in vacanza con Lord Byron. »

Anche Cordy – come Silvia – sfotte Sergio per i suoi modi galanti.

« Ah. » Muoio all'idea di non poterle chiedere cose del tipo « Che voleva dirmi? » oppure « C'è rimasto male che ero via con un altro? »

« Non dovevo? » chiede, maliziosa.

« Perché no? Non ho nulla da nascondere, tanto meno a lui. Se vuole chiamarmi, può farlo quando vuole. »

« Basta stronzate, hanno aperto le porte » conclude sbrigativamente.

I viaggi sono i viaggiatori. Ciò che vediamo non è ciò che vediamo, ma ciò che siamo

Fernando Pessoa

Dire che Stella è in forma è eccessivo, ma non ha nemmeno l'aspetto di chi ha appena fatto un viaggetto andata e ritorno nell'oltretomba. È parecchio dimagrita e ha l'aria confusa, ma a parte questo la felicità di aver scampato un pericolo tanto grosso – è convinta di aver avuto un'emorragia cerebrale – la illumina di vigore. Del resto, è sempre così: è la morte a insegnarci ad amare la vita. Anch'io sarò sempre grata alla medicina legale di avermi insegnato quanto assurdamente e velocemente la vita possa finire. E per questo, di avermi spinta ad amarla di più.

Cordelia stringe forte Stella e non riesce a non piangere.

« Quanta paura ho avuto » le dice, adagiata sul suo petto, mentre Stella le accarezza i capelli.

« Sono qui » risponde, con una voce diversa da quella che ricordavo, molto più roca e profonda. « Sono tornata. »

Cordelia le racconta gli aggiornamenti dell'ultimo mese, le parla dei suoi progressi, le chiede consigli. Stella sembra affaticata e io stessa intervengo per frenare la baby Malcomess, che sta prosciugando le esigue energie vitali della rediviva amica.

« Cordelia... proveresti a chiamare Sebastian? Nessuno vuole aiutarmi » chiede Stella improvvisamente.

Cordy mi fissa sgomenta, chiedendomi con lo sguardo cosa fare. « Non capisco perché » prosegue Stella, flebile. « Non ho il mio telefono. È incredibile che io non lo abbia ancora sentito da quando sto meglio. Mia madre non mi aiuta e neanche le amiche che sono venute a trovarmi ieri. A Giulio non voglio chiederlo, non voglio ferirlo... tu sai, Cordelia... tu capisci...» La dolce discrezione di Stella si palesa anche in circostanze così estreme.

«Certo, Stella, ci proverò.»

«No, provaci subito, te ne prego» insiste Stella, nei limiti delle sue forze.

Cordelia estrae il telefono dalla borsa e compone un numero.

«Mi dispiace, non è raggiungibile» mormora poi, piena di evidente vergogna.

«Perché non è qui... perché non è venuto...»

Stella si asciuga una piccola singola lacrima che si è affacciata ai suoi occhi. Ha la cortesia di rivolgermi qualche domanda per pura gentilezza. Poi arrivano altre persone, tra cui la signora Adele, che ha portato il piccolo Matteo. Io mi sento di troppo: del resto nulla giustifica la mia presenza in un momento tanto intimo. Esco dalla stanza e aspetto Cordelia in sala d'attesa.

«È pazzesco che non ricordi niente di quello che le è successo» mi dice quando infine mi raggiunge. «Hai sentito come cerca di contattare Sebastian? Ero così in imbarazzo.»

«Per quanto infedele, è pur sempre il marito. E, soprattutto, è evidente che non lo teme.»

«Quando le diranno quello che è successo... Povera, dolce, carissima Stella!»

Concordo con lei. Non meritava questa sorte. La cosa peggiore è che, se pure questo episodio non l'ha uccisa, certamente ucciderà la sua fiduciosa apertura verso il mondo, e questo è un vero delitto.

* * *

Di sera, io, Cordelia e il Cagnino guardiamo sul divano una commedia americana mangiando cupcake al burro d'arachidi preparati da lei e sorprendentemente gustosi.

Spinta dall'alto tasso glicemico derivante dal film e dalle tortine, le rivolgo le domande che covo nelle segrete del cuore.

« Perché l'*Innominabile* voleva chiamarmi? Te lo ha detto? »

La baby Malcomess continua a fissare lo schermo. « No. Non si è dilungato. Ha solo chiesto di te, e non lo faceva da un po', a dirla tutta. Senti, *Elis*, chiamalo tu e falla finita. Io ho mal di testa. »

« Ti dispiace se mi apparto? »

« Metto pausa » replica, usando una copia di *Vogue* come ventaglio.

Squilla, e lui risponde subito.

« Volevo chiamarti. Ma avevo paura di disturbarti » dice, quel suo accento lieve e però così sensuale.

« Non lo avresti fatto » ammetto.

« Volevo che tu sapessi che Nur è serena a Spoleto. Mi ha chiesto di te, a modo suo. »

« Torneremo a trovarla insieme? » domando.

« *Sure!* Contaci. Era bella Alicudi? »

« Sì » replico seccamente. « E il tuo capo? Ti ha strigliato a dovere? »

« Come al solito. *Sometimes I miss you, Elis.* »

Il volo pindarico mi lascia allibita e i brividi mi scuotono. *Ogni tanto mi manchi.*

È una situazione curiosa, potrei rispondergli che mi è mancato sempre, che mi manca ancora, più che ogni tanto, e che forse, purtroppo, continuerà a mancarmi anche in futuro. Ma apprezzo lo sforzo, e soprattutto la sincerità.

« Scusami. Non dovevo dirtelo. Dimenticalo » aggiunge subito dopo.

Non ci penso nemmeno a dimenticarlo. Conoscendomi, rivivrò questa telefonata per tutta la notte, e poi domani, dopodomani...

« Grazie per avermelo detto. »

« *Take care, Elis. Bye* » mi dice per salutarmi, una formula insapore con cui neutralizzare quanto ha appena detto. È sempre così con lui. Un passo avanti, due indietro.

* * *

« La notizia più recente è che l'avvocato di Leyva ha formalmente richiesto la sua scarcerazione alla luce del risveglio di Stella. Il pm potrebbe accordargliela » mi spiega Calligaris. « Sul fronte Barbieri, invece, ho finalmente qualche notizia da quel mio collega dell'Europol. »

« Su Diana. »

« Esatto. Diana Voigt ha un volto, ed era ora. »

Calligaris mi passa l'ingrandimento di una fototessera. La sua faccia ha qualcosa di familiare. I capelli sono chiarissimi, gli occhi sembrano privi di qualunque gioia di vivere.

« Ha vissuto a Marsiglia per quindici anni. È vero che nel 2004 è tornata a Roma, ma è stato un soggiorno momentaneo. Nel 2005 è morta, a Marsiglia. »

« Come, morta? » trasecolo.

« Suicidio. Pare che fosse affetta da una grave forma di depressione. È stata trovata morta nell'appartamento in cui viveva con il marito, un antiquario. Il caso è stato archiviato subito, Diana si era impiccata. E così, anche la sua verità è morta con lei. »

« È riuscito a parlare con il marito di Diana? »

« Si chiama Lucien Ruillier. No, non ci ho parlato. »

« Ispettore, non sente l'esigenza di un'estensione dell'indagine? »

« Vuoi dire che dovrei andare a Marsiglia? Ah, se solo potessi, ma non posso andare per via del budget. Ci vorrebbe qualcuno di cui mi fido, qualcuno da mandare in via non ufficiale... »

Calligaris lascia la frase in sospeso, mentre io mi ritrovo a pensare che in questa fase della mia vita sono la miglior compagnia per me stessa.

Che l'idea di andarmene in giro a scovare segreti è per me quanto di più allettante. Surclassa persino lo shopping sfrenato.

Potrei anche cercare la zia di Diana, per esempio. Insomma, setacciare il suo giro di legami francesi. Il mio francese è mediocre, ma confido nell'entusiasmo.

Penso che lasciare l'Italia anche solo per due giorni non potrà farmi che bene.

E forse Calligaris lo sa.

Penso che desidero ardentemente andare a Marsiglia e non me lo farò ripetere due volte.

« Ispettore, e se andassi io? »

« Be', non so se sia appropriato... »

« Ma, ispettore, non c'è nessuno che conosca questo caso meglio di me, a parte lei s'intende... »

« Forse... »

« Vado a mie spese! » lo interrompo, già piena di entusiasmo.

« Be', in questo caso allora accetto, in fondo ci sono voli anche a quattro soldi... »

« E come lo sa? »

L'ispettore sorride malefico.

«Mi ero informato, ovviamente» conclude lui, col tono di chi vuol fare intendere che nessuno lo fa fesso. «Potrei contattare Lucien Ruillier e preannunciargli la tua visita. *Alors?*» chiede con un accento artefatto. «I voli partono il giovedì e il lunedì. Che ne pensi?»

« Prendi un po' di vino » disse la Lepre Marzolina in tono incoraggiante. Alice si guardò intorno dappertutto, ma non vide altro che il tè

Alice nel Paese delle Meraviglie, Lewis Carroll

« Ma tu lo sai che Marsiglia è peggio di Napoli? È una delle città più pericolose del mondo » mi informa mia madre al telefono. « Alice, la vita è tua, ma cosa stai combinando? Te ne vai in Sicilia con quest'uomo che noi neanche conosciamo, che ha pure già una figlia » sottolinea, nemmeno Sergio fosse uno che tiene pitoni in salotto come animali domestici. « E ora te ne vai in Francia da sola. Ma perché? »

« Mamma, pensa a quando sono andata a Khartoum con Cordelia. » Con questo irresistibile riferimento segno un autogol.

« Non me lo ricordare! Un'altra delle tue follie, appunto! Alice, la vita è la tua » ripete, con ancora più veemenza, « ma attenta a non combinare troppi guai! »

Mentre sono al telefono con lei, clicco « *acquista* ». Il biglietto Roma-Marsiglia è fatto, partirò giovedì e tornerò domenica. Poche cose mi danno ebbrezza quanto il momento irreversibile in cui un biglietto aereo è prenotato. Si va, si parte, e anche se l'esperienza durerà appena pochi giorni, si sa già che non si tornerà uguali a prima. Forse, dopotutto, il mio destino è rimanere zitella in compagnia di un cane petulante, e spendere tutti i miei soldi in scarpe e viaggi.

Come prospettiva non è poi così spiacevole! Tutt'altro!

Come se si sentisse chiamato in causa, il Cagnino entra nella stanza, adagiandosi sotto la scrivania. Gli accarezzo la pancia con il piede, sono le coccole che lui preferisce.

Mentre sono ancora su internet, vedo che Sergio è online

su Skype. L'ho sentito poco, da quando sono tornata da Alicudi.

Credo che la mia permanenza lì in qualche modo lo abbia deluso. Lo chiamo. È gentile come sempre, ma non ribadisce alcun invito. Forse perché l'estate volge al termine, o forse perché preferisce evitare di farlo. Gli chiedo di Daniela e Martina.

« Stanno molto bene, grazie » ribatte.

Gli comunico che partirò per Marsiglia. Lui mi raccomanda di visitare una sfilza di luoghi, ma non faccio a tempo a prendere nota perché d'improvviso mi comunica di dover chiudere perché « il pesce è pronto ».

« Ma certo, capisco » gli dico, eccessivamente frizzante.

« Ci sentiamo domani. Ti abbraccio » saluta lui, prima di interrompere la comunicazione senza appello.

Non potevo aspettarmi niente di diverso, temo. Ma questa freddezza, questa nota di risentimento, gli restituisce almeno un po' di pragmatico senso di realtà.

Iniziavo a credere che ne fosse totalmente privo.

* * *

La settimana trascorre tra caldo e noia, senza particolari novità a parte i racconti di Cordelia sull'evoluzione delle condizioni di salute di Stella, che ogni giorno sta un po' meglio ma continua a essere debole e confusa e a non ricordare. Sebastian le ha telefonato dal carcere, e pare che la conversazione tra i due sia stata lunga e piena di dolcezza. Ci sono due fattori, però, da considerare: la telefonata era registrata e controllata e Leyva è un attore di maniera. Il risultato sarà pur stato un po' falsato.

Parto nella piena libertà della solitudine. È un lusso fin troppo sottovalutato.

Atterro a Marsiglia in meno di due ore, in un terminal dell'aeroporto pieno di algerini e riservato ai voli low cost.

Prendo un taxi che mi porta nella zona del Vieux Port, dove ho prenotato una stanza al Radisson. Ho il pomeriggio per me e lo trascorro gironzolando per il quartiere Panier e i negozi della Canebière. La città è accogliente, nonostante l'aspetto a volte minaccioso del meticciato etnico e degli anfratti d'ombra, ma è come se le mancasse una precisa identità. Ceno con una costosissima *bouillabaisse* in un ristorante turistico al vecchio porto e la serata si conclude con una passeggiata tra yatch e barche a vela e uno sguardo verso Notre Dame de la Garde illuminata dalle luci della notte.

L'indomani mattina ho appuntamento con Lucien Ruillier nel Quartier des Antiquaires, che con una bella camminata raggiungo a piedi dal Vieux Port.

L'ingresso al quartiere è segnato da una grande insegna in ferro battuto. L'atmosfera è molto suggestiva, meriterebbe di essere immortalata in un romanzo molto più della solita reputazione da città di malfattori. Con la schermata di Google maps stampata a Roma mi dirigo verso la bottega di Lucien Ruillier. La porta si apre facendo suonare un campanellino e mi ritrovo in una sorta di bugigattolo pieno di chincaglierie.

Mi viene incontro un uomo stempiato, alto, con una polo bordeaux e occhiali rotondi in bachelite nera. Mi chiede qualcosa in francese, cui non so rispondere.

Gli spiego di essere l'emissario dell'ispettore Calligaris, *directly* da Roma. Lui mi accoglie con le buone maniere del caso, invitandomi a sedere nel suo studio, su una poltroncina rivestita di una tappezzeria vetusta e macchiata. Mi esprimo in inglese; per fortuna capisce.

« Ho bisogno di parlare di Diana. »

Lucien si sfila gli occhiali e si massaggia le orbite, come se dovesse evocare un brutto ricordo.

Confesso di essere emozionata come se stessi per sostenere un esame.

La prima domanda che gli rivolgo è su quando e come ha conosciuto Diana, e per quanto tempo sono stati insieme. Mi racconta che cercava una commessa e aveva pubblicato un annuncio in vetrina. Diana si era affacciata alla porta e aveva chiesto di essere assunta. Non aveva nessuna esperienza, ma parlava correttamente tre lingue ed era molto bella. Tanto gli era bastato per assumerla. Dopo qualche mese, il loro rapporto di lavoro si era trasformato in qualcosa di più, e un anno dopo erano marito e moglie.

« Avete avuto figli? »

« No, Diana non ne voleva. »

« Cosa sa della vita di Diana prima di sposarsi? »

« So che aveva avuto una vita tranquilla in un paese del Nord Italia, fino a quando non aveva deciso di fare l'attrice. I genitori l'avevano ostacolata e lei era andata via di casa appena maggiorenne. Aveva provato a recitare a Roma, ma non le era andata bene. Per questo, nel 2004 ho fatto di tutto per convincerla a non riprovarci... Temevo un disastro e avevo ragione. »

« Conosceva i suoi suoceri? »

« Erano già molto anziani, avevano avuto Diana tardi. Era figlia unica. Li ho conosciuti al nostro matrimonio e non li ho mai più rivisti. »

« E la zia che abita qui? »

« Fallito l'esperimento di vivere a Roma facendo l'attrice, Diana in effetti si era trasferita qui, a casa di una zia. Quando l'ho conosciuta viveva con lei nell'Avenue du Prado. Anche la zia era anziana. Non so se sia ancora viva. L'ho vista per l'ultima volta ai funerali di Diana, nove anni fa. »

«Potrebbe fornirmi il nome e l'indirizzo?»

«Certamente.»

«Diana le aveva mai parlato di Flavio Barbieri?»

Lucien sembra crucciato. «Non saprei, il nome mi dice poco...»

«Flavio, un suo collega attore che è sparito proprio nell'anno in cui Diana si è trasferita a Marsiglia, e di cui lei era profondamente innamorata.» Dico queste parole con un certo imbarazzo. Chissà se Diana aveva mai smesso di amare Flavio... Magari quest'uomo ha dovuto combattere tutta la vita contro il suo fantasma, senza neanche saperlo.

«Oh, sì, certo. Ho capito di chi parla, non ricordavo si chiamasse così. Mi ha detto che era stata una storia difficile. Diana è stata chiara sin dall'inizio della nostra frequentazione: diceva che non sapeva se sarebbe riuscita a dimenticarlo. Poi però credo che ci sia riuscita, pian piano. Per molti anni, credo che sia stata felice.»

«E poi, cosa è successo?»

«Il negozio non le bastava più, voleva ricominciare a recitare. Io ricordavo quanto mi diceva di aver sofferto per colpa del teatro, e l'ho scoraggiata. Discutevamo continuamente, lei sosteneva che non volevo farla recitare per gelosia. Ma non era così! Non era gelosia. Avevo solo paura per lei. Di punto in bianco, se n'è andata. È tornata quasi un anno dopo... e ne sono stato felice. Ma non era la stessa. Era depressa. E infatti, è finita come è finita» conclude, con una amarezza profonda e irreparabile.

«Diana le ha mai detto cosa credeva che fosse successo a Flavio, o perché fosse sparito?»

«Mi ha detto che la loro storia era sempre stata complicata perché Flavio era incostante. Quando le chiedevo che fine avesse fatto, lei alzava le spalle e non rispondeva.»

«Come le ha anticipato l'ispettore Calligaris, in realtà

Flavio è stato trovato morto di recente, ma le condizioni del suo cadavere lasciano ritenere che sia morto venticinque anni fa, quando è sparito.»

Guardo i suoi occhi tristi e mi fermo per un attimo, perché so che il prossimo passo non sarà facile.

«Ascolti, Lucien. È davvero difficile da chiedere, ma non posso farne a meno. Lei ritiene possibile che Diana le avesse nascosto qualcosa... ecco... che Diana avesse ucciso Flavio?»

«*Madame*, ha fatto tanta strada... cercherò di essere chiaro. Io ho conosciuto una persona, e l'ho creduta fatta in un modo per quattordici anni. Era la mia adoratissima moglie, mi ha reso felice, era la miglior moglie che un uomo potesse desiderare. Poi, ho conosciuto un'altra persona, del tutto differente, la Diana che è scappata in Italia dall'oggi al domani e che una volta tornata mi ha portato all'inferno con sé.» Lucien Ruillier sembra molto provato, nonostante sia trascorso tanto tempo. «Quindi, per rispondere alla sua domanda... io non lo so. Non so più chi era mia moglie. Vorrei dire che no, lo escludo totalmente, che Diana non sarebbe mai stata capace di fare niente di simile, ma non posso.»

China lo sguardo, come se provasse una inqualificabile vergogna. Sul suo piccolo scrittoio, oltre a un portatile un po' datato, una cornice con una foto che li ritrae insieme.

«Posso vederla?» gli chiedo. Lui me la porge senza fiatare.

Diana è sorridente, abbracciata al marito come se non avesse nulla da nascondere. Al collo porta un piccolo pendente che colpisce la mia attenzione. È una fatina d'argento seduta su una goccia di color acquamarina. Lo indico.

Lucien osserva la foto e mi racconta: «Oh, questo. Diana non se lo levava mai. Lo avevamo trovato in uno scrigno dei primi del Novecento proveniente dal Nord della Francia. Lei aveva voluto tenerlo per sé». Sono certa – direi al 100 per cento – di aver già visto questo oggetto. Non riesco a ricordare dove, né quando. Ma ne sono sicura. Tuttavia, non è né inconsueto, né particolare, forse è per questo che mi suona familiare.

Le altre domande che gli rivolgo ottengono risposte già note. Al momento di andarmene, mi faccio dare l'indirizzo della vecchia signora Voigt.

Col biglietto in tasca, dopo due cambi di metro, liquefatta dal caldo, sono davanti a casa sua senza aspettarmi niente.

Storie vecchie come il mondo

Quando non ci aspettiamo nulla, quando su qualcosa non scommetteremmo un centesimo, è proprio quello il momento in cui accadono cose prorompenti.

Non solo la vecchia zia Voigt vive ancora all'indirizzo che mi ha dato Lucien, ma è più lucida di me. E, per fortuna, parla perfettamente italiano, essendo nata a Brunico.

È esterrefatta nell'apprendere che qualcuno è interessato a Diana.

« Ero convinta che nessuno si ricordasse più di lei, dopo tutto questo tempo. »

Vorrei dirle: Be', signora Voigt, il passato, specie se oscuro, ritorna sempre.

Mi ha accolta in un salottino lindo e curato, con la carta da parati ancora perfettamente attaccata ai muri, una piccola televisione anni Novanta poggiata su un tavolino lucido e un divano con la rivestitura di velluto. Mi ha offerto dell'acqua fresca in un bicchiere di Baccarat e si è accomodata sulla sua poltrona dopo aver acceso il ventilatore e preso sulle ginocchia un gatto nero spelacchiato. Ha una voce stridula e roca che trapana il cervello.

Per almeno mezz'ora mi racconta la sua vita, a partire dalle nozze con un francese che l'ha portata con sé a Marsiglia ma che l'ha lasciata vedova dopo soli cinque anni di matrimonio, con tre maschietti da crescere.

« E poi arrivò Diana, con tutti i suoi problemi e la sua malattia. »

« Che malattia? » chiedo.

« Mia nipote non stava bene, di testa. E quel poveretto che se l'è sposata sa bene di cosa parlo! »

« Io no, però. Vuole dirmelo lei? »

« Quando l'ho accolta qui, in questa casa, i miei figli erano già grandi ed erano andati via, ognuno per la propria strada. Mi mancavano molto e ho visto in mia nipote il modo per continuare a sentirmi madre. Ma Diana aveva dei problemi suoi, era ancora sconvolta da qualcosa che era successo a Roma, ma che non ha mai voluto dirmi. »

« Qualcosa riguardante Flavio Barbieri? Le dice niente questo nome? »

La vecchietta è gasatissima. « Sì, sì, proprio lui. O meglio, non so il cognome, ma il nome era sicuramente Flavio. Quel delinquente aveva sedotto e abbandonato mia nipote. »

« Potrebbe essere più precisa? »

« Dottoressa, queste storie sono vecchie come il mondo. Un ragazzo approfitta di una ragazza e la lascia incinta, e scappa! »

Tombola! Se non urlo di giubilo facendo la ruota sulla moquette è solo per riguardo nei confronti dell'anziana zia.

« E Flavio era scappato, così le ha detto Diana. »

« Dissolto nel nulla » ribatte la zia, con aria solenne.

« In realtà il poveretto era morto » le spiego, sforzandomi di mantenere un tono professionale.

« Mi fa piacere saperlo! Se lo meritava proprio! Ha rovinato la vita di mia nipote. Lei aveva i suoi problemi ma lui glieli ha peggiorati, e su questo non ci piove! »

« E così, Diana è arrivata a Marsiglia incinta » riprendo, cercando di riportare la conversazione su un tono più edificante.

« Sì, era proprio all'inizio della gravidanza. »

« E cosa ne è stato del bambino? »

« Era una bambina. Diana era molto giovane, voleva rifarsi una vita e non si sentiva di accudirla. L'ha lasciata in ospedale, subito dopo la nascita. A lungo le ho detto di non farlo, che l'avrei aiutata io. Ma lei non ha voluto ascoltare ragioni. Diana sapeva essere testarda. Disse che alla bambina sarebbe toccata la stessa sorte del padre, che era cresciuto in orfanotrofio, ma lo disse con una freddezza che mi ha fatto riflettere molto. E così ho capito che era la cosa migliore da fare, per tutti. Diana non amava quella bambina, perché le ricordava il papà. »

« Non avete più saputo niente della bambina? »

« A un certo punto della sua vita, Diana ne ha sentito la mancanza. Era come pentita di averla abbandonata. L'ha cercata ed è riuscita a incontrarla, anche se i genitori adottivi le hanno fatto la guerra. Non so altro, perché poi Diana si è uccisa. »

« Dunque, Diana ha incontrato la figlia prima di morire? »

« Sì, quando è tornata da Roma dopo aver provato a recitare di nuovo. Nel 2004. »

« Cosa sa di questa ragazza? All'epoca doveva avere quattordici anni, più o meno. »

« Poco, proprio poco. Conosco il nome di battesimo, Roseline, ma non il cognome. Diana era talmente complicata... Io le avevo sconsigliato di prendere quella strada, di cercare la bambina... riaprire vecchie ferite... Che senso poteva avere? Portava solo dolore. »

« Sa se la ragazzina e la sua famiglia vivevano qui a Marsiglia? »

« Ad Avignone, mi pare. È a un'ora da qui. È una bella cittadina Avignone, sa? Perché non ci va? »

« Non dubito che sia bella, ma non posso andarci alla cieca, cercando una Roseline qualunque. »

« E, infatti, non per cercare Roseline, perché ovviamente non la troverebbe! Per chi mi ha presa! Dottoressa... io ho risposto a tutte le sue domande, ma lei non è che mi abbia detto chiaramente perché me le ha fatte. »

« Perché il cadavere di Flavio Barbieri è stato ritrovato da poco e la polizia italiana sta cercando di risalire a ogni cosa importante del suo passato. »

« E la zingara? Quella l'avete cercata? »

Mi sento come se avessi sbattuto la testa senza accorgermene. Che c'entra Ximena, ora?

« Chi? » domando cautamente.

« Quel ragazzo... quel figuro... lasciò Diana per una zingara. » Più probabilmente, questo è quanto Diana ha creduto o, forse, ciò che ha voluto far credere alla zia.

« Non ci sfugge nulla, signora » ribatto con fare rassicurante.

« Bene, meglio così. Allora sicuramente saprete che il fidanzato di allora non la prese proprio bene. Con gli zingari non si scherza » conclude l'anziana zia, in un accesso xenofobo.

Alla fine, la zia Voigt mi invita a pranzo. « Non posso offrirle molto, ho solo del brodo di gallina. »

Penso che con questa temperatura asfittica il brodo caldo potrebbe darmi il colpo di grazia e spedirmi in Rianimazione. Declino cortesemente.

Lascio l'Avenue du Prado per rientrare in albergo e fare un riposino pomeridiano. Ceno con un gelato e mi accingo a trascorrere i futuri due giorni in compagnia dell'unica persona di cui al momento gradisco continuativamente la compagnia: me stessa.

La verità, vi prego, sull'amore

Nell'oscuro castello infestato dalle illusioni che è il cuore, entrate e uscite sono rigidamente controllate.

Il ritorno di CC, abbronzato come un pirata, è qualcosa che sul piano emotivo non ero pronta ad accogliere. Forse perché avevo abbassato la guardia, convinta che negli ultimi tempi, giorno dopo giorno, qualcosa finalmente fosse cambiato.

Ma stamattina non riesco a concludere niente. E non soltanto perché sono rientrata ieri sera da Marsiglia e sono ancora presa dalle atmosfere del viaggio, ma soprattutto perché nel momento in cui l'ho rivisto – del tutto a sorpresa, dato che ero convinta tornasse domani – ho provato uno stordimento completo, come se un ex alcolista che da anni non beve un goccio assaggiasse un bicchierino di Baileys e subito dopo provasse l'istinto irrefrenabile di scolarsene una bottiglia.

« Buongiorno, zuccherino » ha esordito e io ho iniziato subito a rincorrere pensieri inequivocabili. È qualcosa di squisitamente fisico, una mera pulsione.

Al che mi sono chiesta: sono davvero così diversa da lui? Con che coraggio posso accusarlo di immaturità affettiva quando io per prima cambio idea di settimana in settimana? E, soprattutto, sono sicura di volere qualcosa di diverso da quello che lui mi ha proposto? Non sarebbe mille volte più onesto abbandonarsi a questo tormento che non assomiglia mai al piacere, ma che gode di una perenne e gioiosa vitalità?

Prima di implodere a furia di interrogativi sulla vita e sull'amore, decido di lasciarlo in biblioteca, a bersi da solo il suo caffè, e di cercare distrazioni altrove.

« Ehi, Allevi. Dove te ne vai? » mi dice non appena mi muovo.

« Ho del lavoro da fare. »

Lui mima un applauso. « Quanto zelo. »

« Anche se ti sorprenderà scoprirlo, ne sono dotata anch'io. »

« Uh-uh. Torna qui. È prestissimo. Non sapevo che fossi così mattiniera. Non ti inseguirà nessuno per il lavoro. Non ora. »

Faccio marcia indietro, un sorriso tirato sul viso. Lui sta mescolando lo zucchero nel caffè.

« Fonti bene informate mi dicono che hai trascorso le vacanze ad Alicudi. E chi ha una spettacolare villa ad Alicudi? Proprio Sergio Einardi, ogni volta che lo vedo rompe l'anima con questa cazzo di villa. Ma che combinazione! »

« Se vuoi chiedermi se sono stata sua ospite, la risposta è sì. »

« Grazie per essere andata dritta al sodo. Posso permettermi un'osservazione? »

« Se proprio non puoi farne a meno... »

Claudio centra il cestino della spazzatura con il bicchierino ormai vuoto.

« Aveva più senso quando stavi con Malcomess jr. Un baccalà, ma aveva il suo perché. »

« Dici così perché sapevi già che io e Malcomess jr non avremmo mai concluso nulla. »

« *Concludere.* Ecco, io non sono un esperto di linguistica, ma mi sembra curioso che tu abbia usato un verbo che è anche sinonimo di *terminare.* Forse ho ragione io. Concludere, per come lo intendi tu, significa anche *finire.* »

La luce filtra appena dalle persiane, la biblioteca è immersa in una fresca penombra.

« Vieni con me nella mia stanza. In un attacco di generosità ti ho comprato un regalo negli States » dice poi, facendo strada.

C'è ancora un silenzio profondo in Istituto. In meno di mezz'ora, questo luogo smetterà di essere un rifugio privato e diventerà terra di conquista.

Prende un pacchettino dalla borsa, è avvolto in carta da pacchi color avana, con un fiocco di rafia verde pastello.

« Per te, che ami guardare realtà inesistenti, e ti ostini a ignorare quello che in realtà *esiste.* »

Me lo porge con aria di sfida.

Lo ricevo dalle sue mani e lo scarto con lentezza. Perché, dopotutto, è un momento raro e prezioso.

« Cos'è? » chiedo studiando l'oggetto misterioso.

« Ma come, cos'è? Che razza di infanzia hai avuto? »

« Claudio, non lo so cos'è. »

« È un caleidoscopio. È fatto a mano. Sai cos'è un caleidoscopio... » ripete, come se parlasse a una bambina.

« Sì. Ma non ne ho mai avuto uno. » Me lo accosta al viso. Davanti ai miei occhi, mille combinazioni di geometrie e colori. E mentre ancora li osservo incantata, lui mi bacia sul collo come se dovesse sopprimere l'istinto di mordermi.

« Impazzisco se penso che sei stata con Einardi. Impazzisco. Ma perché l'hai fatto? »

« Io non ho fatto niente » mormoro con un filo di voce, immobile, con il suo regalo tra le mani.

E penso che se in questo istante finisse il mondo, non me ne fregherebbe niente. Non finché mi tiene stretta così, in questo modo, come se mi amasse.

* * *

Per tutto il resto del giorno sono incapace di usare la testa con finalità lavorative. Le sue parole continuano a rimbombare ovunque, come se in questo caleidoscopio fossi finita imprigionata e non vedessi che lui.

Ma dovrei darmi una mossa: ho del lavoro da sbrigare e nel pomeriggio devo portare a Calligaris un resoconto delle mie conversazioni marsigliesi.

Le ore passano con rapidità, nonostante abbia lavorato così svogliatamente.

Arrivo in anticipo, prima dell'ispettore, e lo aspetto in sala d'attesa, su una poltroncina verde di quel tessuto acrilico che irrita le gambe lasciate un po' scoperte dalla gonna.

« Ah, sei già qui! » esclama Calligaris, che ha appena salito le scale e porta i suoi tremendi occhiali da sole rotondi di finta tartaruga.

Mostro i fogli che ho stampato.

« Quanta bella roba. Vieni qui, dai, che dal vivo rendi sempre meglio. Per iscritto ho notato qualche problemino con la *consecutio temporum.* »

Apre la porta dell'ufficio e per prima cosa ordina al bar una ciambella con lo zucchero per entrambi.

« Allora, dimmi un po'. Sono rimasto a quando sei tornata da Lucien Ruillier, dopo aver fatto visita alla vecchia zia Voigt. »

Dopo aver appreso di Roseline, tornare da Ruillier per saperne di più mi è parso il minimo, anche perché avevo il sabato libero e, camminando di buona lena e in totale solitudine, avevo visto già molto di quello che Marsiglia aveva da offrire.

« Ruillier non sapeva niente della figlia di Diana, lei glielo ha tenuto nascosto per tutta la durata del loro matrimonio. Ma è sicuro di averle sentito nominare una Roseline. Tornata da Roma parlava spesso al telefono con una persona che aveva questo nome e, quando lui le aveva chiesto chi fosse, Diana aveva risposto che era semplicemente una nuova amica.»

«Diana Voigt aveva costruito un mondo di bugie.»

«Certamente non aveva tutte le rotelle a posto» commento. «E forse Roseline ha preso dalla madre.»

«Che intendi dire?»

«A meno che Flavio non avesse un'altra figlia nascosta da qualche parte – e sarebbe davvero un po' troppo romanzesco! –, Roseline è la figlia che è entrata nella cripta in cui era nascosto il cadavere. Non mi sembra l'atteggiamento più naturale e sensato da parte di una ventiquattrenne.»

«Ma così si aprono mille interrogativi. Come faceva Roseline a sapere dov'era nascosto il padre? Come ha fatto a introdursi nel teatro e ad aprire la porta della cripta? Perché lo ha fatto? E dov'è adesso Roseline? È ancora a Roma?»

«Immagino che la risposta alle prime domande sia una sola: Diana» ribatto fermamente. «È stata Diana a dirle che il padre era sepolto lì. La stessa Diana, probabilmente, le ha dato la chiave. Non riesco a immaginare il perché. Né possiamo sapere con certezza se è stata Diana a uccidere Flavio. Dopotutto, avrebbe mai ammesso con la figlia di averle ucciso il padre? Non so. Diana era certamente folle, ma sarebbe arrivata a tanto?»

Calligaris si leva gli occhiali e si stropiccia gli occhi.

«Che ginepraio. Non mi resta che sguinzagliare nuovamente il mio amico dell'Europol e chiedergli di rintracciare Roseline. Immagino che sia stata registrata alla nascita come Roseline Voigt. Oppure Roseline è il nome che le hanno dato i genitori adottivi.»

«O magari i genitori hanno mantenuto il suo nome» ipotizzo, sempre più confusa.

«Be', speriamo che ci fornisca notizie tempestive.»

Lascio l'ufficio di Calligaris per lanciarmi in una sana sessione di shopping terapeutico. Tornata a casa, trovo Cordelia intenta a uccidere una blatta con la lacca per capelli. L'insetto agonizza sul parquet in un'immagine orribilmente kafkiana.

« Ci ha lasciati, purtroppo » commenta lei a opera compiuta, con un sorrisetto sadico.

Questa lunga estate ha portato con sé anche un'infestazione di scarafaggi senza precedenti. Il Cagnino è il salvatore della patria, lo sterminatore di blatte più efficiente del regno. Ma ogni tanto qualcuna scappa al suo controllo.

« Sei in ritardissimo, *Elis.* »

Resto obnubilata per qualche istante. « Perdindirindina! Dovevo accompagnarti a trovare Stella! »

« Per l'appunto » replica lei, le mani sui fianchi.

« Dammi solo il tempo di un caffè! »

Ho letto chiaro nella natura umana come in uno specchio: la maggior parte dei nostri dolori ce li fabbrichiamo da noi

Giovanni Verga

E così, meno di un'ora dopo, siamo nel lussuoso attico di piazza Mazzini.

Stella è stata dimessa, ma c'è un'infermiera che si occupa di lei. Adele von Schirach è attiva in maniera frenetica pur di non far mancare nulla alla figlia. Durante il tragitto, Cordelia mi ha spiegato che Adele e Giulio hanno finalmente spiegato a Stella il motivo per cui è finita in ospedale. E, naturalmente, hanno anche dovuto dirle che Sebastian è stato accusato del tentativo di uxoricidio. Stella è profondamente depressa. Non ha più visto suo marito, che a seguito del risveglio di Stella è stato scarcerato; al momento si trova in albergo, in attesa di schiarite dopo i giorni bui.

Stella prende una massiccia dose di psicofarmaci, che le hanno prescritto suo malgrado, visto che è sempre stata contraria. L'umore tuttavia non accenna a migliorare, trascorre i suoi giorni sdraiata sul suo letto. Mangia poco, non legge, non guarda la tv. Non le fa piacere ricevere visite. Pare che si rifiuti anche di accudire Matteo, che è del tutto a carico della nonna poiché Nicole Baguey è tornata in Francia. Le hanno chiesto di restare, ma lei aveva già preso altri impegni lavorativi, e così Adele sta cercando un'altra baby sitter. Chiede anche a me se conosco una brava ragazza che possa occuparsi del nipotino ed essendo periodo di Tares quasi quasi mi offro io per arrotondare.

Adele ci racconta che, quando emerge dal silenzio, Stella lo fa per parlare di Sebastian. Non riesce a credere che lui possa averle fatto del male. E anche se non ricorda nulla, e perciò non può escluderlo con certezza, sente che non è possibile. Che Sebastian non avrebbe mai alzato un dito su di lei, anche se era chiaro a entrambi che non si amavano più. L'ispettore Calligaris ha trascritto sul suo taccuino le parole esatte che Stella ha pronunciato dopo aver saputo la verità, e me le ha fatte leggere. C'è tutta la forza di una donna sinceramente affezionata che vuole difendere il padre di suo figlio.

Quando entriamo nella sua camera, con il ventilatore a soffitto acceso e la penombra delle tapparelle abbassate, Stella sembra assopita. In realtà è sveglia, ma trascorre i giorni a occhi chiusi. Anche questo ci viene riferito da un'Adele provvida di informazioni.

« Stella... Stella, sono Cordelia. Sono con Alice. Siamo venute a trovarti. »

Difficile, molto difficile riconoscere nella donna opaca, triste e denutrita che giace su questo letto la Stella splendida e glamour che ho conosciuto tre mesi fa. Non apre gli occhi, ma saluta con un cenno della mano.

« Sedetevi » mormora flebilmente.

« Stella, tesoro. Devi provare ad alzarti. Fallo per Matteo » le dice Adele.

« Quando Sebastian tornerà a casa. E tutto sarà come prima. Allora mi alzerò. »

« Sebastian è uscito di prigione. Stai tranquilla. Verrà scagionato da ogni accusa » le dice Cordelia, stringendole la mano.

Stella dice: « Se fosse successo davvero... se Sebastian avesse tentato di soffocarmi e io non me lo ricordassi, lo ricorderebbe il mio corpo, il mio istinto. La parte più intima di me lo saprebbe. Tu mi credi, vero, Cordelia? Nessuno mi crede. Pensano tutti che io voglia coprirlo ».

Io le credo. Cioè, credo che nessuno rivorrebbe in casa un potenziale omicida.

Stella lo difende, ma la conversazione di Sebastian con Maddalena Romano su Skype la ferirebbe a morte più delle mani che hanno cercato di strozzarla, se potesse leggerla.

Lascio la stanza affinché lei e Cordelia possano parlare indisturbate. Adele segue il mio esempio.

« Devo andare a prendere il bimbo dai vicini » mi spiega, prendendo la borsa di rettile appesa all'attaccapanni all'ingresso. « Voi resterete fino al mio ritorno, no? »

« Sì, certo » ribatto un po' distratta.

« Bene. Non voglio che Stella rimanga da sola. E Giulio non è ancora arrivato. A dopo, allora » conclude, chiudendosi la porta alle spalle.

Mi aggiro per le stanze della casa, senza resistere alla tentazione di curiosare. Sono fatta così, è il cruccio di mia madre non avermi insegnato a fondo la buona educazione.

Scorgo Oswald mentre porta via una scatola dalla stanza che, se ricordo bene, era quella della ragazza alla pari.

« Buongiorno, Oswald... Come sta? » gli chiedo.

« Sempre laboro » risponde, laconico.

« Cos'è quella scatola? »

« Nicole ha lasciato cose. Signora Adele ha detto di mettere da parte. » È una scatola di cartone, lui la porta senza fatica e immagino contenga cose leggere.

« È strano che abbia dimenticato della roba » osservo.

« Partita di corsa. »

« Quando? »

« Prima di risveglio signora Stella. Poi lei ha teleponato, era contanta che signora stava bene e voleva tornare per salutare. Penso lei torna, anche per riprendersi cose. »

Oswald infine mi fa un cenno di saluto e porta la scatola in uno sgabuzzino.

Per una volta, la mancanza di buone maniere criticata da mia madre torna utile. Vado nello sgabuzzino e apro la scatola. Ci sono vestiti autunnali, roba sintetica tutta scura, camicie pesanti a quadri, leggings, degli stivaletti di foggia settecentesca color verde bandiera. C'è una tintura per capelli nero corvino. Lo dicevo che c'era qualcosa di innaturale nella sua chioma. Una custodia con un paio di occhiali non graduati. Qualche braccialetto e un quaderno. Lo apro, sono scritte solo le prime pagine. È un diario, ma Nicole deve aver lasciato perdere dopo i primi giorni: l'ultima data annotata è 10 febbraio e, da quanto posso capire, lei è arrivata a casa di Stella il 7.

Ha lasciato questa roba perché probabilmente la considerava inutile. Vestiti pesanti, perché ormai faceva caldo. Il diario, perché non ci aveva più scritto. La tintura scura, perché magari aveva già tinto i capelli e quella confezione era avanzata. Oppure non aveva più voglia di tingerli.

Voglia o *bisogno*?

* * *

I giorni passano. La fine di agosto giunge inesorabile.

Sergio Einardi è tornato a Roma per qualche giorno, deve sbrigare affari inderogabili, ma farà ritorno al paradiso eoliano a breve. Ci incontriamo in un bar nel quartiere Trieste. Oggi mi sembra un alieno, troppo placido, troppo quieto, estraneo alla vertigine di eventi, incombenze, scadenze in cui gravito io.

« Sono felice di rivederti » mi dice con tono formale, dopo aver ordinato una granita alla nocciola. L'ho chiamato perché è sparito, e francamente mi è sembrato un atteggiamento strano da parte di un galantuomo come lui. Sergio ha risposto poeticamente, come c'era da aspettarsi.

Perdonami, Alice. Ho perso in acqua il mio cellulare con tutti i recapiti, incluso il tuo. Che poi, perso. Nulla si distrugge e tutto si trasforma. In cosa si era trasformato il tuo?

Al che, ovviamente, l'ho richiamato e ho scoperto che a breve sarebbe rientrato per un po' a Roma. Ed eccoci qui, in questa umida giornata di fine estate, in questo bar con le boiserie di legno e le vetrate un po' sporche, con le pareti piene di foto incorniciate del nonno del proprietario in compagnia dei più celebri avventori del locale negli anni Sessanta.

«Come stanno Daniela e Martina?» gli domando.

«Entrambe depresse al pensiero di tornare a scuola» ribatte lui, parlandomi col tono cortese ma anche un po' freddo di chi si colloca lontano, molto lontano da un interesse ormai svanito. «Daniela ha sempre meno voglia di insegnare. Le ho consigliato di cambiare lavoro. Martina dal canto suo vorrebbe rimanere a Pianicello con i tedeschi, in una dimensione al di fuori dalle comuni coordinate spazio-temporali. Suppongo che entrambe dovranno farsene una ragione e tornare a Firenze, alla vita di tutti i giorni.»

«Sergio, io...» Intraprendo un discorso che non so dove andrà a parare, ma il suo tono, cui non sono abituata, mi fa sentire a disagio.

«Cosa?» mi chiede, di fronte a un silenzio imbarazzante per entrambi.

«Sei così distante» mormoro.

«Ti dispiace?» domanda, scrutandomi con quei maturi occhi neri.

«Non lo so.»

«O è sì, o è no. Sforzati di rispondermi.»

«Sì.»

«Bene. Eppure, Alice, credevo che la risposta fosse no.

Mi sono convinto che non ti importasse poi molto. Parliamoci chiaro » aggiunge poi, con forza, « non mi hai mai illuso del contrario, per carità, non voglio essere ingiusto, ma mi stupisce che ti dispiaccia il mio allontanamento. Credevo fosse un sollievo, invece. »

Ed è proprio in questo momento che mi accorgo di aver sbagliato a non mettere un freno alla mia lingua, a non aver riflettuto prima di parlare.

Perché, dopotutto, lui ha ragione.

Come al mio solito, mi sono ficcata in una situazione senza vie d'uscita. Ma con quella sua aria da persona che non dà mai un peso eccessivo alle cose, Sergio mi sorride e le peggiora, le cose. « Che faccia che hai. Ti prego, no. Non soffrire per quello che ti ho detto. Non volevo ferirti. Faremo quello che tu vuoi. Ma tu sai cosa vuoi? »

« No » ammetto.

« Non essere triste. Ci sono momenti, nella vita di chiunque, in cui le troppe possibilità confondono le idee. Questo accade quando si è ancora molto giovani. Passerà. E molto presto l'infelicità che senti adesso la ricorderai come felicità. »

Sono ammutolita. Lui sa guardarmi dentro come nemmeno io riesco. Ma io so per certo che l'incanto dei suoi modi non riuscirà a cambiare le cose. Non per adesso, almeno.

« Però, piccola Alice persa nel Paese delle Meraviglie, io non posso aiutarti a capire cosa vuoi. Non sarebbe leale. Dovrai capirlo da sola. »

Annuisco. Asciugo una lacrima che ha osato affacciarsi, rischiando di trasformare in pessima la brutta figura che ho già fatto.

« Sono in motorino. Posso darti un passaggio dove vuoi »

conclude con gentilezza quasi paterna dopo aver pagato il conto.

«No, ti ringrazio. Ho da fare qui in zona» mento.

Probabilmente lui sa che è una bugia, ma lascia correre. Mi saluta con un bacio sulla guancia che ha tutta la tristezza di un addio.

Un vero viaggio di scoperta non è cercare nuove terre, ma avere nuovi occhi

Marcel Proust

L'ispettore mi telefona alle sette del mattino, convinto – tragicamente a torto – che a quell'ora io sia già operativa.

«Leggendo e rileggendo il tuo rapporto sul viaggio a Marsiglia, mi ha molto colpito il riferimento della zia Voigt a Ximena e al suo fidanzato. E infatti devo farti un piccolo rimprovero: non hai approfondito adeguatamente quello spunto. Forse perché eri troppo presa da Diana e dalla sua bambina, posso capirlo. Un errore dettato dall'inesperienza.»

Io, che non ho preso il caffè e ho ancora gli occhi chiusi, accetto il rimbrotto come se provenisse dal mondo dei sogni.

«Ha ragione, ispettore. Le chiedo scusa.»

«Non preoccuparti. A tutto c'è rimedio. In questi giorni ho svolto le mie indagini, e ho scoperto un dettaglio che Ximena Vergeles non ci aveva rivelato.»

«Quale?» chiedo, ormai sveglia, mentre, in cucina a piedi nudi, mi preparo la caffettiera.

«Che all'epoca della scomparsa di Flavio lei era già fidanzata con Antonio Gagliano. E che in quel periodo lui non aveva ancora il negozio di fiori, ma lavorava come operaio in un'industria che effettuava ramature alcaline. E lo sai, Alice, con quali sostanze venivano effettuate le argentature, le ottonature e pure le ramature venticinque anni fa?»

«Con sostanze a base di cianuro.»

«Appunto.»

«E che cavolo!»

L'appuntamento è presto fissato. Nel pomeriggio andremo al negozio di fiori accanto al cimitero del Verano e cercheremo di capirne di più.

* * *

La coppietta ritrovata è piuttosto stupita di rivederci, ma nulla è cambiato nei loro modi affettuosi e gentili. Mentre Antonio serve dei clienti, parliamo con Ximena nella piccola serra.

« Ximena, devo farle notare che lei non è stata chiarissima su alcuni punti. »

La donna, più in forma che mai, pulita e ben truccata, ha l'aria crucciata.

« Ispettore, voi eravate di corsa quel giorno ad Avezzano... e le cose da raccontare erano talmente tante... Mi dispiace... qualcosa può essermi sfuggito, ecco. »

« Non ci ha detto che frequentava il signor Gagliano già all'epoca in cui Flavio è scomparso. »

« Non stavamo insieme... L'avevo conosciuto e mi chiamava. Nient'altro. »

« Lei lo aveva rifiutato? »

« No. Non si era nemmeno proposto. Altrimenti, disperata com'ero, l'avrei accettato, mi piacesse o no! » La sua schietta radiosità mi strappa un sorriso mentre l'ispettore mi fissa con uno sguardo che ha il potere di fulminarmi.

« Antonio ha mai conosciuto Flavio? »

« Non credo proprio, ma appena si libera dei clienti glielo possiamo chiedere. »

« Lei però gliene aveva parlato, giusto? »

« Certo. Era la mia famiglia o, comunque, ciò che di più simile a una famiglia io avessi mai avuto. Flavio era come un fratello. Ma noi non stavamo insieme, quindi non gliel'ho mai presentato, non è proprio capitato.»

«Magari Antonio può aver pensato che lei gli preferisse Flavio.»

Ximena è perplessa. «Io non gli avevo detto che Flavio era omosessuale. Per rispetto e discrezione. Ma sinceramente, ispettore... Ecco Antonio! Ci parli lei.»

Il fioraio si asciuga le mani con uno strofinaccio.

«Dica un po', signor Gagliano. Questa bella fanciulla la faceva soffrire già venticinque anni fa, vero?» esordisce Calligaris, con una specie di aria goliardica da chi può ben capire le cose da uomini.

Antonio risponde con un sorriso innamorato. «Eh, ispettore, diciamo che me ne ha fatte vedere delle belle» ammette, con un po' di timidezza.

«Ma perché quando l'ha conosciuta non si è dichiarato?» domanda Calligaris, sempre con fare amichevole.

Con grande intelligenza e discrezione, Ximena capisce che è meglio lasciare il compagno da solo.

«Vado a vedere se sono arrivati altri clienti» gli dice, sfiorandogli una spalla.

Antonio sembra più sereno. «Ispettore, Ximena era... è... insomma, una zingara. Come facevo a presentarla agli amici, ai miei genitori? Non ero convinto, insomma. Sì, lei mi piaceva molto, fermava gli orologi da giovane, lei mi deve credere. Mi faceva impazzire, ma da qui a fare sul serio... insomma... Poi il tempo è passato e mi sono reso conto che non me ne fregava niente. Che poteva essere chiunque, insomma. Che tutti potevano parlare quanto volevano. Ma che io me la volevo sposare. Ecco.»

«E questo quando accadeva?»

«Qualche anno dopo che l'ho conosciuta. E abbiamo vissuto insieme tanto tempo, fino a tre anni fa. Stavolta però me la sposo prima che se ne scappa di nuovo! »

« E quindi, Antonio... in quei primi tempi... cosa c'era esattamente tra voi? »

Antonio è confuso. « Ispettore, e cosa c'era... » ripete, con semplicità.

« Non so, me lo dica lei. »

« Niente c'era. Ci vedevamo ogni tanto, le offrivo una pizza. Parlavamo. Poi mi sono allontanato un po' perché avevo capito che non era ragazza da una botta e via e, come le ho già detto, non volevo impegnarmi con una persona di cui mi potevo vergognare. Lei mi aveva raccontato che pure certi filmini aveva fatto... Ha capito? » Antonio sembra preoccupato di non sapersi spiegare bene. « Io ero giovane » si giustifica, come se si sentisse ancora oggi un mascalzone.

« Dove lavorava, all'epoca? »

« Avevo lavorato in un'industria a Cassino. Mi aveva presentato mio zio, che già ci lavorava. Ma non era cosa per me, l'avevo già capito. Io volevo fare il giardiniere, ma non trovavo niente. »

« E quando ha iniziato a frequentare Ximena, lavorava ancora come operaio? »

« Non mi ricordo, ma penso di sì... Se no come gliela pagavo la pizza! »

« Perché ha smesso, e quando? »

« Ho smesso perché finalmente ho trovato lavoro come apprendista fioraio dal vecchio che poi mi ha lasciato questo negozio, Dio lo benedica sempre » conclude indirizzando lo sguardo al soffitto per ringraziare il benefattore, che ormai abita nelle sfere celesti.

« Quando lavorava come operaio, quali erano le sue mansioni? »

« Ispetto', ma che dovevo fare... Stavo sempre appresso a

mio zio, ché non ci capivo niente! Sei mesi avrò lavorato, sì e no. E se non me ne fossi andato io, sicuro che mi licenziavano! »

Calligaris sembra pago. Saluta con modi affettati e risaliamo sulla Punto che nel frattempo si è trasformata in una specie di fornace.

« O sono due anime candide, o sono due attori che niente hanno da invidiare a Leyva, alla Voigt e a tutti gli altri. Basti pensare a quando Ximena ci disse che Flavio aveva avuto una storia con Iris Guascelli, e dopo abbiamo scoperto che era falso. Che ne sappiamo, magari lo ha fatto per depistare! »

Sospiro. « O magari era una bugia di Flavio. Oppure Iris se ne vergognava e ha negato. Ispettore, posso passare in ufficio da lei? Vorrei rileggere la conversazione Skype della Romano e di Leyva. »

« Certo. Ma prima fermiamoci al bar, ho un calo di zuccheri. »

* * *

Maddalena Romano:	Ma proprio oggi non ce la fai a venire?
Sebastian Leyva:	No...
Maddalena Romano:	Sempre i soliti problemi?
Sebastian Leyva:	Sempre pegio
Maddalena Romano:	Stella? Matteo?
Sebastian Leyva:	Io Stella non la sopporto più. Sta rendendo la vita imposibile.
Maddalena Romano:	Vorrei che la lasciassi.
Sebastian Leyva:	Non mettermi fretta.
Maddalena Romano:	Vorrei che tu potessi sapere cosa c'è nella mia testa. Perché cosa c'è dentro al mio cuore lo sai già...

Sebastian Leyva:	Lo so... lo so. Io prometto che lei non sarà più un problema per noi. Devo trovare un modo.

La conversazione prosegue con questi toni, che di quando in quando si accendono trasmettendo tutta l'acredine di Leyva nei riguardi della moglie. Noto che Leyva non se la cava un granché bene con l'italiano, ma forse scriveva di corsa e in uno stato di alterazione. La conversazione dura poco, in realtà. Leyva liquida sbrigativamente l'amante come se avesse qualcosa di urgente da fare. Leggo anche la trascrizione delle dichiarazioni rese dalla Romano; lei e Sebastian si sentivano spesso via Skype. Lasciavano accesa la videocamera ma non parlavano per non farsi sentire. Al posto di parlare, si scrivevano. Quel giorno però non si erano neanche visti perché la videocamera del pc di Sebastian aveva un guasto. Quando si dice sfiga: qualcuno avrebbe dovuto suggerire a Sebastian che *verba volant, scripta manent.* Un errore da persona dabbene. O forse Sebastian voleva proprio compromettersi rendendo esplicito tutto il suo malanimo nei riguardi della moglie.

La ragione mi è oscura. O forse no.

Always should be someone you really love

Da qualche tempo un'idea mi balugina nel cervello, ma non ne ho ancora fatto parola all'ispettore.

In questi giorni ho aspettato che l'Istituto si svuotasse e sono rimasta in laboratorio per degli esami... diciamo privati. Definiamole esercitazioni. Al mio fianco, la fida e prode Laſtella. Anche perché, a voler essere sinceri, in certe cose ne capisce più di me.

Il mio piccolo topo rinsecchito è motivata come me agli inizi, ma è un filino più preparata. E comunque va detto che qui la trattano un bel po' meglio di come trattavano me. Quando l'ho fatto notare a Claudio, lui ha risposto: « Chiediti il perché ».

A ogni modo eccoci qui, in attesa dei risultati conclusivi di un esame del DNA da comparare a quello che Claudio ha trascritto sul registro.

« Pronti! » esclama Erica tutta eccitata, incurante della fatica e dell'ora tarda.

Avere un'allieva è il vero lusso. Le fai fare tutti i compiti più noiosi e lei ti dice anche grazie!

« Bravissima. Adesso stampa e compariamo. »

« Alice... credi che io possa farcela? Perché io davvero... ce la sto mettendo tutta. Voglio davvero fare il medico legale. È talmente appaſſionante, avventuroſo... E tu e Cla... il dottor Conforti, siete tanto... » Non riesce a verbalizzare, tanto è emozionata.

« Ma certo, Erica. Certo che puoi farcela. Se non tu, chi

altri? Non ho mai conosciuto una studentessa tanto brillante.»

«I miei vorrebbero che io facessi altro. Che dopo lo stage a Baltimora, cercassi il modo di rimanere negli Stati Uniti e mi dedicassi alla clinica. Alle neuroscienze, magari. Credono che io sia molto portata e ogni tanto io... Io mi *fento* in *crifi*» conclude con quel tocco di rammarico svelato dalla zeppola, immancabile tutte le volte in cui è emozionata.

Le accarezzo dolcemente una spalla. «Tutti noi abbiamo vissuto una crisi.»

Penso a me, ormai cinque anni fa. Penso alla mia ex collega Ambra Negri della Valle. «L'errore è viverla con negatività. La crisi è il momento migliore per mettersi in discussione e sperimentare. Se questa è la tua strada, tornerai allo stesso punto di partenza, ma con occhi nuovi. Lo dice pure quella canzone di Morgan, la dovresti ascoltare.»

Erica annuisce. «Spero che sia così.»

«Dai, al lavoro. Così magari usciamo presto e mangiamo qualcosa insieme, ti va?»

La La*f*tella sgrana gli occhioni. «Sì, certo! C'è un posto aperto da poco dove fanno dolci pazzeschi.»

«Okay.»

Nel candore del laboratorio, al calare della sera, finalmente ottengo il risultato.

È bello condividerlo con Erica, è una che può capire l'entusiasmo di un obiettivo centrato.

Adesso però ci meritiamo i dolci che le piacciono tanto.

* * *

L'indomani ho un attacco di colite così forte che sulla metro, pensando che fossi incinta, mi hanno ceduto il posto. Io, naturalmente, ne ho approfittato.

Varco il portone dell'Istituto ma già non vedo l'ora che arrivi la pausa pranzo per raggiungere l'ispettore nel suo ufficio.

Mentre sto per richiuderlo m'imbatto in Claudio e Beatrice. Sono insieme, hanno appena fatto colazione e lei ha la sua solita aria ingiustificatamente allegra che tanto mi irrita.

« Okay, Conforti, ci vediamo allora » gli dice, stampandogli un bacio sulla guancia ben rasa che gli lascia il disegno del rossetto – Rouge Allure Velvet rosso di Chanel, gliel'ho visto usare una volta. « Ciao Alice » conclude con un saluto rapido, prima di fare le scale a ritroso per dirigersi verso il proprio Istituto.

« Addirittura ti scorta fino in Istituto come una guardia giurata » commento.

« Sei gelosa. Così forse capisci cosa si prova. Non è piacevole, vero? »

Sono strabiliata. « Io lo so eccome, cosa si prova! »

Lui si ferma e mi fissa. « Voglio dirti una cosa. È vero, non siamo d'accordo su un'idea di futuro. Ma su altre cose andiamo molto, molto d'accordo. E lo sai. Quindi facciamoci un regalo. Oggi. Tutto il pomeriggio, tutta la sera, tutta la notte. » Divento rossa fino al poro più recondito. Cielo, è più persuasivo di Clooney nella pubblicità del Nespresso. Lui cala l'asso. « Comodi, con tutto il tempo del mondo, e senza essere ubriachi. »

« Ci vuole coraggio a fare una proposta del genere con le labbra di un'altra ancora sulla guancia. »

« Mi mancano tante cose, ma non il coraggio. Alice. Sì o no. » Pronuncia il mio nome con serietà, come se si trattasse della stipula di un patto importantissimo.

« E dopo? »

« Sempre a pensare al dopo. Che te ne frega del dopo? » dice alla fine di un lungo sospiro esasperato.

« Non riesco a non pensarci. »

« Il dopo ti avvelena e basta. »

« Se ti innamori di una persona, è contro natura non aver voglia di stare con lei. »

« Contro la natura di chi? Non la mia. Io sono fatto così. »

« Perché non sei innamorato. »

« E perché, tu lo sei? »

Abbasso lo sguardo. La porta si apre: è la Wally che, senza nemmeno salutarmi, ricorda a Claudio un lavoro che devono svolgere insieme. In un attimo siamo di nuovo soli e se volessi potrei rispondere. Ma lui mi precede.

« Alice, non parliamo più di amore. Okay? » mi domanda, accarezzandomi i capelli con un gesto di inaspettata dolcezza.

Annuisco e, mentre lui se ne va per la sua strada, verso la sua stanza senza voltarsi indietro, mi dico con inattesa lucidità che quello che lui definisce « facciamoci un regalo » in realtà è un chiaro e tondo « facciamoci del male ».

È un compromesso da poco, che non devo accettare.

* * *

Anziché essere nel letto di CC per dar seguito alla sua scellerata iniziativa, mi trovo nell'ufficio di Calligaris, con l'ispettore che coordina fax, telefonate e richieste dei suoi subalterni senza permettermi di spiegargli tutte le conclusioni cui sono giunta.

« Facciamo una bella cosa » dice infine, dopo aver messo fuori posto il telefono e chiuso la porta a chiave. « Ora nessuno ci dovrebbe disturbare. A te la parola. Sconvolgimi. »

« Ispettore. Roseline, la figlia di Flavio e Diana, altri non è che Nicole Baguey, la ragazza alla pari che viveva con i Leyva.»

Lui resta interdetto solo qualche istante. «Ah! Pensavo esagerassi quando dicevi che era qualcosa di importante.»

«No che non esageravo.»

«Spiegami come ci sei arrivata.»

«Più elementi. Innanzitutto la somiglianza fisica con Diana, che però Nicole ha camuffato tingendo i capelli di nero e indossando gli occhiali. E poi, uno dei suoi tatuaggi l'ha tradita: una fatina seduta su una sfera. Ritrae lo stesso ciondolo da cui Diana non si separava mai. L'ultima volta che sono stata a casa di Stella von Schirach, ho trovato dei capelli di Nicole nel cassetto del suo comodino, nella sua stanza. Forse ci teneva un elastico per capelli, o una pinza. Non so. Fatto sta che quei capelli erano lì, e li ho presi. Ho isolato il DNA e non c'è dubbio: è lo stesso trovato nella cripta di Flavio.»

«Capisco. Certamente non è una coincidenza.»

«Certamente no. A questo punto, però, la domanda è: perché? A che scopo Roseline, o Nicole, viveva a casa di Sebastian Leyva?»

Calligaris si alza e recupera tra i suoi fascicoli la fotocopia del documento d'identità di Nicole Baguey.

«È nata a Marsiglia, è vero. E il suo secondo nome è Roseline» dice con rabbia, gettando sulla scrivania il foglio.

Restiamo in silenzio, un silenzio che rispetto perché capisco la sua stizza.

Estrapola l'utenza telefonica dichiarata da Nicole nel corso della sua testimonianza, ma aspetta altri dieci minuti per calmarsi e richiamarla. Il telefono però risulta spento. La rabbia si impossessa nuovamente dell'ispettore.

«Non la rintracceremo mai a questo numero. Cerchiamola su Facebook. Oppure chiediamo i recapiti a Stella von Schirach. E se non funziona, scriviamo all'agenzia di *au pair* che l'ha messa in contatto con la famiglia. »

Calligaris chiama il suo più fidato collaboratore e lo incarica di svolgere le ricerche preliminari.

« Stella potrebbe essere turbata se le chiedete il recapito di Nicole. Se vuole, ispettore, glielo chiedo io con una scusa. »

« D'accordo. Di questo allora ti occupi tu. »

« Ispettore » interviene il giovane uomo in divisa cui Calligaris ha appena appioppato le consegne. « L'ha cercata insistentemente la signora Adele von Schirach. »

« E perché non me l'hai passata? » chiede Calligaris aspramente, con una nuova vampa di malumore.

« Il suo interno era sempre occupato » ribatte l'altro, a disagio. L'ispettore fa una smorfia e subito dopo un sorriso. « Ti ha lasciato un numero per rintracciarla? »

Il ragazzo glielo porge.

« Chiamiamola subito. Così magari ne approfitto per farle qualche domanda sul conto di Nicole. »

Riesco a cogliere poco della conversazione, che peraltro è rapidissima. Non appena riappende la cornetta, Calligaris si mette in piedi.

« Andiamo a casa di Stella von Schirach, immediatamente. Pare che abbia ricordato qualcosa di quel fatidico giorno. »

Dolce è l'ira in aspettar vendetta

Torquato Tasso

Stella è seduta su una sedia a dondolo in un angolo della camera da letto. Ha gli occhi gonfi di pianto. Giulio Conte Scalise le tiene una mano.

Adele ci apre la porta di casa e ci racconta che stanotte Stella ha avuto un incubo e ha chiesto di parlare urgentemente con lo psichiatra che la sta aiutando dopo il risveglio dal coma. Lo psichiatra è accorso immediatamente, ed è lui stesso a spiegarci: « La mia ipotesi è che nel sogno Stella abbia rivissuto l'incidente, senza elementi irreali. Il suo racconto è ben strutturato. Credo che non potrà mai dirci di più ».

Stella è abbattuta, ma c'è una luce nuova nel suo sguardo, prima del tutto spento.

L'ispettore si dispone ad ascoltarla. Lei inizia a raccontare con la sua voce quieta e dolce.

« La notte prima non avevo chiuso occhio e per questo, quel pomeriggio, avevo pensato di ritirarmi in camera per riposare un po'. Sebastian esce sempre a quell'ora. So dove va, da Maddalena Romano. Quel giorno però mi ha detto che non sarebbe andato da lei. Ero sdraiata sul letto quando ho sentito il rumore del portoncino di casa. L'ho chiamato, ma non ha risposto. Ma ero troppo pigra per alzarmi, e mi sono appisolata. Quando mi sono svegliata, era tutto buio, buio pesto. E sentivo il cuscino sul viso e mi mancava l'aria... » Stella inizia a piangere.

Giulio la conforta immediatamente. « È passato. È passato. »

« Le mani di qualcuno premevano il cuscino e io dimenavo le mie. » Stella mima il gesto, guardando basso. « Ma non erano le braccia di Sebastian. Lo so perché le avrei riconosciute. »

« Ha sentito la voce del suo aggressore? Ha detto qualcosa? » domanda Calligaris.

« No, sentivo solo i miei lamenti. »

« Crede di conoscere l'identità del suo aggressore? »

« No. So chi *non* è. Ma non so chi è. »

« Saprebbe dire se si trattava di una persona forzuta? Cosa ha percepito? »

« Percepivo molta violenza. E sì, a me sembrava che avesse molta forza. »

« Ha toccato le braccia. Erano nude? »

« No... credo di no. Non erano nude. Ma vede, non erano quelle di Sebastian... le sue sono molto più grandi, e anche più dure. »

« Erano braccia da uomo o braccia da donna? »

« Non lo so... mi dispiace. Quando toccavo nel buio, con tutta la paura che avevo... non pensavo ad altro che a togliere quel cuscino e... non mi rendevo conto di tutto il resto. Però... ricordo che toccavo un indumento... forse una camicia che doveva essere molto larga... Cioè non arrivavo a toccare niente, sotto la camicia. »

« E le mani, le ha toccate? »

« Sì, quando tentavo di togliere il cuscino. »

« Che mani erano? »

« Sì, ecco, questo lo ricordo. Molto ruvide. Ma proprio non saprei se maschili o femminili. »

« Portavano anelli? Riesce a ricordarlo? »

« Anelli no. L'orologio! L'orologio sì. E poi ricordo che ho cominciato anche a scalciare e che sicuramente l'ho colpito, ma lui, o lei, non si è lamentato. Avevo i piedi nudi, sono quasi certa che lui o lei fosse piuttosto magro.»

«Questo significa che il suo aggressore non si è messo a cavalcioni su di lei. La pressione è stata esercitata fuori dal letto. Sente di poterlo confermare?»

«Sì. Non era sopra di me.»

«Stella... cos'altro ricorda?»

«Il buio. L'angoscia. La paura, l'impotenza. Il non riuscire a fermarlo. E nient'altro.»

Calligaris annuisce. È pallido.

«Per il momento è tutto. Signora von Schirach, ho bisogno di parlarle» dice poi, rivolto a Adele.

«Certo. Andiamo in salotto.» La madre manda un bacio alla figlia con un cenno della mano. Stella sorride, come se insieme al ricordo avesse trovato anche un po' di sollievo.

* * *

«Signora von Schirach, è in possesso dei recapiti di Nicole Baguey?»

«Be', sì. Ho il suo numero di cellulare, quello a cui l'ho chiamata dopo l'incidente capitato a Stella per chiederle di fermarsi un'altra decina di giorni. Mi aveva detto che sarebbe venuta a parlare con lei, ispettore, non lo ha fatto?»

«Sì, certo. Ma ho bisogno di qualche delucidazione.»

«Ecco il suo numero» dice la signora inforcando gli occhiali da presbite appesi a una catenina e mostrando il contatto sul suo cellulare.

«Ah, sì. Non ha altri numeri?»

«No. Mi dispiace. Posso chiedere a Stella.»

«Sì, la ringrazio. Aspettiamo qui» afferma l'ispettore, sedendosi sul divano accanto al pianoforte a coda di Sebastian.

Trascorre del tempo imprecisato, ma non breve, in assoluto silenzio.

La signora von Schirach emerge infine dalla stanza della figlia con un foglietto in mano.

« Stella aveva chiesto a Nicole i dati di sua madre, per ogni evenienza, e Nicole le aveva lasciato questo bigliettino. In calce, Stella ha aggiunto per lei l'indirizzo mail di Nicole e il suo contatto Skype. Non possiede altro. » Calligaris raggiunge la porta e io gli vado dietro, ma Adele von Schirach lo chiama. « Ispettore, mi scusi... perché vuol contattare Nicole? È una domanda di Stella. »

« Solo piccoli dettagli. Dica a Stella di stare tranquilla e di pensare a guarire. »

* * *

Sulla Punto parcheggiata a quasi un chilometro da piazza Mazzini, in chiaro divieto di sosta, Calligaris scrive una mail a Nicole Baguey dal suo smartphone, per cancellarla subito dopo.

« Devo ragionarci ancora un po', trovare il tono giusto. Non dobbiamo in nessun modo metterla sull'avviso. »

« Potrebbe dirle che ha bisogno di rivolgerle delle domande su Sebastian Leyva. »

« O potrei contattare direttamente la madre, dicendole che non ho trovato la figlia al numero di cellulare a lei intestato. Ci rifletterò e deciderò con calma. Nel frattempo, credo proprio che Sebastian Leyva sarà prosciolto da ogni accusa. »

« Be', se è innocente come sembra... è giusto così. »

« Alice, pensi anche tu quello che sto pensando io? »

« Io penso che, dato che quel pomeriggio Maddalena non ha visto Sebastian su Skype, chiunque avrebbe potuto scriverle dall'account di Leyva. Penso anche che chi ha aggredito Stella conoscesse perfettamente le abitudini di casa e sapesse perfettamente che ogni pomeriggio Leyva incontrava la sua amante. Penso ancora che chi è entrato aveva le chiavi di casa, e immagino che non fossero in tanti ad averle. E penso infine che i due giorni a Firenze abbiano offerto a Nicole l'alibi perfetto. Credo che sia stata Nicole a tentare di uccidere Stella, e che sia scappata il più presto possibile dopo aver capito di non esserci riuscita. Poi ha tentato di depistarci con sufficiente furbizia, venendo a presentarsi in commissariato per raccontarci, probabilmente, una caterva di bugie.»

Penso al racconto di Stella. Un corpo magro, le mani ruvide che tempo fa ho notato e ho pensato che fosse strano in una ragazza tanto giovane.

È Nicole.

«Ma perché la figlia di Flavio e Diana avrebbe dovuto uccidere Stella von Schirach?»

«Vendetta, ispettore. Per colpire indirettamente Sebastian Leyva. Forse Nicole ha voluto essere la grande vendicatrice della madre.»

«E perché avrebbe dovuto vendicarsi contro Leyva?»

«Diana deve averle raccontato tutta la loro storia, e forse Nicole voleva punire Leyva per aver rovinato la madre.»

«Pazza la madre, pazza la figlia. Alice, in tutta franchezza credo che sia stata proprio Diana a uccidere Flavio Barbieri. Tutti gli indizi convergono su di lei e non soltanto le dichiarazioni di Leyva. Preso dagli sviluppi su Nicole, non ti ho detto che uno dei miei ragazzi ha trovato un altro elemento schiacciante. All'epoca dei fatti, Diana Voigt divideva una stanza con una studentessa di chimica. Sai cosa ha raccontato, quando l'hanno interrogata? Che la casa era infestata dai topi e che lei ebbe l'idea di portare a casa del veleno. Cianuro. »

Ah. Questo certamente stende su Diana una nebbia difficile da dissolvere. Non voglio pensarci però adesso. Una cosa alla volta, passo dopo passo. Parlare con Nicole viene prima di tutto, in questo momento.

« Soltanto Nicole potrà dirci la verità. E non soltanto la propria verità, ma soprattutto la verità di Diana sulla morte di Flavio. »

Ho tutta l'anima incrinata di brividi di stelle

Salvatore Quasimodo

È arrivato l'autunno e non mi dispiace. Si può respirare senza la sensazione di inalare vapore e poi posso indossare le giacche nuove prese in supersaldo.

Sono in Istituto e aspetto la fine di un'interminabile e soporifera lezione della Wally sulle ferite d'arma da taglio. Quando punta gli occhi nella mia direzione, fingo un interesse appassionato con un'interpretazione da Oscar.

Nel pieno di uno di questi momenti, sento il telefono vibrare. È un messaggino via whatsapp.

Arthur Malcomess.

Buongiorno. Sei al lavoro?

Ho un accesso di euforia mista a incredulità.

Buongiorno. Sì! E tu? Come stai?

Arthur Malcomess. *Sono appena atterrato. Possiamo incontrarci?*

Se già era difficile, a questo punto, allettata dall'idea di vederlo, seguire la lezione diventa impossibile.

Quando? scrivo.

Quando vuoi. Quando puoi. Magari pranziamo insieme.

Okay.

Noleggio un'auto. Passo a prenderti. Vuoi?

Questa conversazione ha lo stesso sapore della gioia che provavo quando ero bambina e mia madre mi regalava l'ultima Barbie uscita in commercio.

Va bene.

Aspettare che le ore passino diventa un tormento. Finalmente posso andarmene e so già che lui è giù ad aspettarmi. Ho appena chiuso la porta quando il tacco s'incastra nell'orlo dei pantaloni lacerandolo miseramente e sono costretta a un rammendo d'emergenza con la pinzatrice. Avrei dovuto ascoltare mia nonna, quando insisteva per insegnarmi a cucire! Ma non me ne importa proprio niente. Uscire e trovarlo davanti all'Istituto cancella il fastidio di qualunque imprevisto. È semplicemente un'emozione fortissima.

È in auto e armeggia con il cellulare. I polsi pieni di bracciali – una volta mi ha raccontato che li compra per fare l'elemosina e finisce per accumularli –, i capelli biondi, belli, tra cui vorrei passare le dita, il profilo importante, le labbra imbronciate come quelle di un bambino dispettoso.

Riuscirò a dimenticarlo? A rimanere indifferente alla sua vista?

A volte credo che, finché i ricordi della strada fatta insieme saranno così vividi, per me sarà impossibile vivere una storia con qualcun altro, chiunque esso sia. Più bello, più tenero, più stabile, più affidabile, più semplice. Potrà essere più tutto, ma non sarà lui.

« Ciao, *Elis* » esordisce con quella voce calda, conturbante, di chi fuma troppe sigarette.

« Ciao. Che sorpresa! »

« Cosa? Che io sia qui? »

« Anche. Ma soprattutto che tu mi abbia chiamato non appena sei atterrato e che adesso siamo qui, insieme. »

« Sai che vado pazzo per i colpi di scena, *Elis.* »

« Sei in vacanza? »

« Non esattamente. »

« Sei venuto per Nur? »

« Vedrò Nur, certo. Ma non sono venuto apposta per lei. Tu vuoi rivederla? »

« Vorrei tanto, sì. »

« Se hai il pomeriggio libero potremmo andare a Spoleto. E potremmo cenare nel ristorante di Fathi. »

È bello, è bellissimo quando all'improvviso non esiste il tempo, non esistono gli obblighi, non esistono i *ma*. Quando senti la libertà di poter vivere il momento senza essere costretta a pensare.

« Ma sì. Perché no? »

Arthur sfodera quel suo sorrisetto asimmetrico furbo e trascinante, e mette in moto l'auto.

E, come sempre con lui, mi lascio portare non verso un luogo, ma verso un'emozione.

* * *

« Non mi hai ancora detto il motivo di questa trasferta » osservo. Siamo in viaggio da un'ora e abbiamo già parlato di tantissime cose, ma non di quella che mi sta più a cuore.

« Curiosa, *Elis*, proprio come *Alice in Wonderland.* »

« E tu sei troppo misterioso. »

« Oh, nessun mistero. Torno a lavorare in Italia. »

Lo dice così, come se per tutto questo tempo la sua scelta di lavorare invece all'estero non avesse significato la fine della nostra storia, non una volta, ma talmente tante da aver sfilacciato quello che era – o sembrava – amore, trasformandolo in un continuo inseguirsi, un continuo litigare, una continua e perenne amarezza.

« Lasci l'Agence France-Presse? » chiedo con un tono che cerca di dissimulare la meraviglia.

« Ho ricevuto una proposta. Meno allettante in termini economici perché l'AFP mi strapagava. Ma ho capito che a Parigi, attorno a me, c'era il deserto. Non avevo più niente e nessuno da cui tornare. Non ho una vera famiglia, e tu lo sai meglio di chiunque altro, ma i pochi affetti che sono stato capace di coltivare sono qui. Cordelia, mio padre. Nur. *Tu.* »

Il *tu* è un colpo al cuore schioccato da una freccia mirata con precisione. « E così, quando sono stato contattato dalla Rai per un contratto come corrispondente estero... ho accettato. Continuerò a trascorrere molto tempo all'estero, ma almeno avrò la sensazione di avere di nuovo una casa. »

« Sono sorpresa. Non me lo aspettavo da te. »

Arthur fa un sorriso malinconico dei suoi, di quelli che illuminano le notti più scure.

« Nemmeno io me lo aspettavo da me! Lasciare l'AFP non è stato semplice. È una delle tre grandi agenzie di stampa del mondo. Alcuni pensano che sia pazzo. *And maybe I am!* Questa è una nuova avventura ma sento che non me ne pentirò. E se proprio dovesse andar male, il mio capo all'AFP mi riprenderà a braccia aperte, come il figliol prodigo. »

Nella mia testa si affollano così tanti quesiti che non riesco a mettere ordine tra i miei pensieri. « E quindi, cosa farai adesso? »

« Il bilocale di via Sistina è ancora libero. Tornerò lì. Resterò a Roma per un mese, il tempo di preparare la partenza per Baghdad. Dovrò frequentare un corso che la Rai fa seguire agli inviati di guerra. »

Sono preda di emozioni fortissime, ognuna diversa dall'altra, ma che fondendosi creano euforia, come se all'improvviso la vita mi stesse restituendo qualcosa che mi aveva rubato senza pietà.

E continuando a parlare dei suoi progetti nel prossimo futuro, di tutto quello che farà a Baghdad, dell'Hotel Rashid in cui alloggerà, raggiungiamo Spoleto.

Nur è in casa con il papà ed è appena tornata dall'asilo. È felicissima di rivedere Arthur, che le ha portato una bambola di pezza da cui non si separa per tutto il pomeriggio. Alle cinque e mezzo, la zia che aiuta Fathi a badare a Nur gli dà il cambio e lui va al lavoro al ristorante. Ci aspetta lì.

Nur è il piccolo angelo che ricordo. Si è adattata perfettamente alla nuova vita, a riprova del fatto che i bambini possiedono sempre maggiori risorse degli adulti. La accompagniamo, insieme alla zia, a un giardinetto vicino casa. Vederla giocare in libertà e senza paura credo sia per Arthur la miglior ricompensa per tutti gli sforzi compiuti per portarla via da Gaza. Lui è meravigliosamente tenero e lei è civettuola come se il tempo non avesse scalfito l'affetto speciale che li lega.

Si fa l'ora di tornare a casa per cena; Nur è abitudinaria, ci spiega la zia. Alle otto vuole andare a nanna. Salutarla mette malinconia, ma stavolta la tristezza è stemperata dalla promessa di tornare presto, molto più spesso adesso che Arthur è tornato a Roma.

Oddio, ancora non posso crederci!

Rientriamo in città quando è da poco passata la mezzanotte, sereni e riposati. Cordelia è ancora sveglia e scopro che sapeva tutto dei cambiamenti che riguardano suo fratello, ma non mi ha detto nulla. Sono sorpresa da tanta discrezione.

E quando ormai sono quasi le tre, dopo aver bevuto uno shot di vodka ascoltando i Kings of Leon e riso di cuore con i fratelli Malcomess, come non succedeva da anni, la lunga, strana e imprevista giornata si conclude con un saluto che per la prima volta, dopo tanto tempo, non è un addio.

E se tu guarderai a lungo in un abisso, l'abisso finirà per voler vedere dentro di te

Friedrich Nietzsche

L'ispettore Calligaris è seduto alla scrivania e sta sfogliando *Quattroruote*.

« Oh, eccoti. Porca zozza che occhiaie che hai. »

« Ho fatto tardi stanotte. »

« Con Conforti... » allude l'ispettore, strizzando l'occhio.

« Ehm... non esattamente. »

« Be', non sono affari miei. Ti ho convocata per le novità su Nicole Baguey. Tanto per cominciare, ho verificato: in quei giorni non è mai stata a Firenze. L'amica con cui sarebbe dovuta partire ha detto che alla fine si è tirata indietro con una scusa. »

« A riprova delle nostre teorie. »

« Infatti. »

« Le ha scritto? »

« No. Ho pensato fosse meglio contattare la madre, ma è stato un buco nell'acqua: i recapiti forniti da Nicole sono tutti falsi. Al telefono risponde un negozio che nulla ha a che vedere con i Baguey. La mail è tornata indietro, quello che dovrebbe essere l'indirizzo della madre in realtà non esiste. »

« È sempre più evidente che gli intenti di Nicole non fossero limpidi. Perché mentire con tanta malafede? »

« Il mondo è pieno di pazzi. Oggi il mio amico dell'Europol mi fornirà i recapiti dei Baguey ad Avignone e il cellulare di Nicole. Uno dei nostri interpreti proverà a telefonare. E vedremo. La verità è che se vuole sparire, questa ragazza sa come fare. E senza un mandato di cattura europeo, io ho le mani legate. E poiché abbiamo solo teorie, affascinanti, ma solo teorie, dubito che potrò ottenere un mandato dal pm.»

«Credo che dovremmo fare in modo che Nicole voglia tornare di sua spontanea volontà.»

«E come?»

«Attirarla con l'inganno, con ciò che le interessa. Farle credere che solo lei può incastrare Leyva. E che nessuno dubita della sua buona fede.»

Calligaris ha l'espressione di un affamato costretto a pranzare con un pacco di Pavesini. «Alice, tu a volte pensi che la gente sia stupida.»

«Ispettore, ma Nicole non è una che ragiona normalmente.»

«Se le nostre teorie sono esatte e lei ha tentato di uccidere Stella, non rimetterà mai piede in Italia di sua spontanea volontà.»

«Appunto. Cosa abbiamo da perdere?»

Calligaris annuisce come fosse sovrappensiero, concedendosi qualche istante di astrazione. Poi prende la cornetta.

«Chi sta per chiamare?»

«Il collega dell'Europol.»

Lo scambio tra i due è rapido. L'ispettore prende nota di un numero di telefono e al termine della conversazione lo contempla come una gemma preziosa.

«L'italiano lo parlava abbastanza bene» osserva.

«Decisamente. E sapeva anche scrivere: la chat con Maddalena Romano è scarna, il giusto per non tradire una sintassi insicura, ma è sufficientemente corretta, c'è appena qualche piccolo errore ortografico che può essere facilmente scambiato per un errore di battitura. E poi, si ricorda quando è venuta qui? Parlava proprio bene.»

Calligaris solleva la cornetta, per poi riappendere. Il gesto si ripete come un tic, per almeno tre volte.

« Chiamiamo, dai. »

Compone il numero. Il silenzio è pungente, io sento il cuore martellare nel torace.

« Buongiorno, signorina Baguey. Parla l'ispettore Calligaris, da Roma. Come sta? » Il tono di Calligaris è amichevole. « Ascolti. Avrei bisogno di alcune informazioni importanti su Sebastian Leyva e sui suoi rapporti con Stella von Schirach. Soltanto chi viveva con loro è in grado di fornirle. È ancora in Italia, o è rientrata a casa? Ah, è ad Avignone. E immagino che sia impossibile che passi da Roma... Sa, per firmare il verbale... Be', certo, possiamo anche sentirci telefonicamente, è ovvio, ma è sempre preferibile incontrarsi... Be', certo, comprendo l'aspetto economico... ma la polizia italiana dispone di fondi speciali per i testimoni chiave, potrei utilizzarli e finanziare il suo spostamento. »

Segue un lungo silenzio durante il quale Calligaris annuisce imperscrutabile, la muscolatura tutta contratta sotto la camicia acrilica. Infine saluta cordialmente la Baguey, dicendole che si sentiranno a breve.

« Davvero la polizia possiede fondi speciali? »

« Ovviamente no. Dovrei farla tornare a spese mie e mie soltanto! »

« Ma tornerà? »

« Col cavolo! Ha tergiversato, dapprima dicendo di non potersi permettere il ritorno, poi ha parlato di un nuovo lavoro... E ci ha tenuto a precisare che Stella von Schirach le ha telefonato per chiederle di tornare e di aiutarla con Matteo. »

« Questo perché Stella non è in grado di accusarla. Non riesco a capacitarmi, è davvero inquietante. » Sono sicura che, non appena lo saprà, Stella sarà più angosciata per aver lasciato il figlio nelle mani di una pazza che non per aver rischiato di essere uccisa dalla pazza in questione.

Calligaris sembra non ascoltarmi. Alla fine ha una risoluzione tutta nuova. « Credo che dovrei puntare tutto sulla verità. Che dovrei parlarle di suo padre, di sua madre. Della cripta e di cosa ci faceva là dentro. Di tutto quello che sappiamo. E dirle che scappare è inutile, che la troverò anche in Antartide. »

Lui è l'uomo di esperienza. Sono così tante le cose che io non posso sapere. Lui conosce il male, infinite volte meglio di me.

* * *

È la prima domenica di settembre. L'aria è fresca, stanotte è piovuto e dalla finestra entra l'odore di foglie bagnate. Su una macchina in sosta con la radio a palla qualcuno ascolta *Nights in White Satin*. Oggi Arthur pranzerà qui con la sorella.

A essere sincera, non mi sono ancora abituata all'idea di Arthur come qualcuno che può far parte della mia quotidianità, una persona per cui Cordelia fa la spesa – « Vado a comprare la birra perché se lui passa di qui gli fa piacere trovarla » –, una persona che interagisce con questa casa e con chi ci abita, cane incluso.

Ho trovato una scusa per trascorrere la domenica fuori casa, per non stare con *lui* pensando che d'ora in poi potrebbe accadere ogni volta che voglio. Perché, dopotutto, la sua assenza è stato l'alibi per non affrontare la realtà. Perché se lui fosse stato sempre qui, con un mestiere comune, e mi avesse offerto una routine, e adesso stessimo girando le ville dell'alto Lazio in cerca di una location per il nostro matrimonio... forse nemmeno questo sarebbe riuscito a tenermi lontano da CC. E allora è bene che io accetti la dura verità dei miei sentimenti. Saltellare dall'uno all'altro mi crea profonda sofferenza, ma stare con uno e rinunciare all'altro me ne creerebbe ancora di più.

E così riordino il frangettone, prendo l'ombrello di plastica trasparente comprato a Tokyo e mi riverso nella capitale.

Happy by myself.

Ho scoperto quasi per caso che Flavio Barbieri è sepolto nel cimitero del Verano. Mi piace pensare che Ximena possa portargli i suoi fiori tutte le volte che può. E poiché immagino che in pochi vadano a visitare la sua tomba, in un giorno così uggioso non posso che tenergli un po' di compagnia.

Prima, però, passo a comprare dei fiori da Ximena e Antonio Gagliano, che stanno preparando delle composizioni floreali con delle bellissime calle. E in questa piccola bottega il cui odore ricorda vagamente quello dell'obitorio, mi accolgono sempre con calore.

« Vorrei dei fiori per Flavio » le spiego. Lei sgrana gli occhi, sorpresa.

« Che animo gentile » mormora. Prepara un mazzo di gerbere e di margherite, pieno di gusto e colori. Al momento di pagare, Ximena scuote il capo.

« Un omaggio della casa. Anzi, sai che c'è? » dice, sfilando il grembiule. « Vengo con te. Antonio se la caverà da solo. »

« 'Ndo vai? » le chiede lui, mentre spruzza uno spray sulle foglie.

« Accompagno la dottoressa al cimitero, le serve una cosa per un'indagine. »

Antonio, comprensivo e gentile – un uomo raro quanto

il biscotto zebrato nel pacco di Gocciole –, ribatte: « Certo amo'. Prendetevi tutto il tempo che vi serve! »

* * *

Ximena è una persona speciale. Non perdono all'ispettore di aver sospettato di lei e di Antonio, anche se solo per un momento in cui eravamo troppo confusi e per via di quella sciocchezza su Flavio e Iris. È una fortuna che mi abbia accompagnata. Non vedo, altrimenti, come sarei riuscita a cavarmela da sola: il cimitero del Verano è ben più vasto e molto diverso da quello di Sacrofano, in cui vado a trovare l'altra mia nonna.

La foto di Flavio, in cui appare bello e profondamente triste nonostante sorrida, strappa a Ximena un'espressione di dolore. Nel vaso di vetro incrostato, fiori abbastanza freschi. Comprati nel loro negozio.

« Ma non li ho portati io » commenta lei.

« Chi altri avrebbe potuto fare visita a Flavio? » chiedo.

« Poche, pochissime persone. E nessuna di quelle che io conosco si è vista di recente in negozio. »

« Magari è stato Antonio e tu non ci hai fatto caso. »

« Può darsi. Anche perché questo tipo di composizione ha la mano di Antonio, non la mia. »

« Ti dispiace se torniamo in negozio a chiederglielo? » domando, mentre scatto una foto con il telefonino.

« Ma certo che no. » Ximena accarezza il volto di Flavio tenendo gli occhi chiusi. Resta per un po' in silenzio, forse prega, forse ricorda qualcosa che non condivide con me.

Il tempo della strada e siamo di nuovo in negozio.

Ximena chiede al compagno se ricorda per chi abbia preparato la composizione che gli mostro in foto.

« Come no! Mi ricordo. Questa l'ho fatta ieri. »

« Ti ricordi chi ha comprato questi fiori? »

« Sì. Era una ragazza. Una che non si dimentica perché era bella ma troppo piena di tatuaggi. »

Perdindirindina! Nicole Baguey!

Allora è a Roma? Da quando? L'ispettore le ha telefonato giovedì... Era già qui e ha mentito dicendo di essere ad Avignone?

Dopo aver salutato i due fiorai, telefono all'ispettore senza nemmeno accorgermi che è già ora di pranzo.

Calligaris risponde, infatti, con la bocca piena.

« Disturbo? Mi scusi! »

« Non ti preoccupare. Dimmi tutto. »

« Ispettore, Nicole Baguey è a Roma! »

Calligaris tossisce come se il boccone gli fosse andato di traverso. « Ne sei sicura? »

« Sì, perché... »

L'ispettore mi interrompe. « Ma hai già pranzato? »

« No. »

« E sei sola di domenica a pranzo? »

« Sì » dico con tono basso. Come se fosse un delitto da confessare.

« E allora vieni, vieni qui, che Clementina ha fatto la trippa. Così mi spieghi tutto. »

Non c'è nulla di più opaco della trasparenza totale

Margaret Atwood

Non so come abbia fatto Calligaris a localizzarla, ma nel giro di qualche giorno siamo in possesso degli elementi per rintracciare Nicole. Un agente l'ha tenuta d'occhio e ha scoperto che passa poco tempo in giro. Esce solo per comprare del vino in cartone in una bottega vicina allo squallidissimo ostello in cui ha preso un letto. È arrivata di venerdì sera, quindi dopo la telefonata di Calligaris.

È dunque tornata per andare incontro al suo destino?

Eppure, è trascorsa una settimana e Nicole non ha ancora contattato l'ispettore. Che questa ragazza non abbia tutte le rotelle a posto ormai mi sembra una verità inoppugnabile, però esiste un confine di logica che anche i pazzi rispettano. *Non Nicole*. Non questa ragazza, che proviene dagli stessi abissi in cui sono sepolti i suoi genitori.

L'appuntamento è alla Stazione Termini; l'ostello in cui alloggia Nicole è proprio nelle vicinanze.

L'ispettore e io lo raggiungiamo a piedi. Alla reception, un ragazzo con le sopracciglia depilate, al computer con la pagina Facebook aperta. Quando vede il distintivo di Calligaris per poco non ha un coccolone e ci accompagna nella stanza affittata da Nicole senza troppe domande.

L'ispettore bussa, Nicole apre subito.

Ci accoglie con un sorriso furbo e uno sguardo voraginoso. « Iniziavo a chiedermi quanto ci avreste messo a trovarmi. »

Calligaris non accoglie la sfida. « Possiamo entrare? »

« Certamente » dice lei mostrando la stanza con il braccio

tatuato. Ha i capelli biondi, adesso. Di un biondo luminoso, quasi infantile. Adesso è diversa e straordinariamente simile alla Diana delle foto.

Indossa leggings neri e una camicia da uomo a quadri. Si siede sul letto e ci guarda come se non avesse nulla da nascondere, massaggiandosi le mani secche e screpolate.

Calligaris è teso, ma non so quanto Nicole lo percepisca. Sembra sola, spettrale, rinchiusa in una dimensione tutta sua.

« Signorina Baguey, perché è tornata a Roma senza dirmelo? Sapeva che volevo incontrarla. »

« Avevo delle ultime cose da fare qui. »

« Ultime prima di cosa? »

« Lo so io, e lo sa anche lei. »

« Cosa, Nicole? Cosa so? » domanda Calligaris, con voce bassissima e con un tono a cui è impossibile mentire.

« Cosa è successo a Stella. Deve averglielo detto, ora che sta bene. »

« Vuoi dirlo tu? » le domando, spaventata come se avessi infilato le dita in una presa elettrica.

« Ho tentato di soffocarla. Ma per fortuna non ci sono riuscita. »

« Perché lo hai fatto? »

« È una storia lunga, ispettore, posso cominciare dall'inizio? »

L'aria gentile di Nicole conferisce alla situazione un impressionante grado di surrealtà. La confessione di un tentato omicidio, e di chissà cos'altro, resa con amabilità, come se fossimo qui per un tè.

Calligaris avvia il registratore e Nicole inizia il suo racconto.

« Io sono stata adottata, e ho sempre saputo che a crescermi non erano stati i miei veri genitori. Loro dicevano di amarmi eppure mi sono sempre sentita diversa. I miei fratelli erano buoni e perfetti. Io no. Creavo solo problemi. Sentivo che quella famiglia non era il mio posto. E poi, un giorno, mia madre, intendo la mia vera madre, mi ha cercata.»

La voce di Nicole è incrinata da un dolore primordiale, da un senso di rifiuto e di abbandono incolmabile. «Era... così bella. Come un'attrice. E così disperata. Io l'ho amata subito... Perché era chiaro, era ovvio. Io ero uguale a lei. Con lei non mi sentivo mai sbagliata, mai diversa, mai fuori posto. Non desideravo altro che stare con lei.

«È trascorso del tempo prima che mi parlasse di mio padre, che mi raccontasse cosa era successo a entrambi. E mi disse che quella storia l'aveva spezzata e non sarebbe mai più stata felice.»

«Vuoi raccontarla anche a noi?» domanda Calligaris, pieno di tatto.

Nicole china lo sguardo, per la prima volta. «Flavio, mio padre, era omosessuale. Lui era disperatamente innamorato di Sebastian Leyva, però lo stesso, ecco... succedevano certe cose con mia madre. Lei lo sapeva e accettava il suo modo di essere. Qualunque cosa, pur di stargli accanto. Ma quello che nessuno sa è che Sebastian ricambiava mio padre. Se ne vergognava profondamente, ma lo ricambiava. Mia madre soffriva ogni giorno di più. Voleva andarsene e non rivedere mai più mio padre, ma non trovava il coraggio di farlo. Poi, venne il giorno, quell'ultimo giorno. Avevano provato il loro spettacolo per tutto il pomeriggio. Mio padre era fuori di sé, aveva litigato anche con il regista, che lo aveva cacciato dallo spettacolo. Tutti se n'erano andati e lui era rimasto solo con Sebastian. Mia madre sentì che parlavano. Sebastian gli diceva che doveva calmarsi o sarebbe finita male, che stava rovinando la sua vita e la sua carriera. Voleva lasciarlo. Mio padre piangeva, come un bambino. Quando rimase da solo, mia madre andò ad abbracciarlo e cercò di consolarlo e lui la portò in un posto speciale. Nel posto in cui si nascondevano lui e Sebastian.»

«La cripta» mormora Calligaris.

Nicole annuisce. È come se portasse su di sé il peso di tutta l'infelicità del mondo.

«Le chiese di rimanere lì con lui, in silenzio. Di fargli compagnia. Lei gli diceva: 'Andiamo a casa mia. Dormici su. Passerà'. Ma lui voleva stare lì perché sperava che Sebastian tornasse. Perché era il loro posto segreto. Mio padre non voleva sentire ragioni.»

«E poi, cosa accadde?»

«Sebastian tornò veramente e chiese a mia madre di lasciarli da soli. E fu l'ultima volta in cui si videro. Mio padre non ha mai saputo che io sarei nata.»

«Perché tua madre non ha mai parlato con nessuno di questa storia?»

«Mia madre cercò mio padre nei giorni successivi. Ma seppe che aveva lasciato un biglietto in cui chiedeva di non essere cercato. Andò a parlare con Sebastian Leyva. Lui le disse che mio padre si era calmato. Che però gli aveva giurato che se ne sarebbe andato via per sempre. Che non voleva più tornare. Che si era innamorato di lui, ma che Sebastian non poteva ricambiarlo. Mia madre gli disse che era un bugiardo, che lei sapeva la verità su di loro. Lui le rispose che era pazza e la picchiò, perché gli uomini da poco se la prendono con le donne. In seguito mia madre seppe che diceva in giro che era stata lei a fare qualcosa a mio padre. Lui diceva cose orribili su mia madre, che era pazza, che aveva ammazzato Flavio e lo aveva nascosto da qualche parte, ma non esisteva nessuna prova e nessuno poté mai dimostrare niente. Mia madre tuttavia era rovinata, tutti la evitavano come un'appestata, e così se ne andò in Francia da sua zia. Certi fiori oscuri, però, gettano i loro semi. Mia madre si è uccisa perché non ha mai superato quello che è successo. E mio padre è morto lì, in quella cripta, solo come un cane. Io ci sono stata, in quella cripta, e l'ho visto, quello che restava di mio padre. Ed è stato talmente orribile che sono svenuta e mi sono ferita. Mia madre mi aveva spiegato tutto e arrivarci non è stato difficile. Questa è la chiave della porta» dice, porgendola all'ispettore.

Nicole è fredda, lucida. Piena di una rabbia che non è arginabile.

«Una sola persona è responsabile di tutto. Sebastian Leyva. Ha ucciso mio padre, ovviamente. E se non è stato materialmente lui, lo ha fatto rifiutandolo e ferendolo al cuore. E poi, ha rovinato mia madre. Le ha gettato addosso tanto di quel fango che lei non è più riuscita a sentirsi pulita. E in tutti questi anni, da quando lei è morta, io non ho desiderato altro che vendicare entrambi. Ma la morte, per Sebastian, era la soluzione più semplice e soprattutto la meno dolorosa. Io volevo qualcosa di più. Qualcosa che gli facesse rimpiangere di essere nato. Doveva perdere tutto.»

Nicole è risoluta, appare fiera delle sue azioni.

«Ci ho messo un bel po' a organizzare le cose. Li ho osservati da lontano. Li ho studiati, e ho aspettato l'occasione giusta. Ed è arrivata, quando ho scoperto che i Leyva erano alla ricerca di una ragazza alla pari. Convincere Stella che ero la persona giusta è stato semplice. Intrufolarmi in casa loro è stato di una facilità *incroyable*. E Matteo era un bambino fantastico. Non piangeva mai.

«Ho imparato presto le loro abitudini. E ho deciso come procedere. Ufficialmente sarei andata a Firenze. Ma sapevo che a quell'ora quel maiale incontrava la sua amante. Sempre. Avevo le chiavi. Sono rientrata e ho avuto ancora più fortuna di quanto prevedessi, perché Stella dormiva. E il resto, lo sapete.»

«Stella era innocente» mormora Calligaris.

«Anche mio padre. E anche mia madre. E anch'io.» Nicole porge i polsi. «Non mi deve ammanettare?»

«Perché non hai finito il lavoro che avevi iniziato? Improvvisa pietà per Stella?»

Nicole ha gli occhi torvi. «Io non ho avuto pietà per Stella. È viva perché non sono stata così abile da arrivare alla fine. Ma in realtà oggi sono felice che sia viva. Perché la verità, ispettore, è che tutto quello che ho fatto non mi ha dato pace, né gioia. Né ho sentito di aver fatto qualcosa per i miei genitori. Anzi.» Nicole è triste di una tristezza viscerale. «Ecco, ispettore» insiste, porgendogli di nuovo i polsi. «Sono pronta.»

Calligaris sbatte pesantemente le palpebre. «Non occorre. Andiamo in caserma. Ti cercherò un avvocato. E forse dovresti avvisare i tuoi genitori ad Avignone.»

«Non ho nessun rapporto con loro. Io sono sola.»

E finalmente, tutto il suo dolore si trasforma in un pianto, nello sfogo più disperato e insano che io abbia mai sentito.

* * *

Mentre Nicole è finita in cella, e nel frattempo tra una cosa e l'altra è già notte, Calligaris e io stiamo setacciando le sue parole per capire la verità. Ma Calligaris sembra nutrire pochi dubbi.

«La versione di Nicole è distorta, ed è frutto della mente malata di Diana. La madre le ha dato la sua versione dei fatti, non avrebbe mai ammesso di aver ucciso Flavio! Ti ricordo un particolare, Alice. Il foglietto nella mano di Flavio.

Io mi sono fatto un'idea precisa. In quel fogliettino si parla di Ero. E noi sappiamo che era interpretata da Diana Voigt. È stato il modo di Flavio per lasciare un segnale che rimandasse a lei.» Un'ipotesi fantasiosa ma tutta da discutere.

«Ispettore, ricorda i contenuti? *Da false lingue uccisa fu Ero che qui giace; Morte, a farle giustizia, le dà fama immortale. Così la vita morta nell'infamia vive in sua morte e gloria l'accompagna.* Io credo che il messaggio di Flavio sia legato proprio alla vita estinta in disonore, all'ingiusta offesa.»

«In tal senso, queste parole potrebbero ricollegarsi anche a Diana» obietta l'ispettore. «Che beneficio avrebbe potuto ottenere Sebastian dalla morte di Flavio? E soprattutto, ti sembra verosimile che lui ricambiasse i suoi sentimenti? Niente lascia pensare che anche Leyva fosse omosessuale. In realtà, tutto il contrario!»

«Ma quel biglietto, quello in cui chiedeva di non essere cercato? E se Flavio avesse deciso di suicidarsi col cianuro e si fosse nascosto nella cripta per morire lì in santa pace?»

«E allora perché quello stralcio di commedia stretto in mano? E la ferita alla testa? Diana lo ha ucciso perché lui l'ha rifiutata.»

«O magari Sebastian temeva che Flavio raccontasse a qualcuno della loro relazione, e temeva lo scandalo che ne sarebbe conseguito. Sebastian aveva molto da perdere. Mi lascia perplessa, però, che Ximena non ne sapesse niente. Se tra loro due ci fosse stato qualcosa, Flavio l'avrebbe detto alla sua unica amica.» Inizio a non capirci più niente.

«Alice, non crederai a quelle due pazze, madre e figlia? È di tutta evidenza che la loro versione non è plausibile. Vuoi credere a una ragazzina che a ventiquattro anni ha già un tentato omicidio sul groppone?»

«Credo alle ragioni, non alle persone, è diverso.»

« Ma le ragioni *fanno* le persone, Alice. Ascoltami. Il quadro non è chiaro, è un delitto che lascia l'amaro in bocca. Sappiamo come la Voigt si è procurata il cianuro, ma ignoriamo molte altre cose. Eppure non siamo troppo lontani dalla verità. I fatti, molto semplicemente, sono andati così: una ragazza difficile, con marcati disturbi di personalità, uccide l'uomo che l'ha sedotta e abbandonata per un altro uomo. Non accetta il rifiuto, non accetta l'omosessualità. Il biglietto di addio di Flavio potrebbe anche averlo lasciato Diana. Ai tempi non è stata svolta nessuna perizia grafologica. Potrebbe averlo scritto chiunque. »

« Perché non la facciamo oggi, una perizia grafologica? »

« Perché quel biglietto è stato distrutto. »

« E come è possibile? »

« Eh, Alice... dimentichi l'allagamento dell'archivio! Il biglietto ha fatto la stessa fine di molti verbali. Alcuni irrimediabilmente persi, altri parzialmente leggibili. Un disastro. Per questo, lo sai, ho dovuto ricominciare tutto da capo. Molti tasselli del puzzle continueranno a mancarci per sempre, lei li ha portati con sé nella tomba. Molti interrogativi resteranno senza risposta. Ma sai che ti dico? Ci faremo bastare quel che abbiamo. »

E così, senza aggiungere ulteriori elucubrazioni, per Calligaris *les jeux sont faits.*

Bonus Track

Chi l'avrebbe detto che dopo ventiquattro anni la vita mi avrebbe presentato il conto?

Sebastian Leyva si aggirava per le stanze vuote dell'appartamento in piazza Mazzini. In una mano teneva una bottiglia di bourbon da cui beveva a canna, nell'altra una sigaretta.

Erano trascorsi molti mesi dalla fine di quella storia, e tutto sommato lo scandalo aveva dato una rinverdita alla sua carriera. Stella si era ripresa ed era andata a vivere con Giulio Conte Scalise e quella menagramo della madre in un appartamento al secondo piano nel quartiere Pinciano. E si era portata Matteo, ovviamente.

Perfino la polizia – quell'ispettore secco e insistente e la sua graziosa e goffa allieva – dopo un primo confronto avevano smesso di dargli il tormento.

E lui era rimasto solo.

Non che la cosa gli dispiacesse.

Le stanze erano buie, ma lui non aveva acceso le luci. Vagava come un'anima del Purgatorio, pur sapendo che per lui c'era solo un passaggio per direttissima all'Inferno.

Si era lasciato cadere sul letto. Non lo stesso in cui quella pazza aveva soffocato Stella, no. Gli faceva troppo senso e ne aveva comprato uno nuovo. Fissava il soffitto da un tempo indefinito, in un susseguirsi di pensieri e paranoie. Doveva smettere di bere. Perché quando beveva, e perdeva i filtri, il pudore e la ragione, *lui* gli tornava in mente. Ed era come rincontrarlo. Perché i ricordi veri, quelli erano sempre più vaghi, e Sebastian non smetteva mai di stupirsi della rapidità con cui ogni momento, anche il più intenso, diventa passato.

Flavio era buono. Non odiava Sebastian per quello che lui gli aveva fatto. Quella sera, nel loro posto segreto avevano bevuto fino a non capire più niente. Ma nella bottiglia che gli aveva portato, Sebastian aveva messo tanto veleno da uccidere un cavallo. L'aveva preso a casa di Diana, durante una serata tra amici, quando la sua coinquilina aveva detto che l'appartamento era carino ma invaso dai topi e per questo aveva portato il cianuro. L'idea lo aveva letteralmente folgorato. Era perfetta: doveva mettere fine a quella storia e con quel veleno, se mai qualcuno l'avesse scoperto, avrebbe reso un bel servizio a quella matta di Diana.

Flavio non se n'era nemmeno accorto. Sì, quando si era sentito male era caduto e aveva sbattuto la testa. Ma poi tutto era stato fulmineo, con Sebastian che fingeva di non capire cosa gli stesse succedendo e fuggiva dicendogli che andava a cercare aiuto. Era rimasto fuori e l'aveva sentito gemere. Ma non aveva avuto ripensamenti neanche per un momento.

E poi, alla fine, quando il silenzio era diventato più forte dei lamenti, l'aveva trovato così come era rimasto per tutti quegli anni.

Non si era accorto di quel pezzo di carta che teneva in mano, quell'ultimo criptico messaggio, altrimenti lo avrebbe gettato via nell'immondizia.

Dall'aldilà, Flavio non gli rimproverava nulla. Rilevare il teatro quando se n'era presentata l'opportunità era stato il modo per avere il controllo anche sulle sue spoglie. E adesso avrebbe perso anche quello.

Sebastian sospirò pesantemente e bevve ancora finché non crollò addormentato.

Al risveglio era tutto uguale. Era sempre solo. Era sempre un uomo mediocre.

Era sempre un assassino.

Ringraziamenti

Ringrazio chi mi vive accanto e ogni giorno mi aiuta a tenere in ordine la mia caotica vita.

Ringrazio la Casa Editrice Longanesi e Rita Vivian.

Per il prezioso aiuto sulla professione di reporter e per aver prestato ad Arthur molti pensieri, ringrazio Gaia Carbone.

Ringrazio gli artisti e le band che mi hanno ispirata con la loro musica e i loro testi, e in particolare: Franco Battiato, i Blur, David Bowie, Vanessa Carlton, i CCCP, i Depeche Mode, i Franz Ferdinand, Rino Gaetano, Gloria Gaynor, Francesco Guccini, gli Hooverphonic, i National, i Talking Heads e i The Pains of Being Pure at Heart.

Ma il grazie più sentito va ai miei adorati, fedelissimi, affettuosi lettori, senza cui sarei una scrittrice da niente.

Alessia Gazzola

UN PO' DI FOLLIA IN PRIMAVERA

FINALMENTE

IL NUOVO ROMANZO DELLA SERIE

L'ALLIEVA

LA PIÙ AMATA DAI LETTORI

ORA ANCHE IN UNA GRANDE FICTION TELEVISIVA

Alessia Gazzola
L'allieva

Alice Allevi è una giovane specializzanda in medicina legale.
Ha ancora tanto da imparare e sa di essere un po' distratta.
Ma di una cosa è sicura: ama il suo lavoro. Anche se l'istituto in cui lo svolge è un vero e proprio santuario delle umiliazioni.
E anche se i suoi superiori non la ritengono tagliata per quel mestiere. Alice resiste a tutto, incoraggiata dall'affetto delle amiche, dalla carica vitale della sua coinquilina giapponese, Yukino, e dal rapporto di stima, spesso non ricambiata, che la lega a Claudio, suo collega e superiore (e forse qualcosa in più). Fino all'omicidio.
Per un medico legale, un sopralluogo sulla scena del crimine è routine, un omicidio è parte del lavoro quotidiano.
Ma non questa volta. Stavolta, quando Alice entra in quel lussuoso appartamento romano e vede il cadavere della ragazza disteso ai suoi piedi, la testa circondata da un'aureola di sangue, capisce che quello non sarà un caso come gli altri. Perché stavolta conosce la vittima.

TEA

Finito di stampare nel mese di ottobre 2016
per conto della TEA S.r.l.
da Grafica Veneta S.p.A.
di Trebaseleghe (PD)
Printed in Italy